# RUNEN UND RIPPENMUSTER

## DER STRICKCLUB DER VAMPIRE, BAND 13

NANCY WARREN

Runen und Rippenmuster, Der Strickclub der Vampire, Band 13

Urheberrecht © 2023 Nancy Warren

ISBN: Ebook 978-1-990210-97-6

ISBN: Gedruckt 978-1-990210-96-9

Cover-Gestaltung von Lou Harper von Cover Affair.

Übersetzung: Christine L. Weiting – Language + Literary Translations, LLC.

*Ambleside Publishing*

# VORWORT

**Band 13 – Runen und Rippenmuster: Ein paranormaler Cosy-Krimi**

**Kann eine geheime Runenbotschaft zu einem Mord führen?**

Als Lucy und Rafe ihre Hochzeit planen, wollen alle mitmischen. Der Vampir-Strickclub fertigt das Brautkleid an, William übernimmt das Catering und die Schwestern Watts backen die Hochzeitstorte. Alles ist unter Kontrolle. Oder vielleicht doch nicht? Gerade als Lucy langsam zu der Überzeugung gelangt, dass alles nach Plan laufen wird, bekommt sie ein merkwürdiges Hochzeitsgeschenk, das zu einem Mord führt.

Wird Lucy es bei all den Partys zum Junggesellinnenabschied, der vorzeitigen Anreise ihrer Eltern, der

Leitung ihres Strickladens und dann auch noch einem Mord heil vor den Traualtar schaffen?

Melden Sie sich zu Nancys spamfreien Newsletter auf Nancy-WarrenAuthor.com an und erhalten Sie gratis die Geschichte von Rafe, dem hinreißend attraktiven Vampir aus der Serie *Der Strickclub der Vampire*.

Werden Sie Teil von Nancys privater Gruppe auf Facebook, wo wir uns über Bücher, Stricken, Haustiere und das Leben an sich austauschen. facebook.com/groups/NancyWarren-Knitwits

# RUNEN UND RIPPENMUSTER

# KAPITEL 1

*E*ine Hochzeit zu planen, ist an sich schon stressig, aber mit einem Vampir, der seit mehr als fünfhundert Jahren auf der Welt ist, als Bräutigam wird die Gästeliste sehr kompliziert. Rafe und ich waren uns jedoch schnell einig, dass wir die Anzahl der Gäste auf ein vernünftiges Maß beschränken wollten. Wahrscheinlich hätten wir uns für eine schlichte standesamtliche Hochzeit entschieden, wäre da nicht meine Mutter gewesen. Um meinen Eltern die gute Neuigkeit persönlich zu überbringen, hatten wir sie in Ägypten besucht, und zu meiner Überraschung machte meine Mutter, die als Archäologin ihr ganzes Leben in Kakihosen, Arbeitsstiefeln und Strohhut verbracht hatte, plötzlich einen auf Brautmutter.

„Ach, wie lange ich schon von diesem Tag träume", sagte sie mit sehnsuchtsvollem Blick. „Endlich wird meine Kleine heiraten."

Was sollte das heißen, „endlich"? Ich war noch nicht einmal dreißig.

Nach dem Besuch waren wir nach Neuseeland gereist, wo

Rafe eine Sammlung seltener Manuskripte zu begutachten hatte, und hatten uns etwas Zeit für uns genommen, fern von allen neugierigen Blicken und all den Wichtigtuern, die wir zu Hause um uns hatten. Es war fantastisch gewesen und nach drei Wochen Sightseeing und Entspannung, in denen ich behandelt wurde, als sei ich die wichtigste Frau der Welt, war ich mir sicherer denn je, dass ich das Richtige tat. Denn zugegebenermaßen ist es nicht ganz unproblematisch, einen Vampir zu heiraten.

Als wir nach Oxford zurückkehrten, hatten die Mitglieder des Vampir-Strickclubs beschlossen, dass sie mir das Brautkleid selbst entweder stricken oder häkeln würden und William Thresher, Rafes Butler und Verwalter seines Anwesens, plante bereits unser Hochzeitsmenü. Selbstverständlich war die schlichte standesamtliche Trauung damit ziemlich rasch vom Tisch und wir einigten uns darauf, die Hochzeit in Rafes Herrenhaus abzuhalten, das bald auch mein Zuhause sein würde. Ich begann, Brautzeitschriften zu kaufen.

Ich bat meine Cousine Violet, Brautjungfer zu sein. Und unsere Freundin Alice war bereit, die Rolle der Trauzeugin zu übernehmen. Jennifer, meine beste Freundin aus Boston, würde kommen, weil wir uns bereits als Teenager, als wir gemeinsam *Friends* schauten, gegenseitig versprochen hatten, jeweils bei der Hochzeit der anderen Brautjungfer zu sein. Als Trauzeuge für Rafe würde Lochlan Balfour, sein irischer Freund, kommen.

William würde das Catering übernehmen und seine Schwester Olivia für den Blumenschmuck sorgen. Die ganze Planung verlief so reibungslos, dass ich nervös wurde.

So weit, so gut. Dann kam mein schwierigstes Dilemma.

Was sollte ich mit Granny machen? Ihre Verwandlung in

eine Vampirin war noch nicht so lange her, dass sie sich in der Öffentlichkeit würde blicken lassen können. Aber sollte ich meine geliebte Großmutter etwa nicht zu meiner Hochzeit einladen?

Ich konnte für dieses Problem keine Lösung finden, aber schließlich fand Granny eine. „Mein Schatz", sagte sie, als ich sie fragte, was ich tun sollte, „ich kann doch vom Fenster aus zusehen."

Die Villa hatte so viele Zimmer mit Fenstern, dass es ein Leichtes sein würde, die Trauung so zu organisieren, dass Granny alles perfekt würde sehen können. Ich umarmte sie. „Es wird nicht dasselbe sein, wie dich direkt dabei zu haben, aber die Idee ist genial."

„Ich werde im Geiste bei dir sein, das weißt du", antwortete sie.

Obwohl wir weder mit einer Anzeige in der Lokalzeitung noch auf andere Art das Hochzeitsdatum bekanntgegeben hatten – wir wollten ja eine Feier im kleinen Kreis –, sprach es sich irgendwie herum. Ich freute mich sehr, als Karten mit Verlobungsglückwünschen und auch ein paar Geschenke im Laden und in Rafes Villa eintrafen.

Sobald der Vampir-Strickclub erfahren hatte, dass Rafe und ich heiraten wollten, wurden alle regelrecht vom Hochzeitsfieber gepackt.

Und auch ich war aufgeregt. Wer wäre das nicht gewesen? Ich würde meine große Liebe heiraten und bald in ein Haus einziehen, das Rafe als Herrenhaus bezeichnete, und das meines Erachtens eher ein Schloss war. Und um es ganz offen zu sagen, meine Geldsorgen wären vorbei. Außerdem war er superintelligent, ein netter Gesprächspartner, gelegentlich witzig und ein Vampir. Mir war klar, dass keine

Beziehung perfekt war, aber über sein Untotsein hinwegzukommen, war der größte Knackpunkt gewesen, der mich hatte zögern lassen.

Aber jetzt, da ich die Entscheidung getroffen hatte und zum Beweis den mit Smaragden und Diamanten bestückten Verlobungsring am Finger trug, waren die Vampire begeistert dabei.

Anfangs hatten einige befürchtet, ich könnte das Handarbeitsgeschäft Cardinal Woolsey's mit meiner Heirat aufgeben, aber sobald ich ihnen versicherte, dass ich meine Arbeit nicht aufgeben würde, waren alle Sorgen verflogen.

Die Vampire hatten zu allem eine Meinung. Wo wir unsere Flitterwochen verbringen sollten, ob ich die Wohnung über dem Laden behalten sollte, für den Fall, dass ich einmal in der Stadt übernachten müsste, und sogar, ob Nyx sich bei ihnen wohler fühlen würde, wenn ich abends nach Hause fuhr. Die schwarze Katze Nyx war meine Vertraute. Ich rechnete es den Vampiren hoch an, dass sie bereit wären, Nyx in dem Tunnellabyrinth unter der Stadt Oxford, wo einige von ihnen ihr Zuhause hatten, wohnen zu lassen, aber ich versicherte ihnen, dass es Nyx nichts ausmachen würde, mit mir zu pendeln. Schließlich war sie meine Vertraute.

Aber vielleicht drehten sich die aufgeregtesten Gespräche um meine Brautgarderobe.

Es wurde ziemlich bald klar, dass ich mir mein Kleid nicht in einem Brautmodengeschäft aussuchen würde. Der Vampir-Strickklub wollte unbedingt mein Hochzeitskleid anfertigen. Ich wusste nicht einmal, dass man ein Hochzeitskleid stricken konnte, aber sie zeigten mir Bilder von gestrickten und gehäkelten Kleidern, die absolut hinreißend waren.

Ich tendierte zu einem höheren Ausschnitt, aber Sylvia drängte mich immer wieder zu einem tief ausgeschnittenen, schulterfreien Kleid.

Wir standen in meinem Hinterzimmer, wo ich Kurse organisierte und in dem auch die Zusammenkünfte des Vampir-Strickclubs stattfanden. Sylvia, Granny, Clara und Mabel waren mit weiteren Schnittmustern durch den Hintereingang hereingekommen. Ich war etwas nervös, da nur ein Vorhang den hinteren Teil des Ladens vom vorderen trennte und ich nicht riskieren wollte, dass Granny von jemandem gesehen würde. Für Kunden wäre es ja ein ziemlicher Schock gewesen, die eigentlich verstorbene frühere Ladeninhaberin hier herumlaufen zu sehen.

Es waren jedoch gerade keine Kunden da und ich achtete mit halbem Ohr immer auf die Türklingel, um gleich vorn im Laden sein zu können, falls jemand käme. Eigentlich sollte ja Violet im Laden bedienen, aber sie machte gerade ihre Teepause, und wer wusste schon, wann die enden würde?

Sylvia zeigte mir noch ein handgestricktes Kleid mit tiefem Ausschnitt. Schließlich sagte ich: „Ich möchte es nicht so weit ausgeschnitten."

Sylvia schaute erst zu Granny und dann zu mir, wobei ihr Blick auf mein Dekolleté fiel. „Es ist so viel praktischer, Liebes. Für danach." Dabei warf sie mir einen vielsagenden Blick zu.

Noch nie hatte ich Sylvia verlegen gesehen, und auch jetzt war ich mir nicht sicher, ob es Einbildung war, aber irgendetwas in ihrem Blick war definitiv merkwürdig. Granny blickte zu Boden, als suchte sie nach Wollmäusen.

„Für wonach?" Ich hatte keine Ahnung, was die beiden meinten.

„Die Hochzeitsnacht", sagte sie schließlich.

Ich raffte es immer noch nicht. „Was hat denn mein Dekolleté mit meiner Hochzeitsnacht zu tun?"

Dass die beiden altmodisch waren, wusste ich ja, aber auch Sylvia war erst am Ende des neunzehnten Jahrhunderts geboren, nicht im siebzehnten.

Schließlich entfuhr es Sylvia fast wie ein Kreischen: „Für den Fall, dass er dich verwandelt."

Ich war so verblüfft, dass ich eine Sekunde lang keine Worte fand. „Mich verwandelt?"

„In eine von uns", sagte sie schließlich.

Ich tat einen Schritt zurück. Nicht absichtlich, nur rein instinktiv. „Meinst du, Rafe wird mich in unserer Hochzeitsnacht in eine Vampirin verwandeln?"

„Ja", sagte sie, als wäre ich schwer von Begriff. „Das ist doch logisch. Als Teil der Trauungszeremonie."

„Nicht bei der Trauung, an der ich teilnehme!"

Ich sah meine Großmutter an, und sie sah mir endlich in die Augen. Ich war nicht ganz sicher, aber ich hatte den Eindruck, dass sie erleichtert war. Sylvia nicht so sehr. Ich versuchte, meinen Standpunkt darzulegen. „Es ist ja nicht so, als hätten wir nicht darüber gesprochen, und ich liebe Rafe. Das wisst ihr. Aber ich will kein Vampir werden."

Ich wollte sie nicht verletzen, aber ich aß viel zu gern normales Essen und zog es vor, mich eigenhändig zu schminken und dabei in einen Spiegel schauen zu können. Vielleicht betrachtete ich die Dinge aus einer zu menschlichen Perspektive, aber ich wollte vor der Sonne nicht mehr

Angst haben müssen als ein hellhäutiger Mensch, der sich Sorgen um die Ozonschicht machte.

„Aber dann lässt du ihn ganz allein", sagte Clara. Sie war sentimental und neigte dazu, auszusprechen, was auf der Hand lag.

Ich nickte. Das war zugegebenermaßen das Traurige an meiner bevorstehenden Hochzeit. „Ich weiß. Aber er will mich trotzdem heiraten, und er ist derjenige, der am meisten zu verlieren hat." Für mich wäre es hingegen fabelhaft. Mein ganzes Leben lang würde ich einen Mann mit dem Aussehen und der Kraft eines Fünfunddreißigjährigen haben. Dass ich altern würde und er nicht, würde irgendwann merkwürdig werden, aber damit würden wir uns beschäftigen, wenn es so weit wäre.

Dann übernahm Granny das Gespräch. „Gut. Jetzt, wo wir das geklärt haben, hast du noch mehr Brautkleider zur Auswahl."

Wir einigten uns schließlich auf ein gehäkeltes Kleid, das mit reinem Seidenhäkelgarn hergestellt werden sollte. Dazu gehörten separate Spitzenblumen, die einzeln gehäkelt und dann angenäht werden konnten, sowie ein wunderschöner Schal und eine abnehmbare Schleppe. Das war wichtig, denn jedes Mitglied des Vampir-Strickclubs wollte mit einem Stück an meinem Kleid beteiligt sein, also musste es aus mehreren Teilen bestehen.

Die einzige Schwierigkeit bestand darin, dass Rafe das Kleid vor unserem großen Tag nicht zu Gesicht bekommen durfte, wir mussten also zusätzliche geheime Treffen veranstalten. Ich ahnte, dass er wusste, was vor sich ging, aber er war kein Spielverderber, und wenn ich ihm sagte, er dürfe nicht in die Nähe meines Ladens kommen, tat er es auch nicht.

„Und was ist mit der Tradition, dass die Braut etwas Altes, etwas Neues, etwas Geliehenes und etwas Blaues trägt?", fragte Mabel. Noch bevor ich den Mund aufmachen konnte, sagte sie eifrig: „Ich würde dir sehr gern etwas leihen. Vielleicht etwas zum Anziehen."

Es verlangte mir einiges ab, die Ruhe zu bewahren und sie nicht mit entsetzter Miene anzustarren. Manchmal trug ich aus reiner Freundlichkeit einen der Pullover, die Mabel für mich strickte. Sie konnte fantastisch stricken, aber sie hatte von allen, die ich kannte, bei Weitem den schlechtesten Geschmack. Bei der Vorstellung, am Tag meiner Hochzeit etwas von ihr tragen zu müssen, überlief mich ein Schauer des Entsetzens.

Mit ziemlicher Sicherheit ging es allen anderen ebenso. Granny sagte: „Ich bin so froh, dass du das ansprichst, Mabel. Ich wollte schon lange mit Lucy über mein eigenes Brautkleid sprechen."

Wir drehten uns alle um und starrten sie an. „Du hast noch dein Hochzeitskleid?", fragte ich sie. Ich war nicht besonders gut in Mathe, aber ich nahm an, dass sie um das Jahr 1960 geheiratet hatte. Ich wohnte jetzt in ihrem Haus. Dort war mir noch kein altes Hochzeitskleid untergekommen. So etwas hätte ich mir gemerkt.

Ein bisschen von oben herab sagte sie: „Wenn du dir jemals die Mühe machen würdest, auf den Dachboden zu gehen, wärst du überrascht, was du dort alles findest."

Ich war zwar schon auf dem Dachboden gewesen, aber das war schon ewig lange her. Wenn nicht gerade Wasser durch die Decke tropfte oder Ungeziefer im Haus war, wer ging dann schon auf den Dachboden?

„Da oben ist nicht viel", sagte sie. „Aber ein paar besondere Dinge habe ich aufbewahrt. Dazu gehört auch mein Hochzeitskleid."

„Aber wir wollen Lucy doch ihr Hochzeitskleid häkeln", sagte Sylvia etwas gekränkt.

Granny nickte. „Mein Kleid ist sowieso zu altmodisch, aber ich dachte, vielleicht gefällt dir der Schleier, und die Knöpfe sind etwas ganz Besonderes. Dein Großvater und ich, wir haben eine sehr glückliche und lange Ehe geführt. Es würde mich sehr glücklich machen, wenn du die Tradition weiterführen würdest."

Nun, was sollte ich dazu sagen? Die Arme konnte nicht einmal an meiner Trauung teilnehmen, weil man sie als wandelnde Leiche geoutet hätte. Das Geringste, was ich tun konnte, war, etwas von ihrem Kleid zu tragen. Selbst wenn ich das ganze Kleid getragen hätte, hätte es allemal viel besser ausgesehen als alles, was Mabel sich hätte einfallen lassen können.

Granny wurde nostalgisch. „Mir kommt es manchmal vor, als sei meine Hochzeit erst gestern gewesen. Was für ein glücklicher Tag!"

„Das glaube ich gern."

Sie schaute in die Runde. „Sollen wir jetzt raufgehen und nachschauen?"

Ich musste auf Violets Rückkehr warten, also schlug Granny vor, dass sie selbst mit den drei anderen Vampirinnen nach oben gehen und den Dachboden öffnen könnte. Ich konnte nachkommen, wenn meine Cousine wieder hier war.

Ich wollte nichts verpassen. „Amüsiert euch ja nicht ohne mich", warnte ich sie.

Der Seitenblick, den sie mir zuwarf, schien sagen zu wollen, dass ich, seit ich das Haus geerbt hatte, ja jederzeit auf den Dachboden hätte gehen können, wenn es mich so sehr interessierte.

Sie gingen hinauf in meine Wohnung, und Nyx, die immer neugierig war, beschloss, ihren üblichen Schlafplatz in einem Wollkorb in meinem Schaufenster zu verlassen und den Vampiren nach oben zu folgen. Recht hatte sie. Dort oben war es auf jeden Fall spannender als hier im Laden. Ich zwang mich zu einer raschen Aufräumaktion an meinen Wollregalen.

Die Tür ging auf. Aber es war weder meine Verkäuferin noch ein Kunde. Es war Theodore, auch ein Vampir und guter Freund von mir. Früher war er Polizeibeamter gewesen und jetzt betrieb er ein kleines Detektivbüro. Er stammte aus der Zeit vor dem Computerzeitalter und war bei seinen Nachforschungen sehr gründlich. Wenn man jemanden diskret beschatten lassen wollte, war Theodore der Richtige. Hinter seinem Babygesicht verbarg sich ein scharfer Verstand. Außerdem war er Künstler.

Er schaute sich um, um sicherzugehen, dass niemand in der Nähe war, und sagte dann: „Lucy, ich habe eine Idee für dein Geschenk."

Also eindeutig kein Überraschungsgeschenk. „Okay." Wahrscheinlich klang ich zögerlich, weil ich gerade erst Mabels Vorschlag abgelehnt hatte, mir etwas von ihrer Kleidung für die Hochzeit zu leihen.

Er sah ziemlich selbstzufrieden aus. „Ich komme gerade aus dem Laden für Kunstzubehör. Ich bin zwar kein großer

Künstler, aber ich habe während meiner Arbeit bei der Polizei auch kriminalistische Skizzen angefertigt."

Ich war nicht ganz sicher, was Kriminalistik mit meiner Hochzeit zu tun haben sollte. Hoffentlich nichts. Er schaute mich an, als ob er darauf wartete, dass ich verstand, worauf er hinauswollte. Da das keineswegs der Fall war, musste ich etwas verständnislos geblickt haben. „Und ich male einen Großteil der Kulissen für die Theaterproduktionen des Cardinal College", setzte er hinzu.

Ich nickte. Das wusste ich. Ich hatte dort sogar bei der Aufführung von *Ein Sommernachtstraum* mitgeholfen, obwohl es eher ein Albtraum gewesen war.

„Also, ich biete dir meine Dienste an, um deine Hochzeit aufzuzeichnen. Weil Hochzeitsfotos unvollständig wären."

Fast hätte ich mir mit der flachen Hand gegen die Stirn geschlagen. Warum hatte ich überhaupt noch nicht daran gedacht? Wenn ich von meiner Hochzeit geträumt hatte, hatte ich mir immer vorgestellt, dass Fotos gemacht würden. Aber wenn ich danach ein Hochzeitsalbum durchblättern würde, in dem nur ich zu sehen wäre (scheinbar mit einem imaginären Bräutigam), müsste ich mir ziemlich blöd vorkommen.

Ich trat auf Theodore zu und umarmte ihn. „Das ist das beste Geschenk aller Zeiten. Vielen, vielen Dank."

Er wirkte verlegen. „Bist du sicher? Wir könnten richtige Porträtmaler einstellen."

Ich schüttelte den Kopf. „Nein. Ich will nichts Steifes, Schickes und Förmliches. Ich glaube, du würdest das toll machen. Vielen Dank."

Er war hocherfreut und sagte: „Ich fange sofort an zu üben. Vielleicht gehe ich sogar zum Herrenhaus Crosyer und zeichne schon einmal ein paar Hintergründe, damit ich mich an dem glücklichen Tag ganz auf euch beide konzentrieren kann." Und dann ging er mit seiner Tasche voller Zeichenutensilien in mein Hinterzimmer, von dem aus man über eine Falltür die Tunnelgänge unter der Stadt und die unterirdischen Wohnungen erreichen konnte.

Kurz darauf kam Violet herein. Sie blickte sich um. „Warum ist es heute so ruhig?"

Ich schüttelte den Kopf. „Ich weiß nicht. Manche Tage sind eben so, nicht?"

„Also, dann sollte ich vielleicht früher gehen." Hoffnungsvoll sah sie mich an.

Diese Hoffnung erstickte ich im Keim. „Ich werde oben gebraucht. Granny möchte mir ihr altes Brautkleid zeigen. Anscheinend hat es all die Jahre auf dem Dachboden gelegen."

„Das ist schön", sagte sie und klang wehmütig. „Meine Großmutter hat ihr Brautkleid in Seidenpapier verpackt aufbewahrt, aber ich bezweifle, dass ich es jemals tragen werde."

Sie war nicht nur größer und kräftiger als ihre Großmutter. Ich konnte mir auch nicht vorstellen, dass sie ein Vintage-Kleid tragen wollte. Violet war eher der Bohemien-Typ. Aber ich hatte den Eindruck, dass es ihr egal war, was sie tragen würde. Sie wollte einfach heiraten. Und nach ihren Erfahrungen zu urteilen, zumindest, seit ich in Oxford angekommen war, war ihre Dating-Bilanz eher dürftig.

„Warst du noch einmal auf Witch Date?", fragte ich sie.

Sie erschauderte. „Vielen Dank, ich habe meine Lektion gelernt. Nein."

William, Rafes Butler und Hausverwalter, wollte ich nicht

aufs Tapet bringen, aber ich war mir ziemlich sicher, dass sie etwas für ihn empfand. Manchmal dachte ich, dass das vielleicht auf Gegenseitigkeit beruhte, aber bei William war das schwer zu sagen.

Als ob ich das Thema wechseln wollte, fragte ich: „Hast du in letzter Zeit bei irgendwelchen Catering-Aufträgen von William ausgeholfen?"

Sie verdrehte die Augen und ging dann hinter die Kasse, um ihre Handtasche zu verstauen. „Ach komm. Der Mann ist besessen von deiner Hochzeit. Er denkt an nichts anderes mehr."

Na ja, das war gut. Zumindest für mich.

Ganz spontan ergriff ich ihre Hand. „Für dich wird es auch so weit kommen, das weißt du doch."

Traurig sah sie zu mir hoch. „Meinst du? Manchmal denke ich, es liegt an dieser Stadt. Wenn du nicht irgend so ein verrücktes Genie bist, passt du nicht wirklich nach Oxford, oder?"

„Also, ich bin kein verrücktes Genie. Und es geht mir ganz gut."

Sie schnaubte. „Du hast Rafe. Und diesen Laden. Was habe ich?"

„Du hast Freundinnen. Deine Familie. Du gehörst zu diesem Laden. Du hast deine Hexenschwestern."

Sie begann, die Zeitschriften zu ordnen. „Ich fühle mich einfach rastlos. Das ist alles. Mach dir keine Sorgen um mich. Es geht schon vorbei." Dann reckte sie ihr Kinn in Richtung der Tür, die zu meiner Wohnung führte. „Du solltest dich besser aufmachen. Es sei denn, du willst unbeaufsichtigte Vampire auf deinem Dachboden haben."

Sofort machte ich mich auf den Weg zur Tür. „Da hast du recht. Schlimm genug, sie im Untergeschoss zu haben."

Zum Glück kamen dann zwei Kundinnen herein, sodass Violet etwas zu tun bekam. Ich schlüpfte durch die Tür ins Treppenhaus und lief die Treppe hinauf zu meiner Wohnung. Im Wohnzimmer war niemand. Ich blieb stehen und lauschte. Sie hatten nicht auf mich gewartet. Ich lief die zweite Treppe hinauf und fand sie im Gästezimmer.

In all den Jahren, in denen ich hier wohnte, hatte ich den Haken an der Decke nie beachtet, aber es stellte sich heraus, dass sich im Schrank ein Werkzeug befand, das man an einem Metallring einhaken konnte. Granny zog daran und öffnete eine Klappe an der Decke, über die sich eine ausziehbare Leiter herunterziehen ließ.

„Echt cool", sagte ich.

„Lucy, Liebes, du musst dieses Haus wirklich noch besser kennenlernen", sagte Granny.

Natürlich hätte sie mir auch sagen können, dass man durch diesen Eingang zum Dachboden kam. Ich vermutete, dass sie selbst nicht mehr daran gedacht hatte. Sie sagte: „Ich gehe vor. Nur für den Fall, dass der Dachboden mit der Zeit morsch geworden ist." Ich glaube nicht, dass sie sich wegen eines morschen Bodens sorgte. Vielmehr wollte sie unbedingt als Erste oben sein. Und da sie vermutlich alles, was sich dort oben befand, selbst dorthin geräumt hatte, war das auch nachvollziehbar.

Jetzt, da Granny ein Vampir war, war sie nicht mehr so gebrechlich, wie sie es als ältere Sterbliche gewesen war. Sie hatte starke, schlanke Beine und stieg die schmale Leiter hinauf wie eine Zwanzigjährige.

„Irgendwo muss hier oben Licht sein." Gedämpft drang

ihre Stimme zu uns herunter. Etwas raschelte, man hörte einen Schlag und dann: „Ach, hier ist es." Und dann schien tatsächlich elektrisches Licht durch die Luke im Dachboden.

„Geh du als Nächste, Lucy", sagte Sylvia und schob mich nach vorne. Ich war mir sicher, dass sie auch unbedingt dort hinaufwollte, mir aber aus Höflichkeit den Vortritt ließ. Ich glitt nicht so schnell und reibungslos nach oben wie meine Großmutter, aber ich schaffte es. Der Dachboden war nicht sehr groß. Er hatte ein spitzes Dach, das mir ziemlich solide zu sein schien. Hier drin war es kühl und trocken, was sicher auch ein gutes Zeichen war. Es standen Kisten und ein paar Truhen herum, ein paar alte, kaputte Möbel und ein paar alte Gemälde hier und da.

In der Mitte konnte man aufrecht stehen.

Während die anderen hinter uns hochkletterten, ging Granny direkt zu einer verstaubten Truhe, löste das Messing-schloss und klappte den Deckel auf. Sie ging auf die Knie, und ich kniete mich neben sie. Ein schwacher Lavendelduft und ein Geruch nach Holzspänen stieg auf.

„Sie ist mit Zedernholz ausgekleidet", sagte sie. „Das sollte die Motten fernhalten."

Ich fühlte mich wie ein kleines Mädchen, das Verkleiden spielte, als wir die verschiedenen Gegenstände in der Truhe durchsahen. Es lagen alte Fotos, Theaterprogramme und Speisekarten, alte Modezeitschriften und Gedenkzeitungen über die Krönung von Königin Elisabeth darin.

Eine kaputte Uhr entlockte ihr einen Seufzer. „Das war das erste Geschenk von deinem Großvater."

Ich hatte Spaß an den Kleidern. Ein Samtmantel und ein frühes Chanel-Kostüm fielen mir gleich auf. Ich konnte mir vorstellen, noch einmal heraufzukommen, wenn ich mich nicht zwischen neugierigen Vampiren hindurchdrängeln musste.

„Wo ist denn das Kleid?", wollte Sylvia wissen. Grannys Reise in die Vergangenheit interessierte sie viel weniger als mich.

Granny grub tiefer. Ihr Hochzeitskleid lag sorgfältig zusammengelegt in einem Leinenbeutel mit Reißverschluss. Diesen holte sie heraus, und ich half ihr, den Reißverschluss zu öffnen und das Kleid herauszuholen. „Mein Brautkleid." Granny hielt es auf einem gepolsterten rosa Seidenbügel in die Höhe. Das Kleid war im Mieder enganliegend und hatte einen ausgestellten Rock, der ihr wahrscheinlich bis knapp unters Knie gegangen war. Es sah aus wie etwas, das Audrey Hepburn hätte tragen können. Ich war froh, dass Granny nicht vorhatte, mir das ganze Kleid zu leihen, denn ich hätte es mir an mir selbst nicht vorstellen können. Stattdessen drehte sie es um und zeigte mir die Rückseite. Zuerst dachte ich, sie wollte mir die Schleife zeigen, doch dann veränderte sich das Licht und ich bemerkte, wie die Knöpfe schimmerten. Ich beugte mich heran, um sie aus der Nähe zu betrachten.

„Sind das Mondsteine?", fragte ich.

Ihr Blick war weich und voller Gefühl, als sie sich zur mir drehte. „Ja. Und – siehst du? –es sind winzige Sonnen und Monde hineingeschnitzt. Eine meiner Hexenschwestern hat sie mir geschenkt. Ich dachte, wir könnten diese Knöpfe in dein Kleid einarbeiten. Sie haben große symbolische Bedeutung."

Über Kristalle wusste ich ein wenig Bescheid. Zwischen den Strickstunden, der Arbeit in meinem Laden und den

Reisen mit meinem Zukünftigen hatte ich auch meine Hexenlektüre weiter vertieft.

Ich versuchte mich zu erinnern, was ich gelesen hatte. „Es ist ein Beziehungsstein." Damit konnte ich kaum danebenliegen, immerhin hatte eine Hexe diese Steine ja an ihrem Brautkleid getragen.

„Genau. Unter anderem sollte er euch helfen, reibungslos miteinander zu kommunizieren."

Ich dachte an einige der starken Meinungen, die sowohl Rafe als auch ich vertreten konnten, und wusste durchaus zu schätzen, wie nützlich reibungslose Kommunikation sein konnte.

„Und die Sonnen und Monde sind wie Rafe und ich. Geschöpfe des Tages und der Nacht, die zusammenpassen."

„Genau", sagte Granny und sah zufrieden aus.

Sylvia neigte ihren Kopf zur Seite. „Aber da sind nur noch fünf Knöpfe dran. Der sechste scheint verloren gegangen zu sein."

„Können wir nicht mit fünf auskommen?", fragte ich. Mir gefielen diese Knöpfe sehr und ich fand es super, dass sie auch an Grannys Kleid gewesen waren.

„Nicht bei dem Muster, das wir gewählt haben. Da brauchst du mindestens neun."

Es musste doch eine Möglichkeit geben, das Problem zu lösen. Und die gab es auch.

Clara sagte: „Ich kenne jemanden, der welche machen kann."

Mit großen Augen drehten wir uns alle zu ihr um. „Du kennst jemanden, der Mondsteinknöpfe schnitzen kann?" Ich musste sichergehen, dass wir wirklich dasselbe meinten.

„Ja. Er lebt in Wallingford. Ich hatte ihn gebeten, einige schöne geschnitzte Muschelknöpfe für einen Umhang anzufertigen, den ich selbst gemacht hatte, das ist nun schon einige Jahre her. Er ist auf Kristalle spezialisiert. *Herrick's Crystal* ist ein charmantes Geschäft in der Nähe des Schafsmarktes."

„Wallingford ist nicht weit", sagte Sylvia. „Wir könnten doch alle hinfahren. Lasst uns einen Ausflug machen!"

Diese Idee gefiel mir sehr. Ich hatte das Gefühl, dass ich schon zu lange entweder im Laden eingesperrt oder in die Hochzeitsplanung vertieft gewesen war. Die Sonne schien, Frühling lag in der Luft, und ich sehnte mich nach einer Spazierfahrt. „Hat dort nicht Agatha Christie gewohnt?" Es war eine dieser belanglosen Informationen, die ich offensichtlich irgendwo gelesen hatte und die hängen geblieben war.

„Ja. Ihr Haus hieß Winterbrook. Wenn du willst, können wir dort vorbeifahren. Agatha und ihr zweiter Mann Max waren dort glücklich."

„Kanntest du Agatha Christie?" Manchmal vergaß ich, wie berühmt Sylvia gewesen war, als sie noch gelebt und Filme gedreht hatte.

Kühl blickte sie mich an. „Ich kannte sie alle, Schätzchen."

# KAPITEL 2

ir beschlossen, am nächsten Tag hinzufahren. Es war ein Freitag. Wir brachen morgens auf, den Laden würde Violet betreuen. Sie stieß einen langen Seufzer aus, als sie erfuhr, dass sie im Laden festsitzen würde, während ich Ausgang hatte. Ehrlich gesagt tat sie die meiste Zeit so, als sei sie eine überarbeitete Sklavin, obwohl sie in Wirklichkeit gut bezahlt wurde. Eigentlich überzahlt für ihr Arbeitspensum.

Sylvia ließ sich gerne von einem männlichen Chauffeur fahren. Und da es ihr Auto war, ließen wir sie normalerweise gewähren. Also wurde Alfred beauftragt, den Bentley zu fahren.

Er hielt uns höflich die Türen auf und half uns allen beim Einsteigen. Als wir alle saßen und Alfred losgefahren war, sagte Sylvia: „Übrigens, Lucy, wenn du dir den Bentley für deine Hochzeit ausleihen möchtest, kannst du ihn gerne haben."

„Das ist wirklich nett von dir. Aber ich glaube, Rafe hat das mit den Fahrten unter Kontrolle."

Sie schien kurz zu überlegen. „Vielleicht sollte ich dir dann mein Collier von Cartier leihen, damit du etwas Geborgtes hast."

Beinahe hätte ich die Wagentür geöffnet und mich aus dem fahrenden Auto gestürzt. Ich dachte, Sylvia hätte mir endlich verziehen, dass ich ihren wertvollsten Besitz vorübergehend verloren hatte, und ich hätte ihr endlich verziehen, dass mich die Aktion ihr zuliebe fast das Leben gekostet hätte. Und jetzt wollte sie mir den Schmuck leihen? Wir starrten sie alle an, und eine schreckliche Stille erfüllte das Auto. Dann bemerkte ich das Funkeln in ihren Augenwinkeln. Ich prustete los und als auch bei allen andern der Groschen fiel, kicherten wir alle los wie, na ja, wie ein Auto voller Frauen, die mit einer zukünftigen Braut zum Einkaufen fuhren.

Wir waren ein bunt zusammengewürfelter Haufen, aber diese verrückten, untoten Frauen gehörten zu meinen engsten Freundinnen.

Wallingford war nicht sehr weit von Oxford entfernt, und in knapp vierzig Minuten erreichten wir den Ortsrand.

„Oh je", sagte Alfred, als der Verkehr zäh wurde. „Ich glaube, es ist Markttag hier."

„Markttag?"

„Ja. Wallingford ist seit der Zeit der Sachsen ein Marktflecken."

Diese historischen Details konnten mich immer wieder in Erstaunen versetzen. Ich malte mir aus, wie die Menschen hier vor mehr als tausend Jahren mit Getreide, Schafsfellen und sonstigen Dingen Tauschhandel betrieben hatten. Es war zwar wahnsinnig viel Verkehr, aber ich freute mich, an einem Markttag hier zu sein. Da könnte ich Touristin spielen.

Wir beschlossen, zuerst den Knopfmacher zu besuchen und dann über den Markt zu schlendern.

Wallingford war mir auch aus einem anderen Grund vertraut. „Ich glaube, in Wallingford wohnte auch die Hexe, die den Fluch verkauft hat, mit dem Violet belegt wurde."

Granny starrte mich an. „Die böse Hexe von Wallingford."

Ich hatte kaum aufgehört, über Sylvias Witz zu lachen, dass sie mir ihr Cartier-Collier borgen wollte, da prustete ich schon wieder los. „Die böse Hexe von Wallingford. Guter Witz."

„Ich mache keine Witze. Wenn es dieselbe Frau ist, dann kenne ich sie schon seit Jahren. Sie ist eine mächtige Hexe und beschränkt sich gewiss nicht auf weiße Magie."

„Sie nennt sich doch nicht wirklich die böse Hexe von Wallingford, oder?"

„Natürlich nicht. Das ist unser Spitzname für sie. Sie heißt Karmen. Mit K", sagte sie, als wäre das an sich schon unschicklich.

Mit der Frau, die beinahe meine Cousine umgebracht hätte, hatte ich schon immer mal ein Wörtchen reden wollen. Es schien, als hätte mich das Schicksal in die Nähe dieser Karmen verschlagen. „Vielleicht sollten wir mal bei ihr vorbeischauen, solange wir hier sind. Die Hexe, die diesen bösen Zauber verkauft hat, möchte ich wirklich kennenlernen."

Es war Alfred endlich gelungen, einen Parkplatz für den Bentley zu finden, und wir stiegen alle aus. Wir müssen ein sehr merkwürdiges Bild abgegeben haben. Die Vampirinnen trugen alle große Sonnenhüte aus sonnendichtem Stoff und Sylvia dazu noch einen Sonnenschirm. Alfred begnügte sich mit einem Filzhut. Ich war ohne Kopfbedeckung, benutzte jedoch immer Sonnenschutzmittel.

In der Stadt herrschte reges Treiben, aber selbst inmitten der Menschenmassen konnte ich die Tudor-Gebäude und die malerischen kleinen Läden bewundern, die ich unbedingt aufsuchen wollte. Wallingford lag an der Themse, und ich beschloss, eines Tages, wenn kein Markt war, wieder hierher zu kommen und den Weg am Fluss entlangzugehen.

*Herrick's Crystal* befand sich in St. Mary's, einer reinen Fußgängerzone mit Geschenkläden, Süßwarenläden, einem wunderbaren Buchladen und zwei Cafés. In den kleinen Schaufenstern glitzerten interessante Schätze. Amethyst-Drusenhälften erstrahlten in herrlichem Lila. In diesem Laden musste es alle erdenklichen Kristalle aus aller Welt geben. Geschliffene Achate, Quarzspitzen, zu Schmuck verarbeitete Steine. Ich konnte spüren, wie ihre Energie mich anzog.

Als wir dicht gedrängt in dem kleinen Laden standen, füllten wir ihn fast völlig aus. Zum Glück waren wir die einzigen Kunden. Ein großer, hagerer Mann mit oben schütterem, grauem Haar blickte auf, als wir eintraten. Seine Schultern waren eingefallen, vermutlich weil er sich sein Leben lang hatte bücken müssen. Er war dabei, einen großen Aquamarin durch eine an einem Stirnband befestigte Lupe zu betrachten.

„Kann ich Ihnen behilflich sein?", fragte er. Ein blassblaues Auge schaute fragend, das andere war von der Lupe verdeckt.

Granny nahm die Schachtel mit den Mondsteinknöpfen, die sie vorsichtig von ihrem Kleid abgetrennt hatte, und zeigte sie ihm. Er nahm einen in die Hand und untersuchte ihn. „Sehr gute Arbeit. Die sind nicht von mir, oder?"

„Ich glaube nicht." Sie bat ihn, noch vier davon zu machen. Er besah sich jeden Knopf einzeln und sagte schließlich: „Ich kann nicht versprechen, dass meine so gut werden wie diese. Sie sind exquisit gearbeitet. Aber ich werde mein Bestes tun. Ist Ende nächster Woche in Ordnung?"

Wir stimmten zu und da wir unser wichtigstes Vorhaben ausgeführt hatten, verließen wir den Laden.

„Sollen wir jetzt auf den Markt gehen?", fragte Clara.

„Sehr gute Idee", sagte ich zustimmend.

Der Markt war bunt und laut. Sylvia drehte sich zu mir um. „Lucy, wäre es nicht eine ausgezeichnete Idee, wenn du anfangen würdest, zu diesen Veranstaltungen zu kommen? Du könntest einige deiner Strick-Sets verkaufen und vielleicht für die Kurse werben. Und wir könnten deinen Stand mit handgefertigten Pullovern, Kissen, Schals und so weiter bestücken. Die Fahrt hierher ist nicht allzu weit und es könnte dir zusätzliche Einkünfte bringen."

„Das ist eine phänomenale Idee", sagte ich. „Wenn ich nicht gerade beschäftigt wäre. Mit Heiraten und so."

Sie wurde ziemlich kämpferisch. „Du darfst nicht zulassen, dass deine Heirat dein Geschäft beeinträchtigt." Sie lachte leise. „Ich habe das nie getan."

Wir nahmen uns einen Moment Zeit, um das Treiben zu beobachten. Ich bezweifelte, dass sich dieser Markt seit der Zeit der Sachsen sehr verändert hatte. Natürlich waren die Menschen anders gekleidet und verkauften andere Produkte, aber im Grunde genommen war es immer noch ein Ort, an dem Menschen mit Waren handelten. Und ich war durchaus bereit, den Verkäufern einige ihrer Waren abzukaufen.

An einem Stand erstand ich wunderschöne Bienenwachs-kerzen. Die meisten meiner Kerzen waren für meine Hexen-kunst bestimmt, aber diese hier würde ich in Rafes Haus auf den Esstisch stellen. Ich sah mir getöpferte Teller und hand-geschnitzte Holzschalen an, und dann kam ich zu einem Tisch mit Hautpflegeprodukten in wunderschönen dunkel-blauen Glastiegeln und Fläschchen. Der Tisch war mit Kris-tallen geschmückt, sicher aus dem Kristallgeschäft, in dem wir gerade gewesen waren, und als diese im Sonnenschein funkelten, spürte ich, dass der Tisch mich anzog, so als würde er lauter kleine Händchen nach mir ausstrecken, die mich dorthin zogen.

Und ich war nicht die Einzige. Es war ziemlich voll hier. Ich blickte auf, um zu schauen, wem der Tisch gehörte, und sah eine unglaublich schöne Frau. Auf diesem Dorfmarkt voller normal aussehender Leute (abgesehen von den Vampi-ren) wirkte sie wie eine Märchenprinzessin. Ihr schwarzes, lockiges Haar reichte ihr bis zur Taille. Sie hatte große, dunkle Augen, makellose Haut und volle, rot geschminkte Lippen. Sie trug ein blaues Spitzentop zu einer Jeans, und ihre Ohrringe schienen aus Diamant und Lapislazuli zu sein. Gerade verpackte sie einen Cremetiegel und sagte zu der älteren Frau, die ihn kaufte: „Jeden Abend, denken Sie daran. Dann werden Sie nach drei Monaten einen Unterschied sehen, das verspreche ich Ihnen."

Die Kundin blickte auf und fragte: „Werde ich dann auch so schöne Haut haben wie Sie?"

Die Frau lachte. „Man kann nie wissen."

Sie hatte eine Aushilfe dabei, eine schlichte, um einiges ältere Frau, und während diese die nächste Kundin bediente, wandte sich die dunkelhaarige Schönheit mir zu. Als sich unsere Blicke trafen, spürte ich einen Stich des Erkennens. Es war seltsam. Ich war dieser Frau noch nie im Leben begegnet. Ihre Augen verengten sich leicht, als ob sie es auch gespürt hätte.

„Kann ich dir helfen, kleine Schwester?"

Das also war es. Sie war auch eine Hexe, also duzte sie mich. „Ich bin zufällig vorbeigekommen. Deine Verpackungen sind so schön."

Sie lachte leise, es klang etwas rauchig. Sogar ihre Zähne waren perfekt. „Es zählt nicht das Äußere, sondern das Innere."

Sie ergriff meine Hand, zog sie näher heran und pumpte mir dann aus einer Dosierflasche etwas Lotion auf das Handgelenk. Als sie diese einrieb, spürte ich die köstliche Geschmeidigkeit der Creme und atmete einen leichten Duft ein, der wie ein Garten im Frühling roch. Keiner der Düfte stach hervor, sondern sie vermischten sich angenehm.

„Was ist da drin?", fragte ich erstaunt.

„Mein Geheimrezept."

Sie hatte Nachtcremes, Tagescremes, Reinigungslotionen und Lippenbalsam. Es gab Probepakete mit kleinen Fläschchen von jeder Sorte und einem kleinen Reißverschlussbeutel, in dem man sie alle aufbewahren konnte. Als sie sah, wie ich diese betrachtete, sagte die Hexe: „Die eignen sich hervorragend als Brautjungferngeschenk."

Auch wenn wir beide Hexen waren, konnte ich nicht glauben, dass sie meine Gedanken so perfekt lesen konnte. „Woher wusstest du, dass ich gerade genau daran gedacht habe?"

Sie kicherte. „Dein Verlobungsring glänzt noch ganz neu,

und du trägst keinen Ehering. Ich habe nur eins und eins zusammengezählt."

„Nun, du liegst richtig. Ich bin eine Braut in spe." Vielleicht klang das kitschig, aber das war mir egal. Sogar das Wort Verlobter benutzte ich jetzt gern. Zweifellos würde ich Rafe eines Tages als mein Ehemännchen bezeichnen. Wenn ich an das Gesicht dachte, dass er dann machen würde, bekam ich sofort Lust, das auszuprobieren.

Die Hexe sagte: „Wenn du mir die Namen deiner Brautjungfern gibst, lasse ich die Beutel individuell gestalten. Das machen wir auf Bestellung. Bis nächste Woche kann ich sie liefern. Ist das noch rechtzeitig?"

„Das ist fantastisch. Vielen Dank." Ich gab ihr die Namen von Alice, Violet und Jennifer. Dann nannte ich auch noch Olivia, um mich bei Olivia Thresher dafür zu bedanken, dass sie für den Blumenschmuck sorgte.

Und da ich genauso eitel war wie jede andere, beschloss ich, auch für mich etwas Creme zu kaufen.

„Du wohnst aber nicht in der Nähe", sagte sie mit Bestimmtheit.

Ich schüttelte den Kopf. „Ich komme aus Oxford."

Sie sah mich scharf an. „Dann kennst du also Margaret Twigg."

Wenn es eine gemeinsame Bekanntschaft gab, die mir diese Frau nicht sympathischer machen würde, dann war das Margaret Twigg. Aber in Hexenkreisen war die Anführerin meines Hexenzirkels nun einmal sehr bekannt, daraus konnte ich dieser Frau hier ja keinen Vorwurf machen.

„Ja."

Noch einmal lachte sie ihr rauchiges Lachen. „Deinem

Ton höre ich an, dass Margaret dir nicht die Liebste von unseren Schwestern ist."

Jetzt fühlte ich mich gemein. „Das ist es nicht, es ist nur..."

Sie tätschelte mir das Handgelenk. „Das brauchst du mir nicht zu erklären. Und wie heißt du?"

„Ich bin Lucy Swift."

„Ah. Ich habe von dir gehört."

„Wirklich?" Das schien nichts Gutes zu verheißen.

Um ihre Lippen zuckte es. „Du hast doch einen Strickladen, oder? Ich will schon länger mal dorthin. Ich stricke gerne abends, beim Fernsehen."

Für eine so attraktive Frau klang das nach einer sehr häuslichen Beschäftigung. „Du bist jederzeit willkommen", sagte ich.

„Ich bin Karmen."

Ihre Augen weiteten sich und ihr Blick wanderte zu der Stelle, an der ihre Finger noch immer auf meinem Handgelenk ruhten. Mein Puls musste bei ihrem Namen hochgeschossen sein. „Hast du Schlechtes über mich gehört?"

Nun, nicht mehr, als dass meine Großmutter sie als die böse Hexe von Wallingford bezeichnete und ich sie stark im Verdacht hatte, den Fluch verkauft zu haben, der Violet fast umgebracht hätte. Aber darüber würde ich hier in der Öffentlichkeit keine Auseinandersetzung mit ihr vom Zaun brechen. Ich zog meine Hand zurück und sagte: „Darf ich dich später besuchen kommen? Ich würde mir deinen Betrieb gern mal ansehen."

Ihre Augen verengten sich ein wenig, dann entspannte sie sich und lächelte. „Du bist herzlich willkommen, kleine Schwester. Sagen wir so gegen vier? Dann kannst du dir den

27

Stoff für deine Beutel aussuchen, die Tilda, meine Assistentin, anfertigt."

Als die Mitarbeiterin ihren Namen hörte, schaute sie fragend herüber. Sie war um die sechzig und ihr faltiges Gesicht wirkte etwas angespannt. Ein paar graue Haarsträhnen lösten sich aus dem Dutt in ihrem Nacken, und sie strich sich eine Locke aus der Wange. „Brautjungferngeschenke", sagte Karmen.

Tilda lächelte mich an. „Herzlichen Glückwunsch zur baldigen Vermählung! Ja, ich kann die Beutel für Sie individuell gestalten. Diese Sets sind wunderschöne Geschenke für die Brautjungfern."

„Die Adresse steht auf meiner Visitenkarte", sagte Karmen.

Ich nickte. „Wir sehen uns um vier."

Jetzt wünschte ich, ich hätte mich nicht so mitreißen lassen. Ob Violet wirklich eine Creme von dieser Frau haben wollte, durch deren Fluch ihr Haare und Zähne ausgefallen waren? Wäre es gelogen, wenn ich einfach nicht erwähnen würde, bei wem ich die Creme gekauft hatte? Meine würde ich sofort benutzen, sozusagen als Produkttest, bevor sie mit meinen Brautjungfern in Berührung käme.

# KAPITEL 3

Als ich mich vom Stand der Hexe abwandte, bemerkte ich, dass Granny nicht mehr neben mir stand. Ich schaute mich um und sah sie ein paar Stände weiter, wo sie so tat, als würde sie sich gehäkelte Tagesdecken ansehen. Selbst von hier aus konnte ich sehen, dass sie nicht annähernd so gut waren wie die Decken, die Granny in einer einzigen Nacht selbst hätte häkeln können. Als sie sah, dass ich in ihre Richtung schaute, winkte sie mich zu sich. Sobald ich bei ihr war, zerrte sie mich am Arm weg in die Menschenmenge hinein.

„Was ist denn los? Du benimmst dich so komisch."

„Ich kenne diese Hexe."

„Wirklich?" Das war Pech. Es würde ihr wirklich den Tag verderben, denn eigentlich hatten wir gedacht, Granny nach Wallingford zu bringen wäre sicher. Es machte sie unruhig, die ganze Zeit drinnen festzusitzen und nur nachts ins Freie gehen zu können. Natürlich waren wir nicht weit von Oxford entfernt, und so war es nicht verwunderlich, dass ihr jemand begegnete, den sie zu ihren Lebzeiten gekannt hatte. Wenn

Granny ein normaleres Leben führen sollte, mussten wir wirklich in Betracht ziehen, sie viel weiter weg zu bringen.

Es verwirrte sie mehr, als ich erwartet hätte, jemanden zu erblicken, den sie von früher kannte. So schlimm hätte das eigentlich nicht sein sollen. Und es kam mir nicht so vor, als hätte die andere Hexe sie gesehen. Dann sagte sie: „Lucy, Karmen ist älter als ich."

Mir entfuhr ein ungläubiges Schnauben. „Nichts für ungut, aber dann muss diese Frau Karmens Tochter sein."

Sie schüttelte den Kopf. „Karmen hat keine Kinder. Das ist sie. Ich bin mir ganz sicher."

Heimlich schaute ich zu dem Hautpflegestand zurück. Karmen hatte nicht nur jung aussehende Haut und Haare, auch ihre Haltung und die Leichtigkeit, mit der sie sich bewegte, passten nicht zu einer alten Frau. „Granny, diese Frau kann nicht älter sein als vierzig."

„Ihr Anblick täuscht."

„Meinst du, sie hat etwas machen lassen?"

Granny sah mich fragend an. „Machen lassen?"

„Du weißt schon. Liften und andere Schönheitsoperationen."

Sie schüttelte den Kopf. „Es ist mehr als das. Du musst bei ihr sehr vorsichtig sein."

„Könnte sie so sein wie du? Untot?" Aber Karmen hatte mich als Hexe begrüßt und sie hatte keine der Eigenschaften, die ich mit Vampiren in Verbindung brachte. Sie hatte ja auch Creme auf meine Handgelenke gerieben und ihre Finger waren warm gewesen.

„Nein. Sie ist immer noch sterblich, dessen bin ich mir sicher."

„Gibt es Zaubersprüche, die einen jung halten können?"

Wenn es die gab, wollte ich unbedingt mehr darüber erfahren.

Sie warf mir einen kurzen Blick zu und sah besorgt aus. „Nicht wirklich, mein Schatz. Aber es gibt andere Künste. Die haben weniger mit Hexerei als mit Alchemie zu tun."

„Alchemie? Ist das nicht, wenn man Blei in Gold verwandelt?"

„Etwas Unedles in etwas Reines verwandeln. Wertloses Metall zu Gold machen, aber was noch wichtiger ist, sterbliches Fleisch unsterblich machen."

„Sterbliches Fleisch in unsterbliches verwandeln?"

Sie nickte.

Ich spürte, wie mir ein Schauer über den Rücken lief. Und zwar kein angenehmer. „Willst du mir sagen, dass diese Frau vielleicht den Jungbrunnen gefunden hat, der so schwer zu finden ist?"

„Nicht gefunden. Geschaffen."

Plötzlich kamen mir all diese Töpfe und Zaubertränke viel interessanter vor. „Und das verkauft sie in Flaschen?"

Granny schüttelte den Kopf. „Sie teilt ihr Wissen nicht mit anderen. Das wäre zu gefährlich."

Trotzdem machte mich das neugierig. Als Sterbliche, die einen Vampir heiraten wollte, wäre für mich ein Trank, der mich jung halten konnte, ziemlich interessant.

Da kam Sylvia auf uns zu und packte uns an den Ellbogen. „Wieso zieht ihr zwei denn einfach ohne mich los?"

Rasch und leise erklärte Granny ihr alles, was sie mir gerade gesagt hatte.

Sylvia warf einen Blick auf mich und ging dann in die Richtung, aus der wir gekommen waren, dorthin, wo der

Stand der Hexe regen Zulauf hatte. „Das wäre doch eine perfekte Lösung für dich, Lucy."

Grannys Gesicht war von Sorgenfalten überzogen. „Da bin ich mir gar nicht sicher. Ich weiß wirklich nicht, ob es gut ist, sich mit Alchemie einzulassen. Wir Hexen arbeiten mit der natürlichen Energie, die es auf der Welt bereits gibt. Wir versuchen nicht, den Lauf der Natur zu manipulieren."

Aber ich wollte mehr wissen. „Also sieht sie einfach jung aus und lebt trotzdem nur so lange, wie es für Menschen normal ist? Oder hält das Elixier der Jugend sie für immer jung?"

„Damit habe ich mich nie eingehend befasst", sagte Granny, „aber ich glaube, das Elixier hält sie so lange jung, wie sie es einnimmt. Sie könnte trotzdem durch einen Unfall oder an einer Krankheit sterben, aber nicht an Altersschwäche."

Alchemie war eines der vielen Dinge, von denen ich wenig Ahnung hatte. „Ich dachte, der Alchemist hätte einen Stein geschaffen oder so. Nennt man den nicht den Stein der Weisen?"

„Ja. Der Stein der Weisen ist eine Substanz, deren Zutaten der Alchemist streng geheim hält. Wenn es ihn überhaupt gibt. Es könnte ein Stein sein. Oder ein Pulver. Das wahre Geheimnis der Alchemie besteht nicht darin, unedle Materie in Edelmetall zu verwandeln; es ist die ewige Jugend. Aber man muss regelmäßig ein wenig von dem Lebenselixier einnehmen, sonst lässt die Wirkung nach."

Hier mitten auf einem vollen Marktplatz wollte ich mich mit Granny nicht auf eine große Diskussion über Alchemie einlassen, aber das Thema interessierte mich, das musste ich zugeben. Es interessierte mich, denn es könnte die Lösung für den größten Konflikt sein, der Rafe und mir in unserer Beziehung bevorstand. Ich wollte kein Vampir werden, aber wenn es die Möglichkeit gäbe, mein jugendliches Aussehen beizubehalten und meine natürliche Lebenszeit zu verlängern? Das wäre doch cool. Auch wenn ich mir vorstellen konnte, dass damit einige Schwierigkeiten verbunden wären. Trotzdem, es war eine Überlegung wert.

Sylvia stand der ganzen Sache mit dem Lebenselixier viel positiver gegenüber als meine Großmutter. Strahlend sagte sie: „Du musst sie einfach danach fragen."

Granny blickte uns beide düster an. „Vergiss nicht, dass du eigentlich mit Karmen hast sprechen wollen, weil du sie verdächtigst, den Fluch verkauft zu haben, der deine Cousine beinahe umgebracht hätte."

Zugegebenermaßen war ich einen Moment lang vom Gedanken an die ewige Jugend so geblendet gewesen, dass ich die Sache mit dem Fluch völlig vergessen hatte. „Das wirft nicht gerade ein gutes Licht auf sie, oder?"

Sylvia lenkte das Gespräch wieder in eine positivere Richtung. „Ich meine trotzdem, wir sollten herausfinden, was sie über diesen Verjüngungstrank weiß. Wenn du sie nicht fragst, dann frage ich sie eben."

Granny sah aus, als wolle sie widersprechen, sagte dann aber nur: „Ich kann nicht mitkommen, so gerne ich es auch täte. Sie hat mich nicht gesehen, aber wenn sie mich sähe, würde sie mich sicher wiedererkennen."

„Und sie soll nicht wissen, dass du ein Vampir bist."

„Je weniger sie über jede von uns weiß, desto besser."

Diese mysteriöse, düstere Seite an Granny kannte ich gar nicht. „Ich wünschte, du würdest da nicht hingehen", sagte sie. Ich habe ein mulmiges Gefühl in meinen Eingeweiden."

Sie muss wirklich ein mulmiges Gefühl haben, um ihre Eingeweide zu erwähnen. Diese altmodische Redensart gebrauchte sie nur, wenn etwas sie ernsthaft verstörte.

„Dann geh deine Eingeweide mal im Bentley ausruhen", sagte Sylvia. „Nimm Alfred gleich mit. Er wäre sowieso nur im Weg. Lucy und ich gehen diese Hexe besuchen."

„Und was ist mit Clara und Mabel?"

Sie schüttelte den Kopf und sagte säuerlich: „Diese Trantüten. Die sollten sich da am besten raushalten."

Also wurde beschlossen, dass Alfred mit den drei übrigen Vampirinnen den „Schafsmarkt" in einer früheren Postkutschenstation besuchen würde, unter deren Dach heutzutage eine ganze Reihe von Antiquitätenständen untergebracht waren. Sylvia und ich hingegen würden die Hexe aufsuchen.

Ich hatte erwartet, Chauffeurin spielen zu müssen, da Alfred die Begleitung der Vampirinnen übernommen hatte, aber Sylvia fuhr den Bentley selbst. Ich hatte sie noch nie fahren sehen. Es passte zu ihr, was ich ihr auch sagte.

Sie reagierte mit einem nicht sehr erfreuten Blick. „Als Filmstar, der ich nun einmal bin, passt es zu mir, hinten zu sitzen und mich chauffieren zu lassen."

„Ja. Was habe ich mir nur dabei gedacht?" Die Welt mochte sich weiterentwickelt haben, aber Sylvia hatte nie vergessen, dass sie zu ihren besten Zeiten eine glanzvolle Diva gewesen war.

Wir fuhren ein Stück aus der Stadt hinaus und dann auf eine schmale Straße, an deren Ende ein langes, niedriges Haus mit Reetdach und mehreren Nebengebäuden stand. Für ein Wohnhaus war die Form ungewöhnlich, und ein Bauernhof war es auch nicht. Als sie den Motor abstellte, sagte Sylvia: „Das ist ja ein altes Pub." Da sah ich, dass sie recht hatte. Daneben stand jedoch ein kleines Häuschen, ein Cottage, in dem vermutlich der Gastwirt gewohnt hatte. Aus dem Schornstein stieg Rauch auf.

Wir stiegen aus dem Auto aus und gingen zum Cottage. Eine Türklingel war nicht zu sehen, also ergriff ich den Türklopfer aus Messing, der die Form eines Löwenkopfs hatte, und schlug damit gegen die alte schwarze Eingangstür. Ich konnte hören, wie mein Klopfen im Haus widerhallte.

Als keine Antwort kam, probierte ich es noch einmal. Daraufhin steckte Karmen ihren Kopf zur Tür des alten Pubs hinaus und sagte: „Wir sind hier drin."

Ich war enttäuscht, weil ich das hübsche Cottage gern von innen gesehen hätte, aber dann gingen Sylvia und ich zum Pub, wo Karmen uns die Tür aufhielt. Der große Raum hatte viele Fenster, allerdings waren es kleine Sprossenfenster. Der Holzboden – anscheinend Eiche – war von Alter und verschüttetem Bier gezeichnet. Die lange Theke war erhalten geblieben, war aber offensichtlich zum Arbeitsbereich geworden. Davor befanden sich eine Werkstatt und ein Laden. Wo früher die Flaschen mit Alkoholischem gestanden hatten, befanden sich jetzt Tiegel und Döschen mit Hautpflegeprodukten. Karmen und ihre Assistentin luden gerade die übriggebliebene Ware vom Markt aus. Ich nahm denselben leichten Duft wahr, den ich gerochen hatte, als Karmen mir ihre Handcreme aufs Handgelenk gerieben hatte. Ich machte Sylvia und Karmen miteinander bekannt und sah zu, wie sie sich gegenseitig begutachteten. Zwei machtvolle, eitle Geschöpfe. Würden sie sich anfreunden oder auf den ersten Blick hassen? Es war unmöglich, das zu erkennen, denn beide blieben höflich kühl.

„Was für ein herrlicher Raum", sagte ich und sah mich um.

„Vielen Dank. Kommt und schaut euch die Küche an. Hier braue ich meine Tränke zusammen."

In der alten Wirtshausküche mischte sich Altes mit Neuem. Ich hätte schwören können, immer noch alten Hopfen riechen zu können, aber ich roch auch Kräuter und bemerkte Kopfnoten von Lakritz und Rosmarin. Ein großer Gasherd und eine Reihe von Töpfen deuteten darauf hin, dass sie ihre Cremes wirklich hier anfertigte. An einer Wäscheleine hingen Bündel getrockneter Kräuter, und in den offenen Regalen stapelten sich Gläser, Fläschchen, Säcke und Tüten mit seltsam anmutenden Zutaten. Die Raumdeko war merkwürdig. Die Wände waren terrakottafarben gestrichen und mit schwarzen und goldenen Stencilmustern verziert. Ich sah einen vermutlich lateinischen Schriftzug mit einem seltsamen Symbol daneben. Wie zwei sich überschneidende Dreiecke. Rafe hätte mir den Spruch übersetzen können, aber während Karmen neben mir stand, wollte ich kein Foto machen.

Unser Umgangston blieb freundlich, während sie uns herumführte, dann sagte sie: „Tilda, geh doch mit Lucy den Stoff für ihre Beutel aussuchen."

„Selbstverständlich", sagte Tilda und unterbrach augenblicklich das Auspacken, um zu tun, was ihre Chefin befahl. Ich wünschte, Violet hätte dieses hervorragende Verhalten einer Angestellten einmal aus nächster Nähe sehen können.

Tilda führte mich in den Hauptbereich des Pubs, wo ein langer hölzerner Biertisch stand, der leer war. Ich konnte mir die Frauen beim Verpacken der Tiegel so lebhaft vorstellen, dass ich darin den Verwendungszweck des Tisches vermutete. Sie ging weiter, und in einer Ecknische unter einem Fenster standen eine schicke Nähmaschine und daneben ein moderner Schrank. Sie öffnete eine Schublade und brachte eine Auswahl an Stoffen zum Vorschein. Sie fuhr mit den Händen darüber. „Muttertag, Geschenke für Lehrerinnen, ach, hier haben wir sie. Bräute." Und sie hob einen Stapel Muster hoch.

Sylvia langweilte sich sofort und entfernte sich. Die Stoffe waren allesamt hübsch bedruckt: von Cocktailgläsern und Lippenstiften über Herzchen und Turteltäubchen bis hin zu einer Reihe verschiedener Blumenmuster. Ich entschied mich für einen Stoff mit rosa Rosen auf grünem Grund.

„Was meinen Sie?", fragte ich Tilda und hielt das Stoffmuster hoch.

„Ich denke, es wäre wunderschön. Es wird mir Spaß machen, die Beutel für Ihre Hochzeit zu nähen. Eine Hochzeit bringt immer so viel Freude." Sie hielt ihre unberingte linke Hand hoch. „Ich habe dieses Glück leider nie gekannt. Ich bin nie eine Schönheit gewesen. ‚Wenn du nicht hübsch sein kannst, dann sei nützlich', sagte meine Mutter immer. Also habe ich gelernt zu kochen, zu nähen und Dinge zu reparieren. Da ich keinen Mann habe, der mir hilft, habe ich gelernt, das meiste selbst zu machen."

Sie schien sich nicht zu bemitleiden, sondern klang einfach nur sachlich. Ich hatte keine Ahnung, wie ich darauf reagieren sollte, und musste es zum Glück auch nicht, denn Karmen kehrte zurück.

„Kommt mit in mein Haus, dann mache ich euch einen Tee."

Ich war froh, dieses hübsche, strohgedeckte Haus von innen sehen zu können, und wollte außerdem mit ihr über den besagten Zauber sprechen, und zwar möglichst, ohne dass eine sterbliche Assistentin zuhörte.

Als sie uns durch die schwarze Tür hineinführte, spürte ich, dass etwas in der Luft lag. Wie ein Hauch dunkler Energie. Die Einrichtung war allerdings wunderschön. Es war wie ein gehobenes B&B mit dick gepolsterten Chintzsesseln und glänzenden antiken Möbeln. Geschmackvolle Gemälde zierten die Wände, und neben einer bequemen Couch stand ein Wollkorb mit einem halbfertigen Pullover. In dem großen Kamin unter einem Kaminsims aus schwarzen Balken lag Brennholz für ein Feuer bereit, das Karmen mit einem Fingerschnippen entzündete. Die Wände waren in sattem Butter-Sahneweiß gestrichen, und auf den steinernen Bodenplatten lagen überall flauschige Teppiche. Alte Holzbalken kreuzten sich über unseren Köpfen, und das Mauerwerk des Kamins wies ein altes Fischgrätmuster auf. Ich war zwar keine Expertin, aber ich war mir ziemlich sicher, dass alles überwiegend im Original-Tudorstil gehalten war.

„Dein Haus ist wunderschön", sagte ich, während ich mich umsah.

Und doch war da dieser seltsame Hauch kühler Finsternis, der ab und zu über mich zog. So, als stünde ich in einem Lavendelfeld und bekäme ab und zu eine Fahne Stinktiergeruch ab. Ein komisches Gefühl.

Karmen machte etwas in der Küche und kam dann mit einem Tablett zurück, auf dem blau-goldene Porzellanbecher standen, keine Teetassen, wie ich erfreut feststellte. Ich hatte mich immer noch nicht daran gewöhnt, wie wenig Flüssigkeit in eine normale Teetasse ging.

Genüsslich schnupperte ich an dem Gebräu. Das machen alle Hexen. Jede hatte ihre Spezialrezepte, und das von

Karmen enthielt Lavendel, Hagebutten, diesen Hauch von Lakritz und andere Dinge, die ich nicht definieren konnte. Ich trank einen Schluck und war begeistert. Es war eine aromatische Mischung mit einer leichten Gewürznote.

„Das ist köstlich", sagte ich.

Sylvia nahm entweder einen vorsichtigen Schluck oder tat so, als ob, und stimmte dann zu, dass es sehr gut schmeckte. Ich wusste, dass ihr Tee am Ende entweder von mir getrunken oder von ihr in den nächsten Blumentopf gekippt würde, sobald Karmen den Raum verließ.

Wir ließen uns alle drei auf Chintzsesseln nieder, und dann sagte Karmen: „Erzähl mir von dir."

Aber das hier war ja eigentlich kein Höflichkeitsbesuch. Ich hielt inne und sagte: „Ich gehöre einem Hexenzirkel in Oxford an, der von Margaret Twigg geleitet wird."

Ihre herrlichen, vollen Lippen wurden ein bisschen schmaler. „Ach ja. Margaret. Ihr Name taucht immer wieder auf."

„Sie ist die Oberhexe meines Hexenzirkels und eine Art Mentorin für mich." Wenn sie mir nicht gerade auf die Nerven ging. „Vor Kurzem mussten wir einen Zauber aufheben, von dem wir glauben, dass du ihn verkauft hattest."

Um ihre Lippen spielte ein freudiges Lächeln, und in ihren großen Mandelaugen lag eindeutig Belustigung. Hatte ich wirklich erwartet, sie würde sich entschuldigen?

„Ich verkaufe sehr viele Flüche." Und sie schien sich dafür nicht im Geringsten zu schämen.

„Dieser hätte fast meine Assistentin getötet, die auch noch meine Cousine ist. Vielleicht erkennst du ihn wieder? Es war ein Ziegenschädel mit verschiedenen, darauf gekritzelten Symbolen und die Worte ‚*Werde hässlich, verwelke und stirb'* standen in Spiegelschrift darauf. Kommt dir das bekannt vor?"

Wenn überhaupt, dann wurde ihre Belustigung noch größer. „Du klingst so grimmig, dass ich fast Angst bekomme. Wie ich schon sagte, verkaufe ich viele Flüche. Und ich bin mir ziemlich sicher, dass deine Cousine nicht tot ist. Das hätte ich mitbekommen."

Und ich war mir ziemlich sicher, dass ich nicht zu ihr durchdrang. Unglaublich, diese Frau. Ich beugte mich vor. „Dein Verdienst ist das aber nicht."

Sie schnalzte mit der Zunge. „Komm schon, Lucy. So naiv bist du doch nicht. Du weißt so gut wie ich, dass Zaubersprüche und Flüche oft metaphorisch sind."

„Das, was mit Vi passiert ist, hatte nichts Metaphorisches. Ich habe gesehen, wie ihr die Haare ausgefallen sind. Und die Zähne. Sie hat furchtbaren Ausschlag bekommen. Und dann haben wir den Fluch umgekehrt und ihn dorthin zurückgeschickt, wo er herkam, und die ..." – jetzt sah ich sie direkt an – „die Person, die dir den Fluch abgekauft hatte, ist gestorben."

Man hätte meinen können, ich hätte einen Sketch aufgeführt, so amüsant fand sie mich. „Aber sie ist nicht an dem Fluch gestorben. Ich halte mich schon auf dem Laufenden, Lucy. Diese Frau wurde ermordet."

„Du hast ihr also den Fluch verkauft." Ha, sie hatte es ja praktisch zugegeben. Hatte ich etwa ein Talent für subtile Vernehmungstechnik?

Sie zuckte die Achseln. „Das Foto der ermordeten Frau war in der Zeitung und im Fernsehen zu sehen. Sie kam mir bekannt vor."

Ich ahnte, dass ich hier nicht wirklich weiterkam. „Was ist mit unserer ersten Regel, keinen Schaden anzurichten?"

Ihre schön geschwungenen Augenbrauen gingen nach oben. „Und was ist mit dem ebenso wirksamen Rat, mit Wünschen vorsichtig zu sein?"

„Aber wenn ich den Fluch nicht rückgängig gemacht hätte ..."

Sie unterbrach mich. „Ja. Wenn du dich nicht eingemischt hättest, wäre es viel besser gewesen. Wie kannst du es wagen, dich in Dinge einzumischen, die du nicht verstehst? Und Zaubersprüche zu manipulieren, die nicht von dir selbst stammen."

Moment mal. Wie waren wir von meinem Vorwurf, sie sei eine böse Hexe, dazu gekommen, jetzt alles mir zuzuschreiben? Ich kam mir vor, als wäre gerade ein anderer Fluch umgelenkt worden. Und dieses Mal war ich das Opfer.

„Ich glaube, Lucy will sagen", unterbrach Sylvia mit samtweicher Stimme, „dass wir Ihre Arbeit sehr bewundern. Wenn jedoch ein Zauber für eine andere Hexe in Oxford bestimmt ist, wäre es nett, die örtlichen Hexen zu informieren."

Das hatte ich ganz und gar nicht gemeint, aber die peinliche Situation war gerettet. Und ich nahm an, dass Sylvia nicht unrecht hatte. Ich würde die Frau nicht daran hindern können, böse Zauber zu verkaufen, aber ich wüsste es gern, wenn sie sie in meiner Nachbarschaft verkaufte. Also nickte ich.

Karmen lehnte sich zurück. „In Ordnung. Das kann ich nachvollziehen. Und ..." Sie hob einen Finger. Sogar ihre Hände waren perfekt. Zarte Haut und zartrosa lackierte, ovale Fingernägel. Wie machte sie das nur? Meine Hände waren vom Zubereiten von Zaubertränken, vom Üben mit dem Hexendolch und von der Arbeit in meinem Handarbeitsgeschäft immer trocken und ein wenig rau. „Es muss auf Gegenseitigkeit beruhen. Wenn du vorhast, deine Waren hier zu verkaufen, sagst du mir Bescheid."

Das Einzige, was ich in Wallingford vielleicht verkaufen würde, waren Wolle und Strickzeug, aber ich glaubte nicht, dass ihr das etwas ausmachen würde. Also sagte ich nichts und trank noch einen Schluck Tee.

Karmen hatte immer wieder zu Sylvia geschaut und fragte schließlich: „Wie pflegen Sie Ihre Haut? Ihr Teint ist bemerkenswert für eine Frau Ihres Alters. Wenn ich das sagen darf."

Sylvia hatte es noch nie gemocht, wenn man sie daran erinnerte, dass sie keine junge Frau mehr gewesen war, als sie zur Vampirin wurde. Dennoch war sie mit ihren silbergrauen Haaren im Helen-Mirren-Stil schön.

Sie antwortete mit einem spröden Lächeln: „Mein Geheimnis ist, dass ich nur positiv denke."

Ich musste mir auf die Zunge beißen, um nicht in schallendes Gelächter auszubrechen. Das war nicht die Sylvia, die ich kannte.

„Und natürlich", sagte sie honigsüß, „lasse ich keine Sonne an meine Haut."

Gut, dass ich nicht gerade von meinem Tee trank, sonst hätte ich ihn durch die Nase herausgeprustet. Die Hexe nickte. „Auf jeden Fall. Nichts lässt uns so stark altern wie Sonnenstrahlen." Dann wandte sie sich mir zu. „Ich hoffe, du benutzt jeden Tag Sonnenschutzmittel. Wie alt bist du, dreißig?"

„Nicht ganz." Auch ich hatte meine weibliche Eitelkeit.

Okay, mein nächster Geburtstag würde der dreißigste sein, aber ich hielt mich an meinen Zwanzigern fest, so gut ich konnte. Ich war froh, dass meine Hochzeit vorher käme.

Jetzt war ich mit dem Bewundern dran. „Und deine Haut sieht auch toll aus", sagte ich zu der Hexe. „Und wie alt bist du, vierzig? Was ist dein Geheimnis?" Ja, das Wie-alt-bist-du-Spielchen konnte ich auch.

Ihr Blick war sowohl berechnend als auch amüsiert. „Ich denke immer, dass das Alter von der Einstellung abhängt, du nicht? Und meine Hautpflegeprodukte werden definitiv dazu beitragen, dich jung zu halten."

„Lucy heiratet bald", sagte Sylvia. „Haben Sie etwas Spezielles, das ihr helfen kann, ihr jugendliches Aussehen zu erhalten?"

Fast hätte ich mich an meinem Tee verschluckt. Was machte sie da?

Jedenfalls wirkte Karmen hocherfreut. Oder sie tat zumindest so, das war im Moment schwer zu sagen. Sie sprang auf. „Auf jeden Fall. Ich schenke dir einen Tiegel mit meiner besten Gesichtscreme. Mit Lichtschutzfaktor 50. Die lässt deine Haut taufrisch aussehen und beugt der besagten Schädigung durch die Sonnenstrahlen vor."

Sie stand auf und verließ den Raum, und Sylvia und ich tauschten wie gewohnt rasch unsere Tassen. Meine Tasse, die jetzt vor der Vampirin stand, war noch zu einem Viertel voll. In großen Schlucken trank ich so viel von Sylvias Tee, wie ich konnte, bevor die Hexe mit einer ihrer blauen Glastiegel zurückkehrte, wobei dieser ein anderes Etikett hatte als die anderen. Dieses trug einen zusätzlichen Schriftzug in Gold.

„Die ist aus meiner Privatkollektion", sagte sie mit bedeutungsvollem Blick. „Sie enthält noch ein gewisses Extra."

Ich gluckste. „Ich habe nichts gegen ein bisschen Magie, wenn ich dadurch jünger aussehe." Aber würde die Wirkung wirklich vierzig Jahre lang andauern? Ich war misstrauisch.

Ich öffnete den Deckel der Creme aus ihrer Privatkollektion und schnupperte. Sie duftete wunderbar.

Wie konnte sie wohl ihr Geschäft mit so wenig Personal führen? Als ich sie das fragte, schaute sie mich ernst an.

„Wir müssen sehr vorsichtig sein. Ich könnte meine Hautpflegelinie erweitern, sie in Massenproduktion herstellen und auf der ganzen Welt verkaufen, aber ich habe mich ganz bewusst dafür entschieden, das Geschäft klein zu halten. Es besteht nur aus mir und meiner Assistentin Tilda."

„Wow. Nur zu zweit macht ihr das alles?"

„Ja. Wenn viel zu tun ist, stellen wir zusätzliche Arbeitskräfte ein, aber nur für die Verpackung und den Versand. Ich behalte meine Geheimnisse für mich, und das solltest du auch."

Wieder spürte ich diesen Schauer. Welche Geheimnisse hatte ich in meinem Geschäft? Okay, der Vampir-Strickclub war streng geheim, aber der Laden selbst war nichts Besonderes. Sie hatte jedoch angedeutet, dass ihre Creme magische Eigenschaften hatte, und ich hielt das nicht nur für einen Werbegag.

„Ist deine Assistentin auch eine Hexe?" Ich war mir ziemlich sicher, dass sie keine war, aber das konnte ich nicht immer erkennen.

Sie schüttelte den Kopf. „Nein. Aber Tilda kann meine Rezepte genau umsetzen." Ihre Augen blitzten, als sie mich anschaute. Dann drehte sie den Kopf, als wollte sie sich vergewissern, dass ihre Assistentin nicht unbemerkt hereingekommen war, während wir uns unterhielten. Obwohl wir nur zu dritt waren, senkte sie die Stimme. „Aber wenn sie fertig ist, füge ich noch ein paar geheime Zutaten hinzu, von denen sie nichts weiß. So kann sie mir niemals meine Rezepte stehlen. Siehst du? Man muss immer wachsam sein. Auf der Arbeit wie auch im Leben."

Diese Einstellung hielt ich für zynisch, hielt aber den Mund. Diese Frau praktizierte die Hexenkunst schon länger als ich. Schon viel länger, wenn Granny recht hatte. Wahrscheinlich sollte ich gut aufpassen.

Dann versuchte ich mir vorzustellen, dass Violet mir meine Geheimnisse stehlen könnte und musste beinahe lachen. Vi war mehr daran interessiert, mit möglichst wenigen Arbeitsstunden möglichst viel zu verdienen. Meine Geschäftsgeheimnisse konnten ihr gestohlen bleiben.

Aber auch Granny war ja sehr lange eine Hexe gewesen und schien nie diese Einstellung gehabt zu haben. Granny war offen und großzügig. Von ihren Plätzchenrezepten bis hin zu ihren Strickmustern hatte sie immer alles bereitwillig mit anderen geteilt.

Und wenn jemand von ihr einen Fluch hätte kaufen wollen, hätte sie ihn mit einer entschiedenen Warnung weggeschickt.

Viel lieber nahm ich mir meine Großmutter zum Vorbild als diese erschreckend jung aussehende Hexe.

# KAPITEL 4

*A*ls wir nach Oxford zurückkehrten, war es schon nach sechs. Nyx benahm sich, als wäre ich nicht nur einen Nachmittag, sondern ein Jahr lang weg gewesen, also verbrachte ich einige Zeit damit, sie zu verwöhnen und zu füttern, bevor ich hinunter in den Laden ging. Violet hatte das Cardinal Woolsey's geschlossen, aber ich wollte nachsehen, ob alles ordentlich war, und ob sie mir irgendetwas aufgeschrieben hatte, um dass ich mich noch kümmern musste.

Ich schaltete das Licht an, und da lag ein Zettel von Violet. Sie hatte eine Menge von dem Sockengarn verkauft, das ich in meinem letzten Newsletter erwähnt hatte. Ich würde daran denken müssen, von den Produkten, die ich im Newsletter besprach, zusätzliche Mengen zu bestellen. Das war zwar naheliegend, aber ich war immer noch am Ausprobieren und achtete darauf, nicht zu viel auf Vorrat zu bestellen. Ich fing also an, eine Bestellung vorzubereiten, und während ich an der Arbeit war, klopfte es an der Ladentür. Das war ärgerlich. Das „Geschlossen"-Schild war deutlich sichtbar, aber manchmal meinten Leute, wenn sie drin Licht sahen, ließe ich sie vielleicht trotzdem herein. Manchmal tat ich das auch, je nachdem, wer es war.

Als ich zur Tür ging und hinausschaute, sah ich draußen zwei Leute stehen, die mir bekannt vorkamen.

Ich riss die Tür weit auf. Es waren keine Kunden.

Es waren meine Eltern.

Meine Mutter kam herein, klatschte in die Hände, lachte und freute sich. „Überraschung!" Sie drehte sich zu meinem Vater um. „Oh, sieh dir ihr Gesicht an. Diesmal haben wir sie definitiv überrascht."

Ich versuchte, meine Schockstarre in einen freudigen Gesichtsausdruck zu verwandeln. „Was macht ihr denn hier?"

„Wir sind früher gekommen, um dir bei den Hochzeitsvorbereitungen zu helfen", rief Mom. „Du bist meine einzige Tochter, und ich konnte den Gedanken nicht ertragen, dass du deine Hochzeit ohne mich planst."

„Aber ich heirate doch erst in einigen Wochen." Mein Vater, der hinter ihr stand, sah aus, als hätte man ihn von anderen Dingen weggezerrt, mit denen er sich eigentlich lieber beschäftigt hätte.

„Genau. Ach, was werden wir für einen Spaß haben." Dad kam herein, und ich suchte hinter ihnen nach Gepäck.

Mom sagte: „Ach, mach dir keine Sorgen. Wir übernachten nicht bei dir. Ein Kollege deines Vaters ist für ein paar Wochen beruflich in New York. Er hat uns seine Wohnung überlassen. Ist das nicht super?"

„Wirklich super", sagte ich. Es war ja nicht so, dass ich meine Eltern nicht liebhatte. Das schon. Aber meine Mutter war Frau mit starken Gewissheiten, die nicht einsehen wollte, dass sie in Wirklichkeit eine Hexe war, und das konnte problematisch werden. Außerdem plante ich eine kleine Hochzeit. William war ein besserer Event-Planer als ich und auf jeden Fall war er besser als meine Mutter. Sie war mit Intellekt und nicht mit praktischem Verstand gesegnet. Ich schaute zu meinem Vater, der unmerklich die Schultern hob und wieder senkte. Die Idee stammte definitiv nicht von ihm.

Bevor ich irgendwelche Fragen stellen konnte, sagte Mom: „Und wir haben noch eine andere Überraschung für dich."

„Ich weiß nicht, ob ich weitere Überraschungen verkrafte."

Dann kamen, als hätten sie schon um die Ecke gewartet, zwei weitere Personen durch die Ladentür. „Meri! Und Pete!" Ich umarmte beide.

Meri war die Abkürzung für Meritamun. Sie war eine ägyptische Hexe, die über sehr lange Zeit in einem magischen Spiegel gefangen gewesen war, und der ich zur Flucht verholfen hatte. Eine Zeitlang hatte sie bei mir als Verkäuferin gearbeitet. Sie war eine sehr willige Mitarbeiterin gewesen, aber es war nicht einfach, jemanden, der aus dem Zeitalter des Abakus zu uns gekommen war, mit einer elektronischen Registrierkasse vertraut zu machen.

Pete war ein australischer Ägyptologe, dem es gelungen war, an der Ausgrabungsstätte meiner Eltern in Ägypten einen Arbeitsplatz zu bekommen. Meri war mit ihnen in ihre Heimat zurückgekehrt, und ihr Wissen über das Mittelreich war von unschätzbarem Wert.

Mutter sah sich um. „Wie ich sehe, hat sich dein Lädchen gar nicht verändert. Aber das tut es ja nie. Ich glaube, es sieht noch genauso aus wie damals, als meine Mutter es geführt hat."

Ich war mir nie sicher, ob sie solche Dinge als Beleidigung meinte. Meine Mutter hatte nie einen Hehl daraus gemacht, dass ich ihrer Ansicht nach eine wichtigere Aufgabe haben sollte, als den Betrieb eines kleinen Wollgeschäfts in Oxford. Ich war da anderer Meinung. Ich war stolz auf Cardinal Woolsey's und auf das, was ich damit erreicht hatte. Aber ich hätte sie niemals umstimmen können. Ich dachte, sie hätte inzwischen begriffen, dass sie auch mich nicht umstimmen würde. Ich würde nicht plötzlich meinen Strickladen an den Nagel hängen und Jura, Politik, Medizin oder, welch ein Graus, Archäologie studieren, um genauso zu werden wie meine Eltern.

Sie hatten Rafe kennengelernt, als sie das letzte Mal in Oxford waren, und ihn besser kennengelernt, als wir sie in Ägypten besuchten, um sie über unsere Verlobung zu informieren. Zumindest bezüglich meiner Ehe hatten sie mir nichts vorzuwerfen. Rafe war so ziemlich der beste Schwiegersohn, den sich eine ehrgeizige Mutter für ihre Tochter wünschen konnte. Er war reich, gutaussehend und – was für meine Eltern wahrscheinlich das Wichtigste war – er lehrte gelegentlich an der Universität. Er war ein weltweit anerkannter Experte für alte Handschriften. Er und mein Vater konnten einen ganzen Abend lang über die Schriftrollen vom Toten Meer diskutieren, und auch wenn mir dabei vor Langeweile die Augäpfel aus dem Kopf fallen würden, würden sie beide jede Minute davon genießen.

Mom schaute sich um, als ob sie sich fragte, wo alle waren. „Und wo ist mein zukünftiger Schwiegersohn? Ich kann es kaum erwarten, ihn zu umarmen und zu küssen."

„Er hatte heute Nachmittag Besprechungen. Ich weiß nicht genau, wo er gerade ist."

„Wir dachten, wir gehen zum Abendessen in das Pub hier in der Nähe. Du kommst doch mit?"

„Na klar." Ich war definitiv hungrig. Und jetzt, wo ich mich von meinem ersten Schock erholt hatte, war es schön, meine Eltern wiederzusehen.

Es war ein kurzer Spaziergang vom Laden bis zum Pub, also gingen wir durch die Ladentür und ich schloss ab. Meri blieb etwas zurück, um neben mir zu gehen. Mit ihrer sanften Stimme sagte sie: „Ich freue mich sehr für dich. Wenn du möchtest, dass ich als deine Dienstmagd hierbleibe, wäre es mir eine Ehre."

Das war das Problem mit Meri. Obwohl sie nun schon seit über einem Jahr in der modernen Welt lebte, glitt sie rasch wieder in ihre frühere Rolle als Dienerin zurück. Dennoch war ich wirklich gerührt.

„Das ist wirklich lieb von dir. Aber meine Eltern brauchen dich bei der Ausgrabung. Du weißt mehr über altägyptische Geschichte als jeder, der in der heutigen Zeit lebt."

„Weil es für mich keine Geschichte ist. Ich habe jene Zeit ja selbst erlebt."

„Ich weiß. Und du willst doch nicht wirklich nach England zurückkommen, oder?"

„Für dich, Lucy, würde ich alles tun. Ich verdanke dir mein Leben."

Ich schüttelte den Kopf. Ich hatte immer wieder versucht, ihr das klarzumachen. „Du bist mir nichts schuldig. Wir sind Hexenschwestern. Das verbindet uns."

„Du musst wissen", sagte sie, und ihre Augen blickten

groß und dunkel und sehr ernst, „dass ich dir jederzeit zu Diensten stehe."

„Und ich weiß das sehr zu schätzen." Und ich hoffte sehr, niemals auf ihr Angebot zurückkommen zu müssen. Meri hatte schon genug durchgemacht.

„Er ist ein guter Mann, der, den du heiratest", sagte sie. „Selbst wenn er ein Geschöpf der Finsternis ist."

„Und das sagen wir Mom und Dad niemals, okay?"

In den Augen meiner Mutter hatte ich endlich etwas richtig gemacht, denn ich würde den perfekten Mann heiraten. Ich wollte nicht alles dadurch verderben, dass sie herausfand, dass er ein Vampir war.

Meri lachte. „Wie ihr Modernen sagen würdet: Ich werde schweigen wie ein Grab."

Sie sah viel besser aus als das letzte Mal, als ich sie gesehen hatte. Sie gewöhnte sich also langsam an das Leben in dieser verrückten Welt. Außerdem schien sie sich in Petes Gesellschaft sehr wohlzufühlen. „Apropos Romantik, wie läuft es eigentlich mit Pete?"

Sie kicherte und wurde rot. „Ich mag ihn sehr. Auch wenn er seine Hexenkunst nicht so ernst nimmt wie ich. Aber er bringt mich zum Lachen."

Pete hatte diese scherzhafte Art der Australier an sich, aber ich hatte auch gesehen, dass er seine Kunst sehr ernst nahm. Dass Meri heute am Leben war, war auch sein Verdienst.

Das Abendessen lief richtig gut. Pete war wie immer witzig und unterhaltsam. Und Mom und Dad waren immer noch ganz aus dem Häuschen, weil ihre Überraschung so gut gelungen war. Sie berichteten mir alle Neuigkeiten von ihrer Ausgrabung, und dann sagte Mom: „Aber genug von uns.

Erzähl mir alle eure Pläne für die Hochzeit. Und bitte sag mir, dass ich noch rechtzeitig zu deinem Junggesellinnenabschied hier bin! Eigentlich möchte ich gern bei der Organisation helfen. Ich habe ganz viele Ideen."

Der Gedanke an eine Hen-Party schien sie so zu begeistern, dass ich ihr gar nicht sagen mochte, dass ich Violet angefleht hatte, keine zu organisieren. Zu oft war ich selbst von ausgelassenen Frauen auf Hühner-Tour gestört worden, die nachts feiernd durch Oxford zogen. Aber ich hatte keine Lust, mich gerade jetzt mit meiner Mutter darüber zu streiten. Sie und Violet könnten das später klären.

Und dann, als ob das nicht schon schlimm genug gewesen wäre, sagte mein Vater: „Und Pete, wir müssen uns um Rafes Junggesellenabschied kümmern."

„Dad, ich glaube wirklich nicht, dass Rafe feiern wird."

Mein Vater sah geschockt aus. „Dann passt es ja sehr gut, dass wir gekommen sind." Er wandte sich an meine Mutter. „Du hattest also doch recht, meine Liebe. Also, ein Mann muss seinen Junggesellenabschied feiern. Das ist ein Übergangsritus."

„Ganz genau", sagte Pete.

Plötzlich erschien es mir sehr verlockend, mit Rafe durchzubrennen.

STILL UND HEIMLICH SCHICKTE ICH IHM EINEN HILFERUF PER TEXTMITTEILUNG. Ich war machtlos gegen diese Menschen, die mich entweder auf die Welt gebracht hatten, sich mir als Diener anboten oder, im Fall von Pete, geholfen hatten, das Leben meiner Mutter zu retten. Ich brauchte jemanden, der diesen Junggesellenabschied abblasen konnte, ohne damit jemanden zu beleidigen. Oder, falls er jemanden beleidigte, müsste ich das wenigstens nicht tun.

Meine Nachricht lautete: *„SOS. SOS. Eltern unerwartet eingetroffen. Dad will Junggesellenparty für dich schmeißen. Du musst mich retten. Wir sind im Bishop's Mitre."*

Dann sagte ich mir, dass ich zur Abwendung von Hochzeitskatastrophen nicht viel mehr tun konnte, und sah mir die Speisekarte an. Okay, ich kannte die Speisekarte in- und auswendig, aber wenigstens bekam ich ein paar Sekunden Zeit, wieder ins Gleichgewicht zu kommen, indem ich sie mir noch einmal durchlas. Meinem Beispiel folgend hielten alle anderen inne und begannen ebenfalls, ihre Speisekarten zu lesen.

„Lucy, was kann man denn hier gut essen?", fragte meine Mutter.

„Mom, du hast doch schon hier gegessen. Die Speisekarte hat sich nicht großartig verändert."

Mein Vater schaltete sich ein, bevor wir anfangen konnten zu streiten. „Ich für meinen Teil sehne mich nach guter britischer Küche. Das Essen an der Ausgrabungsstätte schmeckt oft so, als hätten wir es ausgegraben."

Also mit dem Bild konnte er mir wirklich den Appetit verderben. Oder eigentlich doch nicht. Mit lauter, heller Stimme verkündete ich allen, ich würde Fish & Chips nehmen. Ich habe oft erlebt, dass sich alle mitreißen lassen, sobald einer entscheidungsfreudig ist. Und wie zum Beweis nickte mein Vater, nahm seine Brille ab und sagte: „Und ich bin für Bratwurst mit Kartoffelbrei." Er schaute uns alle liebevoll an, als wären wir neue Studenten in einer seiner Studiengruppen. „Egal wie weit man reist, man sehnt sich immer nach der heimischen Küche."

Vater war hier in Oxford Student gewesen. So hatten er und meine Mutter sich kennengelernt – er der junge amerikanische Doktorand, sie die britische Studentin, die seine Begeisterung für die Archäologie teilte.

Als Nächster klappte Pete seine Speisekarte zusammen. „Es gibt hier einen Hamburger, der für mich genau das Richtige ist."

Mutter sagte, sie sei hin- und hergerissen zwischen Shepherd's Pie und Suppe mit Salat. Meri starrte auf die Speisekarte und sah verwirrt aus. Sie hatte sehr wenig Erfahrung mit Restaurants, auch weil sie viele Monate auf einer ägyptischen Ausgrabungsstätte verbracht hatte, wo es kaum Internet gab und Feinschmeckeressen keine große Rolle spielte. Ich bezweifle, dass sie viele Restaurants besucht hatte.

Ich beugte mich zu ihr hinüber. Ich überlegte, ob sie Vegetarierin war, konnte mich aber nicht erinnern. Aber ich wusste noch, dass sie schlichte Speisen bevorzugte. Ich wies sie auf das vegetarische Risotto hin. „Das soll sehr gut sein."

Dankbar nickte sie mir zu. „Dann werde ich das essen."

Dad stand auf, bereit, zur Bar zu gehen und unser Essen zu bestellen. „Beeil dich, Mutter", sagte er. „Du hältst uns alle auf. Und ich für meinen Teil habe Hunger."

„Nur keine Hektik. Ich nehme den Salat und die Shepherd's Pie." Sie sah sehr selbstzufrieden aus, weil sie sich entschieden hatte. Und dann lächelte sie meinen Vater sehr geheimnistuerisch an. „Die Suppe esse ich ein anderes Mal zu Mittag."

„Ausgezeichnete Wahl", sagte der Mann, der seit Jahrzehnten mit ihr zusammenlebte.

Jetzt, wo ich mich langsam an den Gedanken gewöhnte, dass meine Eltern, Meri und Pete hier waren, wurde ich etwas lockerer. Ich versuchte, ihnen noch mehr Fragen über die Ausgrabung zu stellen, über die ich viel lieber redete als über Hen-Parties. Aber Mom schien jetzt, wo sie nicht mehr in Ägypten war, nicht mehr über ihr Lieblingsthema sprechen zu wollen. Stattdessen wurde ihr Blick laserscharf und eindringlich.

„Dein Brautkleid. Wie weit bist du mit deinem Brautkleid?"

Ich öffnete den Mund, um ihr zu sagen, dass die Vampire es häkeln würden, und schloss ihn dann so schnell wieder, dass meine Zähne aufeinanderknallten. Was dachte ich mir nur dabei? Und dann schickte ich in der Annahme, dass wenigstens eine von ihnen ihr Handy dabeihätte, noch eine panische Nachricht an Granny und Sylvia, um sie zu warnen, dass Mom in der Stadt war und Granny außer Sichtweite bleiben musste.

Da der Laden früher ihr gehört hatte, spielte Granny eine große Rolle in meinem Leben, und wir redeten jeden Tag miteinander. Bevor meine Mutter in die Wohnung kam, würde ich auch noch Grannys Ingwerkekse loswerden müssen. Einmal hatte ich sie täuschen können und gesagt, ich hätte Grannys Rezept gefunden. Aber unter Druck würde es mir schwerfallen, eine Ladung Kekse zu backen, die wie die meiner Großmutter schmeckten. Außerdem hatte ich keine Zeit zum Backen. Ich hatte eine Hochzeit zu planen, ein Geschäft zu führen, und als ob ich nicht schon genug zu tun hätte, musste ich jetzt auch noch meine Eltern bespaßen und sie aus der Vampirzone heraushalten.

Mein Leben war plötzlich sehr viel komplizierter geworden. Und es war ja bisher nicht gerade unkompliziert gewesen.

„Wir haben dich seit ewigen Zeiten nicht mehr gesehen", sagte meine Mutter. Das stimmte überhaupt nicht, denn Rafe und ich hatten die beiden besucht, gleich nachdem er wie versprochen mit mir in Paris gewesen war.

Als mein Vater sie daran erinnerte, winkte sie ab. „Nein, nein. Ich meinte, es scheint eine Ewigkeit vergangen zu sein, seit wir dich hier besucht haben."

Pete und ich wechselten einen entsetzten Blick. Das letzte Mal, als wir alle zusammen gewesen waren, hatte ein furchtbarer Dämon uns alle fast umgebracht. Zum Teil war es die Schuld meiner Mutter gewesen. Genau wie ich hatte sie Hexenblut, aber sie hatte es ihr ganzes Leben lang verleugnet. Und für jemanden mit bösen Absichten war es ein Leichtes, diese ungenutzte Macht zu nutzen und gegen uns einzusetzen. Konnte sie sich wirklich nicht erinnern? Oder hatte sie dieses schlimme Erlebnis in derselben Versenkung verschwinden lassen, wo sich auch ihre ganze Magie befand?

Natürlich war das keine Frage, die ich gerade jetzt stellen wollte.

Es dauerte nicht allzu lange, bis eine Bedienung uns auf einem großen Tablett unser Essen brachte.

Nur wenige Dinge konnten mich so schnell in gute Laune versetzen wie die englische Spezialität *Fish & Chips,* wenn alles gut durchgebacken war, mit schöner, knuspriger Panade und dicken Pommes frites (ich nannte sie im Geiste immer noch Pommes frites, obwohl ich „Chips" sagte). Ich war schon so englisch, man merkte kaum, dass ich nicht von hier war.

„Siehst du, du hast nichts von deinem amerikanischen Akzent verloren", sagte Pete und holte mich sogleich wieder auf den Boden der Tatsachen zurück.

Lachend sah ich ihn an. „Und das sagst ausgerechnet du. Du hast bestimmt kein Wort Ägyptisch aufgeschnappt."

„Richtig." Er schaute Meri sehr stolz an. „Aber schau dir Meri an. Ihr modernes Englisch ist mittlerweile so gut, man merkt kaum, dass sie einen ganz anderen Hintergrund hat als die anderen Studenten."

Meri schaute zu Boden und schüttelte verschämt den Kopf. „Ich mache furchtbar viele Fehler."

Da meine Eltern gerade miteinander sprachen, konnte ich leise sagen: „Meri, du hast zweitausend Jahre Fortschritt aufzuholen. Ich finde, das machst du bemerkenswert gut."

Da blickte sie auf und strahlte mich an. Wir aßen fröhlich weiter, tauschten uns aus und wurden von Minute zu Minute vertrauter miteinander. Mutter lobte mich für die Shepherd's Pie, als ob ich sie selbst gemacht hätte, aber ich freute mich, sie so gut gelaunt zu sehen. Das würde es mir leichter machen, ihr zu sagen, dass es keinen Junggesellinnenabschied geben würde. Keine Hen-Party. Oder sonst irgendetwas, wo ich peinliche Kleidung tragen, mich betrinken und einen Affen aus mir machen sollte.

Wir waren beim Kaffee angelangt, als ich, zu meiner großen Erleichterung eine große, gutaussehende Gestalt in unsere Richtung schreiten sah. Mein Herz machte immer noch jedes Mal einen dummen Sprung, wenn ich ihn sah. Ich fragte mich, ob das jemals enden würde. Hoffentlich nicht!

Es war schön, zu merken, in welchem Moment Rafe mich erblickte. Sein ganzes Gesicht hellte sich auf, und er beschleunigte seine Schritte ein wenig. Bald war er an meiner Seite und drückte mir einen schnellen Kuss auf die Lippen. Als sein Gesicht dicht an meinem Ohr war, flüsterte er: „Keine Sorge." Und irgendwie hatte ich jetzt, da er hier war, das Gefühl, dass meine Besorgnis, wenn nicht ganz, so doch zumindest halb verschwunden war.

„Schön, euch alle wiederzusehen", sagte er und schüttelte jedem am Tisch die Hand. Er zog einen Stuhl von einem leeren Tisch heran, und ich schob meinen etwas zur Seite, um ihm Platz zu machen.

Dad sagte: „Ich bin froh, dich zu sehen, mein Sohn." Dann gluckste er verlegen. „Das Wort auszusprechen ist für mich noch ungewohnt. Aber ich freue mich darauf, mich daran zu gewöhnen."

„Ich auch", sagte Rafe. Ich war froh, dass er am Ende nicht „Dad" oder „Vater" hinzufügte. Mein Vater konnte ja nicht wissen, dass Rafe fast fünfhundert Jahre älter war als er.

Meine Mutter beugte sich eifrig vor. „Isst du mit uns zu Abend?"

Er schüttelte den Kopf. „Danke, aber ich habe schon gegessen."

Mein Vater stand auf. „Dann trinkst du aber etwas. Wenigstens einen Kaffee."

„Vielen Dank. Ich nehme ein Glas Rotwein, wenn's recht ist."

Zufrieden ging Dad los, um es ihm zu besorgen, und er widerstand Petes Hänseleien und den unverschämten Fragen meiner Mutter mit Bravour. Besser als ich auf jeden Fall.

Mein Vater kam mit dem Rotwein zurück und sagte: „Ich

bin froh, dich heute Abend zu sehen, Rafe. Wir müssen über deinen Junggesellenabschied sprechen. Ich hätte da ein paar Ideen ..."

„Das ist sehr nett von dir, aber mein Trauzeuge wird etwas organisieren. Die Einzelheiten hat er mir natürlich nicht verraten." Er warf einen halb amüsierten, halb entsetzten Blick in die Runde, als ob ihm Stripperinnen und Lapdances bevorstünden. Ich war ziemlich sicher, dass es dazu nicht kommen würde.

„Dein Trauzeuge. Exzellent." Falls Dad enttäuscht war, zeigte er es nicht. „Ist es jemand, den ich kenne?"

„Lochlan Balfour. Er kommt aus Irland hierher."

Alle drehten sich zu ihm um und starrten ihn an. „Lochlan Balfour?", wiederholte mein Vater. Dad ließ sich selten durch Prominenz beeindrucken, wenn nicht jemand gerade etwas Stinkendes und Knöchernes von historischer Bedeutung ausgegraben hatte. Daher war es überraschend, ihn bei der Erwähnung von Rafes bestem Freund so aufgeregt zu sehen.

Meine Mutter meldete sich zu Wort. „Du meinst doch nicht etwa Lochlan Balfour, den Technologiemogul?"

„Genau den."

„Aber ich dachte, der lebt in New York", sagte meine Mutter.

Dad schüttelte den Kopf. „Seattle."

Pete warf ein, sie hätten sich beide geirrt und sein Hauptquartier sei in Sydney.

Meri war die Einzige, die dazu keine Meinung hatte. Aber sie kannte ihn eindeutig, denn sie sagte: „Er ist ein sehr berühmter Mann. Ich habe auf meinem Computer etwas über ihn gelesen."

Rafe nickte. „Er reist geschäftlich an all die Orte, die ihr erwähnt habt. Am besten sagt ihr gar nicht weiter, dass er einen guten Teil des Jahres in Irland verbringt. Er versucht, das Rampenlicht zu meiden." Oder das Tageslicht. Lochlan war ebenfalls Vampir, und er war älter als Rafe.

„Allmächtiger! Stell dir vor, mit einem so coolen Typen bekannt zu sein", sagte Dad.

Ich blinzelte. Was coole Typen anging, war Rafe auch nicht gerade schlecht.

„Nun ja, wenn Lochlan Balfour deinen Junggesellenabschied organisiert, dann habe ich nichts hinzuzufügen", sagte mein Vater und klang enttäuscht.

Rafe musste die Enttäuschung ebenfalls herausgehört haben, denn er sagte: „Ich bin sicher, er wird deine Vorschläge und deine Hilfe zu schätzen wissen, da du ja hier vor Ort bist. Ich bringe dich mit ihm in Kontakt."

Das munterte meinen Vater ungemein auf. Ob es daran lag, dass er bei der Planung des Junggesellenabschieds helfen konnte, oder einfach nur daran, dass er gern mit einem weltbekannten Milliardär aus der IT-Branche sprechen wollte, wusste ich nicht.

Dann sah meine Mutter mich an. „Und ich nehme an, dass ich mit Violet sprechen muss, nicht wahr? Um bei der Planung deiner Hen-Party zu helfen?"

„Genau", sagte ich schwach. Ich musste Violet klarmachen, dass ich keinesfalls eine Kneipentour durch Oxford machen wollte, und es ihr überlassen, meiner Mutter das auszureden. Vielleicht hatte ich ja Glück und es würde irgendein neuer mumifizierter Pharao entdeckt, das würde Moms Aufmerksamkeit zumindest bis zur Hochzeit von mir ablenken.

„Und wer sind deine anderen Brautjungfern, mein Schatz? Ich glaube, das hast du noch nicht erwähnt."

„Nun, natürlich Violet, dann Alice, die mit Charlie verheiratet ist, sie haben die Buchhandlung auf der anderen Straßenseite, und dann kommt noch Jennifer."

Bei der Erwähnung von Jennifer, der einzigen Person, die aus den USA anreisen würde, verzog Mom den Mund. „Ich wünschte, du würdest uns erlauben, mehr Freunde und Verwandte aus Boston einzuladen. Es ist schon sehr merkwürdig." Es war nicht das erste Mal, dass sie diese Beschwerde vorbrachte.

Mit aller Geduld, die ich aufbringen konnte, sagte ich: „Mom. Ich lebe jetzt hier. Ich bin kaum noch mit den Leuten aus der Heimat in Kontakt, und du und Dad verbringt seit fünf Jahren viel mehr Zeit in Ägypten als in Amerika. Onkel Joe und Tante Bessie bei meiner Hochzeit zu haben, würde mir nichts bedeuten, und für sie wären die zwei Flugtickets verdammt teuer. Du weißt doch, wie knauserig sie sind. Und falls sie tatsächlich kämen, würden sie sich die ganze Zeit über den teuren Flug beschweren, solange, bis Dad ihnen für ihren Aufwand einen Scheck ausstellt."

Diese Vorstellung trieb meinem Vater das Entsetzen ins Gesicht. „Susan, ich glaube, Lucy hat recht. Gegen eine Hochzeit im kleinen Kreis ist nichts einzuwenden. Rein gar nichts."

„Aber sie ist doch unsere einzige Tochter. Und sie heiratet nur einmal." Und dann schaute sie zwischen uns beiden hin und her und fügte leise hinzu: „Hoffe ich."

Rafe und ich hören beide sehr gut. Aber obwohl wir beschossen, ihre spitze Bemerkung zu ignorieren, ergriff er meine Hand und drückte sie. Das würde unsere einzige Hochzeit sein, und das wussten wir beide. Zumindest für mich, aber diesen Gedanken verbannte ich so schnell wieder aus meinem Kopf, wie er gekommen war.

Zum Glück waren meine Eltern müde von der Reise, also fand das Abendessen recht früh seinen Abschluss. Pete und Meri wohnten bei Freunden von Pete in Oxford, deshalb war mein Gästezimmer erstaunlicherweise noch frei. Nicht, dass ich etwas gegen einen Gast gehabt hätte, aber der Vampir-Strickclub traf sich um zehn zur Brautkleidbesprechung und es hätte peinlich werden können.

Nachdem Rafe meinem Vater den Kontakt von Lochlan Balfour gegeben hatte, verabschiedeten Rafe und ich uns von den anderen und kehrten zum Laden zurück. Als wir auf die Tür zugingen, sagte er: „Deine Großmutter und Sylvia haben mir beide eine Nachricht geschickt, um zu fragen, was ich heute Abend vorhabe." Verwirrt schaute er zu mir herunter. „Gibt es irgendeinen Grund, warum sie mich nicht dabei-haben wollen?"

Ich biss mir auf die Lippen. Ich wollte ihm nicht sagen, dass sie mein Hochzeitskleid machten. Das sollte eigentlich Teil der Überraschung für den großen Tag sein. „Es gibt da etwas, das du nicht sehen sollst, weil es eine Überraschung ist. Aber wenn du mir fünf Minuten Zeit gibst, sorge ich dafür, dass du reinkommen kannst."

Er schüttelte den Kopf. „Ich muss mich sowieso noch mit jemandem treffen, der etwas mehr über dieses Alchemie-buch wissen könnte, an dem ich zurzeit herumrätsele.

„Das Buch mit den Seiten, die frisch aussehen, obwohl es alt ist?" Ich hatte gespürt, dass das Buch von einem Zauber umgeben war. Doch die Sammlerin, die das Alchemiebuch vorher in ihrem Besitz gehabt hatte, hatten wir in Neuseeland besucht, und als Rafe sie danach fragte, behauptete sie seltsamerweise, es hätte ihr nie gehört. Sie leugnete es so hartnäckig, dass er die Sache fallen ließ. Rafe hatte das Buch für seine Sammlung gekauft und ich hatte die Magie gespürt. Es war definitiv mit einem Zauber belegt worden.

„Ja", sagte er.

„Und ihr seid für heute Abend verabredet?"

„Hm. Es ist praktisch, wenn man Professoren kennt, die gerne lange aufbleiben."

Ich fragte mich, ob der Professor ebenfalls ein Vampir war, wollte aber nicht nachbohren. Es war schockierend, wie viele Professoren in Oxford Untote waren.

Es tat mir leid, dass Rafe nicht zum Strickklub kommen würde, aber die Vampire könnten in seinem Beisein ja auch nicht an meinem Kleid arbeiten und es war spannend zu sehen, wie das Kleid Gestalt annahm.

Rafe und ich trennten uns also vor meinem Laden und ich sah ihm nach, bis er in die Rook Lane einbog und aus meinem Blickfeld verschwand.

Zum Treffen kam ich etwas zu spät, also waren bei meiner Ankunft bereits alle fleißig bei der Arbeit. Jeder hatte ein Stück von meinem Hochzeitskleid in Arbeit, und die Häkelnadeln bewegten sich so schnell, dass mir allein vom Hinsehen schwindelig wurde.

Sylvia und Granny waren in ein leises Gespräch vertieft, als ich auf sie zuging. Einige Fetzen ihrer Unterhaltung bekam ich mit, bevor sie meine Anwesenheit bemerkten.

„Sie könnte ewig jung bleiben", sagte Granny.

Sylvia nickte. „Für Rafe wäre es besser, wenn sie nicht altern würde."

Fast hätte ich mich umgedreht und wäre weggerannt, doch dann hielt ich inne. Es waren ja meine geliebte Großmutter und eine Frau, die ich größtenteils als Freundin betrachtete. Ich trat näher heran.

„Ihr zwei habt doch nicht etwa vor, mich in eine Vampirin zu verwandeln, oder?" Ich versuchte, es witzig klingen zu lassen, aber ich glaube, das Entsetzen in meiner Stimme war doch zu hören. Ich dachte, ich hätte klar und deutlich gesagt, dass ich daran nicht interessiert war.

Beide sahen so aufrichtig überrascht zu mir hoch, dass sie wohl keinen hinterhältigen Plan ausheckten, um mich ohne meine Zustimmung in einen Vampir zu verwandeln.

„Natürlich nicht, Liebes", versicherte mir Granny. „Wir haben über Karmen gesprochen, die böse Hexe von Wallingford. Ihre Jugendlichkeit ist völlig unnatürlich. Und sie ist definitiv kein Vampir."

Mein Puls näherte sich wieder seinem normalen Rhythmus. Dass sie darüber sprachen, konnte ich nachvollziehen. „Es ist doch merkwürdig, oder?" Ich sah Granny an. „Was meinst du, steckt dahinter?"

„Entweder eine so starke Magie, wie sie mir noch nie untergekommen ist. Oder sie ist eine Alchemistin, die das Elixier des Lebens entdeckt hat."

Ich nickte. Das hatte sie ja schon einmal gesagt. „Apropos Hexen", sagte ich leise, „Mom und Dad sind in der Stadt."

„Wirklich?" Granny hörte auf zu häkeln und starrte mich an. Sie und Sylvia hatten ihre Handys in den letzten paar Stunden offensichtlich nicht gecheckt.

„Ja. Und du weißt, was das bedeutet."

Granny nickte. „Hier ist Susan dem Einfluss finsterer Mächte ausgesetzt. Wieder einmal. Ich wünschte, meine starrköpfige Tochter würde ihre Hexenkräfte akzeptieren."

Na ja, das würde wohl kaum passieren. „Es bedeutet

auch, dass du dich nicht sehen lassen darfst." Streng sah ich sie an. „Du kannst dich nicht einfach auf ein Schwätzchen ins Hinterzimmer schleichen. Oder durch die Stadt spazieren."

Sie blickte beschämt. „Du weißt davon?" Sie seufzte. „In Ordnung. Ich werde vorsichtiger sein."

„Ich fahre noch einmal nach Wallingford", sagte Sylvia, als ob wir immer noch bei demselben Thema wären.

„Warum?"

Sylvia blickte kurz zu mir hoch und dann wieder auf ihre Arbeit. „Um die allzu jugendliche Hexe zu überreden, ihr Geheimnis zu verraten. Ich fahre sie noch einmal besuchen. Es wäre so schön für Rafe, wenn er dich länger bei sich haben könnte als eine gewöhnliche Sterbliche."

Karmen war mir nicht sympathisch gewesen, aber ich wollte auch nicht, dass Sylvia ihre „Überredungskünste" anwendete, um ihr ihr Geheimnis zu entlocken. Ich hatte Sylvia schon einmal in ihrer schlimmsten Form erlebt, und so etwas wollte ich nie wieder erleben. „Du hast doch nicht vor, ihr etwas anzutun, oder?"

Kalt starrte Sylvia mich an. „Nein, es sei denn, jemandem eine große Summe Geld zu geben, gilt jetzt als ungehörig."

„Richtig." Ich würde mich jetzt hinsetzen und die Klappe halten, bevor ich mich durch weitere taktlose Bemerkungen in einem Raum voller Vampire noch mehr in Schwulitäten brachte.

Ich schaute auf all die Teile meines Brautkleides, die um mich herum wie von Zauberhand auftauchten. „Wie kann ich euch helfen?" Häkeln konnte ich ungefähr so gut wie Stricken, aber ich hatte eine ganze Auswahl Häkelnadeln dabei. Ich würde üben.

Sylvia schaute zu mir hinüber. „Schon gut, Liebes. Wir haben alles im Griff."

„Aber ich möchte gern helfen", sagte ich und meine Stimme klang fast jammernd. Ich hörte mich schon an wie Hester, unsere ständig quengelnde Halbwüchsige. Aber selbst Hester hatte ein Stück meines Hochzeitskleides in Arbeit und blickte mit süffisanter Überlegenheit in meine Richtung.

„Könnte ich nicht wenigstens einen Teil des Rippenmusters übernehmen?" Ich wusste, was das Rippenmuster war. Und ich war mir ziemlich sicher, dass ich das könnte.

Sylvia gab ein etwas künstliches Kichern von sich. „Weißt du denn nicht, dass es der Braut Unglück bringt, an ihrem eigenen Kleid zu arbeiten?"

So etwas hatte ich noch nie gehört. Ich schüttelte den Kopf. „Nein, das stimmt nicht. Es bringt Unglück, wenn der Bräutigam das Brautkleid vor der Hochzeit sieht." Also etwas ganz anderes.

Sie sah zu mir hoch und sagte: „Also, wenn du an diesem Kleid arbeiten würdest, würde es Unglück bringen."

Von zwölf Vampire kamen unterschiedliche, jeweils hastig unterdrückte Töne der Belustigung. Ich überlegte, ob ich einen Tobsuchtsanfall im Stil von Hester aufführen sollte, aber Sylvia hatte recht. Das Kleid würde viel besser aussehen, wenn ich meine Finger davonließe.

# KAPITEL 5

*A*ls ich am nächsten Morgen im Geschäft ankam, war Violet schon vor mir da. Sie blickte mürrisch drein.

„Guten Morgen", sagte ich und fragte mich, was sie wohl hatte.

„Morgen. War es nett gestern?"

War sie immer noch verärgert, weil ich sie den Nachmittag über allein gelassen hatte?

Ich erzählte ihr von dem interessanten Kristallgeschäft und dem Mann, der die Mondsteinknöpfe für mich schnitzen würde. Aber meine Erzählung schien sie nicht sonderlich zu interessieren. Ihr Gesichtsausdruck wurde noch saurer. So sauer, als hätte sie in eine Zitrone gebissen.

„Du hättest ja mal anrufen können, um dich zu erkundigen, ob im Laden alles in Ordnung war. Aber offensichtlich warst du mit deinen Hochzeitsplänen zu beschäftigt, um einen Gedanken an mich zu verschwenden, die ich hier an einem Freitagnachmittag ganz allein festgesessen habe."

Das saß. Ich sagte: „In Wirklichkeit habe ich gestern an dich gedacht. Vielleicht interessiert es dich ja, dass ich die

Hexe gefunden habe, die den Fluch damals verkauft hat. Weißt du noch, als dir Haare und Zähne ausgefallen sind und du überall Ausschlag bekamst? Der Zauber, den ich umgekehrt habe?"

Okay, vielleicht war ich jetzt genauso kindisch wie sie, weil ich ihr unter die Nase rieb, dass ich ihr praktisch das Leben gerettet hatte, aber im Moment hatte ich wirklich viel um die Ohren. Zum Beispiel auch, was ich die nächsten zwei Wochen bis zur Hochzeit mit meinen Eltern machen würde.

Sie schleuderte die Wolle, die sie gerade mit dem Preis versah, auf den Tresen. „Jetzt ärgert es mich noch mehr, dass du mich nicht angerufen hast. Du hast die Hexe gefunden, die den Fluch verkauft hat?" Erstaunt drehte sie sich zu mir um. „Den Fluch, der mich fast umgebracht hätte? Und das sagst du mir nicht sofort?"

„Was hättest du denn machen können? Du warst ja für den Laden zuständig, wie du mir ständig vorhältst. Wie auch immer, wenn du sie unbedingt sehen willst, sie heißt Karmen und wohnt in Wallingford."

Ich war ein bisschen besorgt wegen des Brautjungferngeschenks, also wollte ich sondieren, ob Violet ausflippen würde, wenn sie herausfand, wer ihr Geschenk gemacht hatte. „Karmen macht diese fantastischen Hautcremes." Ich beugte mich zu ihr hinüber. „Findest du nicht auch, dass meine Haut schon besser aussieht?" Ich hatte heute Morgen etwas davon auf mein Gesicht aufgetragen, und war überzeugt, dass sich meine Wangen glatter anfühlten.

Sie schielte zu mir herüber. „Eigentlich nicht. Ich würde mir nichts ins Gesicht schmieren, was eine Hexe berührt hat. Statt taufrisch und jugendlich würde meine Haut mit Sicherheit ledrig und grau wie Elefantenhaut werden und runterhängen."

Was für ein erschreckendes Bild. Ich berührte meine eigenen Wangen. „Sie fühlt sich wirklich gut an. Ich glaube, dass sie ihre Cremes mit Magie versetzt."

Violet schnüffelte. „Ich weiß nicht, ob ich die Magie dieser Frau mag. Sie ist mir insgesamt zu sehr am dunklen Ende des Spektrums."

Vielleicht würde ich das mit den Brautjungfernge-schenken noch einmal überdenken.

Samstagsmorgens war im Laden immer viel los, Kunden kamen und gingen und ich hatte keine Gelegenheit, Violet zu berichten, dass meine Mutter in der Stadt war. Mrs Darling-ton, eine meiner treuesten Kundinnen, kam herein, um Wolle für einen leichten Frühjahrspullover zu kaufen. Es war so schön, die Frühlingsfarben zu sehen, und ich freute mich, ihr bei der Auswahl von Garn helfen zu können, das ihrer Tochter, die etwa in meinem Alter war, gut stehen würde.

Sie ging, und es wurde ruhig. Bevor weitere Kundschaft kam, erzählte ich Violet rasch, dass meine Mutter und mein Vater überraschend früher angereist waren und bis zur Hochzeit in Oxford bleiben würden.

„Wie schön", sagte sie.

Meinte sie das jetzt sarkastisch oder nicht? Bei Violet konnte ich das manchmal nicht erkennen. Ich beschloss, nicht nachzuhaken.

„Die Sache ist die: Sie will dir helfen, meinen Junggesel-linnenabschied zu organisieren."

„Aber ich brauche keine Hilfe bei der Organisation deiner Hühner-Tour. Ich habe alles unter Kontrolle." Sie warf sich das schwarze Haar über die Schulter, und ihre rosa Strähne schien mir wie ein leuchtender Finger zu drohen.

„Ok. Weil es keine Hühner-Tour geben wird", erinnerte ich sie. Wir hatten das definitiv besprochen.

„Natürlich nicht." Ihr Ton war zu aufrichtig. War das jetzt wieder sarkastisch?

„Gut. Also, falls meine Mutter dich bittet, dir bei der Organisation helfen zu dürfen, kannst du ihr sagen, dass ich keine Hühner-Tour will."

„Aber natürlich. Überlass die Drecksarbeit einfach mir. Wie immer."

Ihre schlechte Laune zerrte wirklich an meinen Nerven. Ich sollte eine errötende Braut unter Orangenblüten voller romantischer Träume sein. Stattdessen schien mich die schlechte Laune anderer immer weiter herunterzuziehen. Sylvia war gereizt, Violet war richtig unleidlich und sogar Nyx benahm sich daneben.

Ich hatte angefangen, ein paar Sachen zu packen, um mich auf meinen Umzug in Rafes Herrenhaus vorzubereiten. Mir war noch nie eine Katze untergekommen, die Veränderungen mochte, und Nyx war da nicht anders, Vertraute hin oder her. Sie war in meine Umzugskartons gesprungen, als ich mitten beim Packen war, und hatte mich wütend angestarrt. Ich versuchte, ihr zu erklären, dass dies eine gute Sache war und dass sie bald ihren wohl zweitliebsten Menschen der Welt häufiger um sich hätte, aber manchmal hatte ich den Verdacht, sie dachte, ich würde nichts Gutes im Schilde führen. Wie Violet schien auch sie zu glauben, dass meine Heirat nur dazu bestimmt war, ihr die Existenz zu vermiesen.

Mit einer narzisstischen Verkäuferin könnte ich wahrscheinlich noch zurechtkommen, aber mit einer narzisstischen Vertrauten? Das musste doch gegen die Hexenregeln verstoßen.

Ein paar Minuten später, als Mom den Laden betrat, war ich froh, Violet vorgewarnt zu haben. Mom wirkt ausgeruht und unternehmungslustig. Sie hatte die Ausgrabung ganzer Dynastien berühmter Ägypter und Syrer beaufsichtigt. Wenn sie energiegeladen ist, wird mir normalerweise mulmig. Ich möchte nicht, dass jemand meine Pläne und Geheimnisse ausgräbt, abstaubt, analysiert und zu Schau stellt. Aber meine Mutter geht unweigerlich so an die Dinge heran.

Sie freute sich sehr, Violet zu sehen und umarmte sie herzlich. Dann schaute sie sich im Laden um und schüttelte den Kopf. „Witzig. Jedes Mal, wenn ich hierherkomme, ist der Laden kleiner, als ich ihn in Erinnerung hatte."

Und seltsamerweise bekam ich jedes Mal, wenn sie das sagte, Lust, ihr mit einer meiner Stricknadeln in den Bauch zu stechen.

Natürlich hielt ich mich zurück und sah zu meiner Freude Meri hereinkommen.

„Erinnerst du dich an Meri?", fragte ich Violet. Dass Meri nichts von Technik verstand, war ein kleines Hindernis gewesen, als sie hier gearbeitet hatte, aber sie war ein so angenehmer Mensch, eine so gute Strickerin und so gut im Bedienen, dass sie in vielerlei Hinsicht eine viel bessere Verkäuferin gewesen war als Violet.

Während ich Meri herumführte und ihr die wenigen Änderungen zeigte, die wir seit ihrem Weggang vorgenommen hatten, fuhr sie mit ihren kleinen Händen über einige der neuen Baumwollhäkelgarne. Darunter war auch ein hübsches helles Rosa, also sagte ich: „Warum häkelst du

71

dir nicht einen Pullover, während du hier bist?" Ich lächelte ihr zu. „Du bekommst weiterhin den Mitarbeiterrabatt. Der ist so unsterblich wie du selbst."

Sie kicherte hinter vorgehaltener Hand. „Ich würde gerne etwas Hübsches häkeln. An eure Textilläden habe ich mich noch nicht gewöhnt. Es ist viel einfacher für mich, mir meine Kleider selbst zu machen." Sie seufzte. „Ich werde mir etwas Hübsches für deine Hochzeit machen."

Dieser Plan gefiel mir. Wir holten ein paar Zeitschriften hervor und suchten einen hübschen kurzärmeligen Spitzen-pullover aus, von dem ich dachte, dass er ihr hervorragend stehen würde. Ich sagte ihr, dass ich vor der Hochzeit mit ihr einkaufen gehen würde, um dazu einen passenden Rock auszusuchen. Währenddessen unterhielten sich Mom und Violet wie beste Freundinnen. Sicher, sie waren miteinander verwandt, aber unsere Familien hatten sich bis vor kurzem nicht sehr nahegestanden. Was sie wohl so angeregt zu besprechen hatten, machte mich misstrauisch.

Als ich zu ihnen zurückkam, sagte Mom: „Violet und ich haben uns Gedanken über deine Hen Party gemacht. Kannst du Violet kurz entbehren? Ich möchte sie dir kurz entführen."

Ich hob die Augenbrauen und versuchte, meine abtrün-nige Verkäuferin mit dem kältesten meiner Blicke zu durch-bohren. Das konnte ihr nichts anhaben.

„Ich mache etwas früher Mittagspause", sagte Violet.

„Es ist erst elf Uhr", protestierte ich.

„Ach, Unsinn, Vi", sagte meine Mutter. „Lucy kann für den Rest des Tages ohne dich auskommen. Außerdem bin ich sicher, dass Meri sich sehr gerne mit Lucy unterhalten möchte. Sie kann ja im Laden helfen, wenn viel los ist." War das nicht nett von meiner Mutter, über meinen Laden und mein Personal zu bestimmen und Violet zur Planung einer Party mitzunehmen, die ich nicht wollte? Der Tag nahm wirklich eine gute Wendung!

Positiv daran war allerdings. dass Meris Gesellschaft sehr angenehm war. Anstatt mich ständig zu attackieren, wandte sie sich an mich, als hätte ich eine Antwort auf alle Fragen des Universums. Das war eine erfrischende Abwechslung.

Sie sagte: „Ich freue mich sehr, in deinem schönen Laden mithelfen zu können. Ich habe dich und das Cardinal Woolsey's vermisst."

Es war schön, sie wieder hier zu haben. „Wir haben dich vermisst. Aber ich wette, es ist auch schön, in deiner Heimat zu sein."

„Ja. In Ägypten ist mir alles viel vertrauter. Vor allem, wenn ich diejenigen ausgrabe, die ich im Leben kennen gelernt habe."

Unvorstellbar. Das musste seltsam sein. Ich sagte: „Du brauchst mir nicht zu helfen. Setz dich auf den Besuchersessel und fang mit deinem neuen Pullover an. Wenn viel zu tun ist, rufe ich dich."

Sie wirkte schockiert. „Ich kann doch nicht in aller Ruhe dasitzen, während du arbeitest. Du tust so, als wäre es nichts, dass du mich aus meiner zwei Jahrtausende langen Gefangenschaft befreit hast, aber ich werde dir dafür immer dankbar sein. Bitte, setz du dich und lass mich arbeiten."

Nun, dazu würde es nicht kommen. Erstens konnte ich keine Pullover häkeln. Aber vielleicht könnte ich damit anfangen. Ich sagte: „Ich mache dir einen Vorschlag. Ich hole noch einen Sessel und wir setzen uns zusammen. Vielleicht mache ich mir einen Pullover. Könntest du mir helfen, wenn ich mit dem Häkeln nicht weiterkomme?"

„Es wäre mir ein Vergnügen." Und so saßen wir beide da und häkelten. Der Vorteil beim Häkeln ist, dass man anstatt zweier Stricknadeln nur eine Häkelnadel hat. Und man kann Einzelteile wie Quadrate und andere Stücke anfertigen und sie später zusammennähen. Ich wusste, dass man das auch beim Stricken machen konnte, aber beim Häkeln schien es häufiger vorzukommen. Jedenfalls beschloss ich, mir einen dieser hübschen Kurzarmpullis in Mintgrün zu häkeln. Wenn Meri und ich sie beide anhätten und damit nebeneinanderstehen würden, würden wir zweifellos wie zwei Ostereier aussehen, aber ich konnte mir nicht vorstellen, dass das sehr oft der Fall wäre, wenn überhaupt. Man stelle sich Rafes Überraschung vor, wenn ich mit einem selbstgehäkelten Pulli auftauchen würde.

Wir arbeiteten fröhlich vor uns hin, und wenn eine Kundin hereinkam, wurde sie entweder von mir oder von Meri bedient. Es schien keine Rolle zu spielen. Es war ein sonniger Tag in Oxford, und alle schienen guter Stimmung zu sein. Violets Abwesenheit war, als wäre eine schwarze Wolke aus der Tür hinausgeweht worden.

Kaum hatte ich diesen Gedanken gehabt, wehte eine ganz andere und, offen gesagt, noch schwärzere Wolke zur Tür herein. Ich spürte ein leichtes Frösteln, schaute auf und erblickte Margaret Twigg, die uns beide beim Häkeln anstarrte, als wären wir zwei Kinder, die die Schule schwänzten, und sie unsere strenge Lehrerin. Aber diese Wirkung hatte sie immer auf mich.

Von ihrem Korb im Fenster aus stellte sich Nyx auf alle

Viere, machte einen Buckel und zischte. Sie mochte Margaret Twigg nicht.

Ich legte meine Häkelarbeit ab und stand auf. „Margaret, was machst du denn hier?" Hätte ich mehr Zeit zum Nachdenken gehabt, hätte ich gesagt: „Wie schön, dich zu sehen", auch wenn das nicht stimmte. Ich ärgerte mich sogar über mich selbst, dass ich aufgestanden war. Ich hätte sitzen bleiben sollen. Schließlich war es ja mein Laden. Aber irgendwie schüchterte mich Margaret Twigg immer so ein, dass ich lieber aufstand, um mit ihr wenigstens ungefähr auf Augenhöhe zu sein.

Soweit ich wusste, war Margaret Twigg keine Strickerin, und da dieser Grund wegfiel, konnte sie nur wegen einer Hexenangelegenheit hier sein.

„Seit der Beltane-Nacht habe ich dich nicht mehr gesehen", sagte sie. Ich konnte mich noch an die Zeremonie und die Feuer erinnern, mit denen wir Hexen den Frühling begrüßten.

„Ich habe viel zu tun. Zum Beispiel, eine Hochzeit planen."

Sie sagte: „Ich bin gekommen, um mit dir über den Vollzug eurer Trauung zu sprechen. Willst du eine richtige, traditionelle Wicca-Trauung?"

Ich hatte das Gefühl, plötzlich Eis in den Ohren zu haben. Sollte das heißen, Margaret Twigg würde uns verheiraten? Das hörte ich zum ersten Mal. Und ich war mir ziemlich sicher, dass Rafe sie niemals gebeten hätte, eine so wichtige Aufgabe zu übernehmen, ohne das vorher mit mir zu besprechen.

Ich schluckte. „Die Trauung vollziehen?", fragte ich, als hätte ich davon noch nie gehört.

„Ja", sagte sie, ein wenig ungeduldig. „Ich muss wissen, welche Art von Zeremonie ihr wollt. Natürlich wird es meine Aufgabe sein, dich und Rafe zu trauen. Schließlich bin ich das Oberhaupt deines Hexenzirkels."

„Aber müsstest du nicht eine zugelassene Standesbeamtin sein?" Ich hatte ein bisschen recherchiert. Seltsamerweise durfte eine Hochzeit nicht im Freien stattfinden, sondern musste in einem festen Gebäude abgehalten werden. Aber bei solchen Details winkte Margaret ab. „Vorher werdet ihr eine kurze standesamtliche Trauung haben und danach vollziehe ich die Zeremonie, um eure Hochzeit zu zelebrieren."

Das klang eigentlich sinnvoll. Ich musste mit etwas Besserem aufwarten, wenn ich vermeiden wollte, dass Margaret Twigg bei unserer Hochzeit eine Zeremonie vollzog. Falls ich mich mitten in der Zeremonie umdrehen und weglaufen wollte, könnte ich das bei ihr nicht. Ich musste „Ja" sagen, sonst riskiere ich den Zorn von Margaret. Nicht, dass ich vorgehabt hätte, bei meiner eigenen Hochzeit Reißaus zu nehmen. So verrückte Gedanken bekam ich nur bei ihrem Anblick.

„Ich hatte nicht … Rafe und ich haben nicht …"

„Besprich es mit ihm und gib mir Bescheid, aber warte nicht zu lange. Ich muss Vorbereitungen treffen."

Zu verwirrt, um ein Wort zu sagen, nickte ich bloß.

Sie nickte kurz. „Dann will ich euch nicht weiter stören. Guten Tag, Meritamun."

„Guten Tag."

Sogar die Türglocken schienen einen anderen Klang zu haben, als sie auf dem Weg nach draußen die Tür schloss. Fast so, als würden sie einen Seufzer der Erleichterung läuten.

„Diese Hexe macht mir Angst", sagte Meri leise.

„Diese Hexe macht mir auch Angst. Und jetzt sieht es so aus, als würde ich von ihr verheiratet."

Meri kicherte. „Aber du wirst ja nur von ihr und nicht *mit* ihr verheiratet. Und dass du mit Rafe verheiratet wirst, das ist etwas, was wir alle, die dich gernhaben, uns schon sehr lange wünschen."

So ausgedrückt, war die eigentliche Zeremonie gar nicht so wichtig.

Ich setzte mich und nahm meine Häkelarbeit wieder auf. Das Schöne an der Arbeit mit Meri war, dass auch sie ihre Nadel in einem menschlichen Tempo bewegte. Da fühlte mich weniger eingeschüchtert als bei meinen üblichen Strick- und Häkelgenossen, die in der Zeit, die ich zum Stricken einer Reihe brauchte – die ich dann wahrscheinlich wieder aufziehen musste –, einen ganzen Pullover strickten.

Kurze Zeit später kam Sylvia von der Straße herein. Sie blinzelte, als sie Meri sah, und ging dann, als sie sie erkannte, mit ausgestreckten Händen auf sie zu. „Meri. Was für eine Freude, dich hier zu sehen."

Meri war bei den Vampiren sehr beliebt. Sie erhob sich und erwiderte Sylvias Umarmung.

„Alle werden dich sehen wollen. Besonders Agnes. Arme Agnes, sie fühlt sich so eingesperrt, seit sie weiß, dass ihre Tochter in der Stadt ist und sie niemandem unter die Augen treten darf."

„Das ist sehr traurig", sagte Meri.

„Aber dich zu sehen, wird sie aufmuntern. Warum kommst du heute Abend nicht herunter? Für Agnes wird es eine Überraschung sein, und zwar eine sehr willkommene. Du kannst den Abend mit uns verbringen."

Meri sah zu mir auf, als bräuchte sie meine Erlaubnis, und ich nickte. „Das ist eine großartige Idee. Und wenn es spät wird, kannst du oben im Gästezimmer übernachten."

Sie nickte. „Das wäre mir eine große Ehre." Dann sah sie zu Boden und wurde rot. „Aber Pete kommt mich abholen."

Sylvia kicherte. „Ach, Pete holt dich ab, ja? Sieh an, sieh an. Das konnte man wohl kommen sehen. Da werden wir sicher bald noch ein Brautkleid anfertigen."

Meri nahm die Farbe ihres Baumwollgarnes an. „Bisher hat er nichts gesagt. Bitte. Ich weiß nicht ..."

„Hör auf, sie in Verlegenheit zu bringen", sagte ich zu Sylvia. Wenn ich sah, wie Pete Meri anschaute, vermutete ich, dass Sylvia recht hatte, aber wir sollten die beiden erst einmal ihre Pläne machen lassen. Aber ich wusste nur zu gut, dass Vampire sich nur allzu gern in die Angelegenheiten anderer Leute einmischten.

„Ich bin dir sehr dankbar und fühle mich durch deine freundliche Einladung sehr geehrt", sagte Meri erneut.

„Es ist sehr schön, eine junge Frau mit so guten Manieren zu sehen", sagte Sylvia mit einem kurzen Seitenblick auf mich und ging ins Hinterzimmer. Ich wusste nicht, ob sie damit andeuten wollte, ich hätte keine guten Manieren, oder ob es ihr gefiele, wenn ich etwas unterwürfiger wäre. So weit würde es nicht kommen.

ICH WOLLTE GERADE DEN LADEN SCHLIEßEN, als meine Mutter allein zurückkam. Sie sagte: „Ach, wir hatten einen herrlichen Nachmittag. Violet ist so ein reizendes Mädchen."

„Das ist sie. Außerdem eine sehr gute Verkäuferin."

Meine sarkastische Spitze ging ins Leere. Die Tür öffnete sich erneut, und wenn ich gedacht hatte, meine abtrünnige Verkäuferin wäre gekommen, um mir beim Schließen des Ladens zu helfen, hatte ich mich getäuscht. Es war mein Vater, der sehr selbstzufrieden dreinschaute. „Ich hatte einen wunderbaren Nachmittag im Ashmolean. Mit Hughes. Wir haben über ein gemeinsames Projekt gesprochen. Das könnte sehr spannend werden."

„Das ist ja großartig, Dad." Professor Hughes hatte mit meinem Vater studiert und ein paar Bücher geschrieben, in denen meine Eltern zitiert wurden. Ich würde mit meinen Eltern viel lieber über Ägyptologie sprechen als über meine Hochzeit.

Meine Mutter ließ sich jedoch nicht so leicht ablenken. Und normalerweise war meine Mutter genauso besessen von ihrer Arbeit wie mein Vater.

Sie sagte: „Das ist wunderbar, Jack. Und später kannst du mir alles darüber erzählen. Aber, Lucy, dein Vater und ich haben uns gestern Abend unterhalten und wir haben beschlossen, unser Haus in Boston zu verkaufen."

„Das Haus der Familie verkaufen?" Das kam wie ein Blitz aus heiterem Himmel.

Dad sah zufrieden aus, und Mom fuhr fort: „Wir haben die Sache besprochen, und eigentlich hatten wir es ja für den Fall behalten, dass du eine Bleibe brauchtest, falls etwas schiefgegangen wäre."

Das hörte sich ja an, als hätten sie mir sehr viel Erfolg

zugetraut. Hatten sie das Haus wirklich für den Fall behalten, dass ich einen Unterschlupf brauchte?

„Und wo werdet ihr wohnen?"

Sie sahen sich kurz an. „Wir denken, dass wir hierherkommen werden, wenn wir in Rente gehen, um näher bei unserer einzigen Tochter zu sein."

Okay, ich ahnte, dass das einige Probleme mit sich bringen würde, aber eines nach dem anderen …

Da schaltete sich mein Vater in die Diskussion ein. „Wir haben ein hübsches Sümmchen für deine Hochzeit zurückgelegt, aber ich habe mit Rafe gesprochen, und er sagt, dass die Hochzeit so gut wie nichts kosten wird, da sie in seinem Haus stattfindet und von seinem Personal ausgerichtet wird. Er will kein Geld von uns, also dachten wir, wir legen es zum Hausgeld dazu und kaufen uns hier etwas Schönes."

Meine Mutter nickte. „Wir hätten dein Hochzeitsgeld fast für ein neues Auto ausgegeben. Nachdem du und Todd euch getrennt habt, schien es unwahrscheinlich, dass wir für eine Hochzeit aufkommen müssten." Sie kicherten beide, als wäre dies eine lustige Anekdote.

Über die Demütigung durch Todds Untreue war ich lange hinweg, aber niemand wird gerne an den Tag erinnert, an dem der eigene Freund unabsichtlich einen Anruf gestartet hatte, während er mit einer anderen rummachte.

„Aber zuerst müssen wir an deinen Junggesellinnenabschied denken. Violet und ich hatten viel Spaß bei der Planung." Ihre Augen glänzten. Ich hatte Mom nicht mehr so freudig erregt gesehen, seit sie ein juwelenbesetztes Armband ausgegraben hatte, das vielleicht Kleopatra gehört hatte.

Offensichtlich hatte ich es nicht geschafft, Vi zu vermitteln, wie sehr ich gegen diese Party war. Ich drehte mich zu Mom um. „Bitte, ich möchte nicht auf einer Sauftour durch die Pubs und die Straßen von Oxford geschleppt werden."

„Unsinn. Das ist ein Übergangsritual, mein Schatz. Mach dir keine Sorgen. Wir werden da sein, um dich zu stützen, falls du beschwipst bist." Unter mütterlicher Unterstützung verstand ich etwas anderes.

Ich wollte noch mehr entgegnen, aber Dad fasste meine Mutter am Arm. „Komm schon, Susan. Wir sind mit Professorin Pinkerton und ihrem Mann verabredet. Wir dürfen sie nicht warten lassen."

Mom warf einen Blick auf ihre Uhr. „Richtig. Es wird nie langweilig." Und dann entschwanden sie und mein Vater winkend.

# KAPITEL 6

*A*m Sonntagmorgen war ich bei Rafe zu Hause. Wir machten uns einen gemütlichen Vormittag, der mir mehr als sonst wie ein Luxus erschien, weil ich in letzter Zeit so beschäftigt gewesen war. William machte mir zum Brunch *Eggs Florentine* mit hausgemachten Käse-Scones. So lecker. Beim Essen erzählte ich Rafe, dass ich vor meinem Junggesellinnenabschied Angst hatte und dass meine Mutter auf diesem peinlichen Ritual beharrte.

„Du Ärmste", sagte er und schaute etwas entsetzt.

Ich strich noch mehr Butter auf meinen Scone. Nicht, dass ich mehr Butter gebraucht hätte, aber was Williams Kochkünste betraf, war meine Selbstdisziplin gleich Null. „Ich habe mich darauf verlassen, dass Violet ihr Einhalt gebietet, aber Vi ist genauso schlimm. Wie komme ich da nur raus?"

„Ich weiß nicht, ob das geht. Es ist ja nur eine Nacht, und wenn es dir zu viel wird, kannst du mir eine Nachricht schicken und ich komme dich holen."

„Es sei denn, du liegst gerade unter einer Stripteasetänze-rin", murmelte ich.

„Wie bitte?"

„Mein Vater hat auch Pläne, weißt du. Für dich."

„Ich werde Lochlan dazu bringen, das zu verhindern. Diese ganze Hochzeitsplanung scheint mir übermäßig verfrüht."

Er hatte recht. Sogar Jennifer, meine älteste Freundin, hatte beschlossen, die Reise für einen Urlaub zu nutzen und würde morgen kommen. Sie benutzte schon unter normalen Umständen gern Ausrufezeichen. Wenn sie aufgeregt war, schrieb sie mehr Satzzeichen als Buchstaben.

„Hey Lucy-Schmusi!!!!!!!!!", hatte ihre letzte E-Mail begonnen.

„Super Newsy!!!!!!!!! Hab mehr Urlaub gekriegt und komme bald an!!!!!!!!!!!!!!!!!!!!!! Ich freu mich – auf dich, Oxford und deinen Bräutigam!!!!!!!!!!! Unglaublich – dass du den Hummer zuerst kriegst, Mann!!!!!!!!!!!!!!!!!!!!!!"

Bei dieser Anspielung auf *Friends* musste ich schmunzeln. Wir hatten alle zehn Staffeln zusammen gesehen.

Das hatte ich Rafe erklären wollen, aber er hatte keine Ahnung, wer Ross und Rachel waren oder warum sich irgendjemand für sie interessieren sollte. Das mit dem Hummer ging etwas zu weit. Ich konnte mir gut vorstellen, wie er mich kühl und intellektuell ansehen und sagen würde: „Aber das ist doch absurd. Hummer paaren sich nicht ein Leben lang. Sie sind nicht einmal monogam."

Ich versuchte es erst gar nicht.

Abgesehen von seinem Mangel an moderner Allgemein-bildung war Rafe ein ausgezeichneter Gesprächspartner, und wir unterhielten uns über seine Arbeit, meine Arbeit, die Hochzeit und die Zukunft. Jetzt, da ich meine Gefühle für ihn und seinen Antrag akzeptiert hatte, konnten wir alles miteinander teilen, weil wir wussten, dass wir am Leben des anderen teilhaben würden, bis dass der Tod uns scheidet. Höchstwahrscheinlich *mein* Tod, aber den Gedanken verdrängte ich.

Als William zurückkam, um meinen fast blitzblanken Teller abzuräumen, brachte er ein eingepacktes Geschenk herein. „Das ist für Sie beide von einem privaten Kurier gebracht worden."

„Oh, ein Geschenk", quietschte ich.

Rafe schien das zu amüsieren. „Du bist wie ein kleines Kind an Weihnachten."

„Es ist mir egal, was du denkst. Ich liebe Geschenke."

„Dann solltest du es wohl besser öffnen."

Ich zog das silberne Band ab und zerriss fröhlich das weiß-silberne Papier. Darunter kam eine weiße Pappschachtel zum Vorschein. Ich nahm den Deckel ab und warf einen Blick hinein.

Ich sah etwas aus Holz, das alt aussah. Vorsichtig hob ich ein Kästchen heraus, in das seltsame Symbole eingeritzt waren. Zuerst dachte ich, es handelte sich um ägyptische Hieroglyphen, die ich lesen konnte, da ich meinen Eltern viele Sommer lang bei Ausgrabungen geholfen hatte. Die Symbole sahen zwar so ähnlich aus, es war aber kein Ägyptisch.

Ich zeigte das Kästchen Rafe, der es entgegennahm und die Aufschrift betrachtete. „Das sind Runen", sagte er. „Sehr alt. Ob das wohl von Lochlan ist?" Er blickte um sich. „War eine Karte dabei?"

Ich hatte das Geschenk so begierig ausgepackt, dass ich

nicht einmal nach einer Karte geschaut hatte. Nun suchten wir sie, aber es gab keinen Hinweis darauf, von wem das Geschenk gekommen war. „Mach das Kästchen auf", sagte ich. „Vielleicht ist ja eine Karte drin."

Manchmal bin ich nicht besonders intelligent.

Er hob den Deckel an, und ein merkwürdiger Ausdruck zog über sein Gesicht.

„Was ist es?" Ich beugte mich vor, um einen Blick darauf zu werfen. Und zog meinen Kopf ruckartig wieder zurück. „Igitt. Das sieht ja aus wie versteinerter Kamelmist." Das hörte sich vielleicht seltsam an, aber ich hatte genug Sommer in Ägypten verbracht, um zu wissen, wie versteinerter Kamelmist aussah. Wie eine Ofenkartoffel in ihrer Hülle, die zu lange im Ofen geblieben war. „Warum sollte Lochlan uns Kamelmist schicken?"

„Ich glaube nicht, dass es von Lochlan kommt, und es ist auch kein Kamelmist."

Er griff mit zwei Fingern in die Schachtel und holte einen Zettel heraus. „Für Lucy, mit Bewunderung", las er laut vor. „Und es liegt eine Anleitung bei. ‚Brich ein wenig von dieser Mischung ab, rühre es in Wein und trinke ihn. Bei Bedarf wiederholen. Ausgezeichnet für einen jugendlichen Teint. Kein Verfallsdatum."

Es sah nicht aus wie etwas, das ich in den Mund hätte nehmen wollen. Ich beugte mich näher und schnupperte vorsichtig daran. Es hatte einen leicht vertrauten Geruch, wie eine Erinnerung, die ich nicht ganz präsent hatte. Bis es mir einfiel.

„Was sagen die Runen?" Falls er sie nicht entziffern konnte, wäre er genau der Mann mit den richtigen Forschungsbüchern gewesen, um die Botschaft zu entschlüsseln. Es war keine Überraschung, als er das Kästchen in die Hand nahm und die Runen näher betrachtete. „Das bedeutet in etwa ‚Wie oben, so unten‘.“

„Das ist ein Spruch aus der Alchemie, oder?“

„Ja.“

Rafe sagte: „In der Alchemie geht es darum, gegensätzliche Elemente zu kombinieren, um etwas ganz Besonderes zu schaffen. Wie oben, so unten, männlich und weiblich, Licht und Finsternis, Tag und Nacht.“

„Du und ich“, sagte ich und er lächelte.

„Die Metapher passt.“

„Warum sollte jemand ein Hochzeitsgeschenk schicken, das nur für Sie bestimmt ist?“, fragte William und schien verwirrt. Er war geblieben, um uns beim Auspacken des Geschenks zuzusehen. Genau wie ich liebte er Geschenke. Aber vielleicht nicht dieses.

„Ich glaube, der Teil für Rafe ist, dass ich jung aussehe, wenn ich dieses Zeug trinke.“ Ich hatte nicht vorgehabt, ihnen von der Hexe zu erzählen, die nicht zu altern schien, aber jetzt hatte mich jemand dazu gezwungen. Ich erzählte ihnen also von der Begegnung mit der bösen Hexe von Wallingford.

„Warum sollte die Hexe Ihnen ihre streng gehütete Geheimrezeptur zukommen lassen?“, wollte William wissen.

Langsam schüttelte ich den Kopf. „Ich weiß nicht. Die ganze Sache ergibt keinen Sinn. Sie weiß, dass ich heiraten werde, aber sie schien mir niemand zu sein, der seine Geheimnisse preisgibt. Ich traue ihr nicht über den Weg.“

Rafe zog das Kästchen weiter von mir weg. „Bitte nimm nichts davon, bevor ich es testen lasse.“

Hielt er mich denn für dumm? „Dieses Zeug esse ich nicht." Allein bei dem Gedanken daran wurde mir übel.

„Wie wäre es mit einem Kaffee auf der Terrasse?", schlug William vor. Er war ein Engel. Ein Tapetenwechsel und ein Kaffee würden mir bestimmt helfen, mich zu beruhigen.

„Olivia hat ein paar Ideen für Blumenarrangements, die sie mit Ihnen besprechen möchte. Soll ich sie zu Ihnen rausschicken?"

„Perfekt."

„Ich komme gleich nach", sagte Rafe, ergriff das Runenkästchen und ging damit den Flur entlang in sein Arbeitszimmer. Gut.

„WILLIAM!", rief ich am Sonntagnachmittag. „William!"

„Was brüllst du denn so?", fragte Rafe hinter seiner Zeitung. Rafe war niemand, der seine Nachrichten von einer iPhone-App bezog. Er ließ sich immer noch jeden Morgen eine Tageszeitung liefern.

„Ich brauche etwas."

„Was denn?"

„Nun, Pappe. Bunte Filzstifte. Solche Sachen."

Fasziniert sah er mich an. „Darf man nach dem Grund fragen?"

„Ja, das darf man. Ich möchte ein Schild mit Jennifers Namen basteln, für den Flughafen. Morgen hole ich sie ab." Ich verspürte eine plötzliche Sehnsucht nach meiner Jugendfreundin. „Ich kann es kaum erwarten."

Er sah mich an, als hätte ich Fieber. „Hast du mir nicht gesagt, dass diese Frau schon dein ganzes Leben lang deine beste Freundin ist? Und trotzdem musst du ein Schild mit ihrem Namen hochhalten, damit ihr euch erkennt?"

Ich rollte mit den Augen. „Das ist ein Witz. Nur zum Spaß. Ich habe sie seit zwei Jahren nicht mehr gesehen." Ich drehte mich zu ihm um. „Du weißt doch, dass Prominente und wichtige Leute immer einen Fahrer haben, der in Heathrow mit einem Schild auf sie wartet. Ich dachte, es würde Spaß machen, dasselbe für Jennifer zu tun."

„Verstehe." Und er zog sich hinter seine Zeitung zurück.

Es gab einen Grund, warum ich nicht Rafe um Hilfe gebeten hatte. Ich ging weiter in Richtung Küche. „William."

Über kleine runde Blätterteigstückchen gebeugt, murmelte William vor sich hin. „Probieren Sie die mal, Lucy. Ich weiß nicht recht. Es ein Experiment. Diese könnten wir beim Hochzeitsempfang auf Tabletts herumreichen. Ich möchte, dass alles perfekt ist." Wir hatten uns für diese Art Essen entschieden, damit es nicht – wie an einer langen Tafel – auffiele, dass die Vampire nichts aßen. Es würde auch ein Buffet mit herzhaften Speisen angerichtet werden.

„Alles wird perfekt sein, William." Ich war jedoch nicht abgeneigt, auch von den herzhaften Stückchen etwas zu versuchen. Ich steckte mir eines in den Mund, kaute und schloss selig die Augen. „William, das ist fantastisch."

„Sind Sie sicher, Lucy? Ist der Pilzgeschmack nicht zu stark?"

„Der Pilzgeschmack ist spektakulär. Ehrlich, Sie bekommen noch Spannungskopfschmerzen oder ein Magengeschwür oder so etwas, wenn Sie sich nicht entspannen."

„Ich möchte, dass alles perfekt ist. Für Sie beide."

Ich hatte einen dieser allzu häufigen Gefühlsausbrüche, die meine Augen feucht werden ließen. Ich schlang meine

Arme von hinten um William und legte meine Wange zwischen seine Schulterblätter. „Vielen Dank. Ich weiß, dass es nicht einfach sein wird, aber die Zukunft wird so viel besser sein, wenn wir wissen, dass Sie dabei sind."

Er drehte sich um, und ich sah einen besorgten Gesichtsausdruck auf seinem Gesicht. „Sind Sie sicher, Lucy? Ich weiß, Sie sind es nicht gewohnt, Bedienstete zu haben. Olivia und ich werden alles tun, was wir können, damit Ihr Leben reibungslos verläuft, aber wenn es zu viel ist, vielleicht ..."

„Sie sind keine Diener. Nicht für mich. Ich habe das Gefühl, wir sind eine Familie. Ein Team."

Daraufhin hellte sich seine Miene auf. „Das ist eine sehr schöne Formulierung. Vielen Dank."

Ich sagte: „Und könnten Sie mir als Teil dieses Teams etwas Pappe und bunte Textmarker besorgen? Glitzer? Pailletten? Falsche Juwelen, wenn Sie welche haben?"

Er zwinkerte mir zu. „Haben Sie vor, in einer Burlesque aufzutreten?"

Oh, sehr witzig. „Nein." Wieder erklärte ich meinen Plan. Im Gegensatz zu Rafe lachte William und meinte, Jennifer würde es gefallen, von jemandem mit einem Willkommensschild begrüßt zu werden. Wir durchwühlten Schubladen und plünderten Rafes Büro, aber vor allem in Williams Catering-Zubehör fanden wir allerlei lustige Dinge. Er half auch mit. „Das ist alles von einem Kindergeburtstag übriggeblieben, den ich ausgerichtet habe", sagte er und holte eine Plastikwanne herunter. „Und das ist von einer goldenen Hochzeit", sagte er und holte noch eine Wanne.

Während ich Plastikballons von der Kinderparty auf ein großes Stück Pappe klebte, das ich mit leuchtend rosa Stoff überzogen hatte, sagte ich: „Wenn ich Zeit gehabt hätte, hätte ich Theodore gebeten, das zu machen. Aber es macht mehr Spaß, es selbst zu machen." Ich zog ein juwelenbesetztes Plastik-Diadem hervor. „Was meinen Sie? Soll ich das Diadem oben draufkleben? Oder die Steine ablösen und einzeln aufkleben?"

Er hob das Diadem auf und setzte es auf mein Schild. „Ich würde es an dem Schild befestigen, und es ihr für den Weg aus dem Flughafen aufsetzen, wenn sie kommt."

Ich bekam einen Lachanfall. „Genial."

Er zog ein zweites Diadem hervor und setzte es mir auf den Kopf. „Am besten, Sie tragen selbst auch eins."

Es dauerte nicht lange, bis wir ein schönes Schild gebastelt hatten. Jennifers Name glitzerte vor lauter Pailletten, das Schild war mit Strasssteinen besetzt, und Olivia fand einen Stock, an den wir das Schild hefteten, damit ich es hochhalten konnte. Sehr professionell. Am Montagmorgen, als es an der Zeit war, zum Flughafen zu fahren, hüpfte ich begeistert damit herum.

Rafe fragte: „Bist du sicher, dass ich dich nicht doch fahren soll, Lucy?"

Ich schüttelte entschieden den Kopf. „Ich komme schon klar." In Wirklichkeit fuhr ich in England nicht gerne selbst und tatsächlich war ich noch nie zum Flughafen Heathrow und wieder zurückgefahren, aber so schwer konnte das ja nun nicht sein. Außerdem brauchten Jennifer und ich etwas Zeit für uns allein. Etwas Zeit für Frauengespräche. Daher hatte ich Violet gesagt, ich würde später in den Laden kommen. Sie hatte einen lauten, unzufriedenen Seufzer ausgestoßen, aber daran gewöhnte ich mich langsam.

Ich schlüpfte in einen hübschen hellblauen Frühlingspullover, den mir Alfred gestrickt hatte, und zog dazu eine cremefarbene Hose an. Dann machte ich mich auf den Weg nach Heathrow, wobei Rafe mir noch einmal einschärfte, ich solle sofort anrufen, wenn ich irgendwelche Probleme hätte.

Ich ging zu ihm und küsste ihn. „Was wirst du tun, während ich weg bin?"

„Ich versuche immer noch, aus dem Alchemiebuch schlau zu werden. Irgendetwas daran stört mich."

„Wahrscheinlich der Zauberspruch. Wenn ich etwas Zeit habe, werde ich mir das auch ansehen. Vielleicht finden wir gemeinsam heraus, was man damit anfangen kann. Oder wem es gehört."

Ich glaube, das war meine größte Sorge. Was wäre, wenn eine Hexe oder ein Alchemist es verlegt hätte und es zurück bräuchte? Ich wusste, wie ich mich fühlen würde, wenn mein Grimoire verloren ginge. Vielleicht las ich nicht so viel darin, wie ich sollte, aber es war immer da. Wenn ich einen Zauber brauchte, wusste ich, wo ich ihn finden konnte. Es gehörte zu meiner Familie. War ein Teil meines Erbes. Ich fragte mich, was wäre, wenn jenes Buch das Erbe von jemand anderem wäre und verzweifelt gesucht würde. Schließlich war Rafe auf mysteriöse Weise darauf gestoßen. Die neuseeländische Sammlerin behauptete, es ihm nicht verkauft zu haben. Wer also sonst? Und warum?

Das Sammeln von Büchern war nichts besonders Geheimnisvolles, aber der Zwischenhändler war verschwunden, als Rafe versuchte, ihn zu kontaktieren.

Darüber konnte ich mir jetzt keine Gedanken machen. Ich musste meine beste Freundin vom Flughafen abholen. Meine beste Freundin und Brautjungfer. Manchmal ertappte ich mich dabei, wie ich auf meinen Verlobungsring schaute, nur um zu sehen, ob er wirklich an meinem

Finger steckte und der ganzen Welt meine Neuigkeit verkündete.

Ich stieg in mein kleines rotes Auto und stieg noch einmal aus, da Henri, der Pfau, herangewatschelt kam und sich hinter mein Auto stellte, offensichtlich um gefüttert zu werden. Ich stieg aus und schimpfte mit ihm, während ich ihm gleichzeitig ein Leckerli gab. Dem Vogel schienen diese widersprüchlichen Signale nichts auszumachen. Offensichtlich verstand er nur den Teil mit dem Leckerli. Dann watschelte er ganz fröhlich davon, und ich stieg erneut ins Auto.

Bei ruhiger Verkehrslage brauchte man etwa eineinviertel Stunden bis zum Flughafen. Ich plante zwei Stunden ein, um den Verkehr mit einzukalkulieren und falls ich irgendwo falsch abbiegen würde. Ich fuhr die A40 hinunter, hörte Billie Eilish und versuchte, meine Aufregung im Zaum zu halten. Jetzt, wo fast alle da waren, wurde es ernst mit der Hochzeit.

Ob wegen dem Rhythmus der Fahrt oder der Musik, die nur einen Teil meines Gehirns beanspruchte und einen anderen Teil frei ließ, auf jeden Fall begann ich, an das verzauberte Alchemiebuch zu denken. Ich fragte mich, ob ich recht hatte und Rafe nicht weiterkam, weil er nicht hexen konnte. Die neuseeländische Sammlung war unglaublich gewesen, was alte Bücher anging, aber es gab dort keine Grimoires oder Alchemiebücher. Ich glaubte der Sammlerin, als sie sagte, das Alchemiebuch stamme nicht von ihr. Aber woher kam es dann?

Und was war mit dem seltsamen Geschenk in dem Runenkästchen? Sylvia hatte gesagt, sie würde vielleicht noch einmal zu Karmen fahren und versuchen, sie dazu zu bringen, ihr das Geheimrezept für ihr jugendliches Aussehen zu verkaufen. Hatte sie das gemacht? Falls ja, warum hatte sie den Zettel dann nicht mit ihrem Namen unterschrieben? Das Geschenk musste sehr teuer gewesen sein, und Sylvia war keine, die ihre guten Taten verheimlichte.

Mit viel Konzentration schaffte ich es, zum richtigen Terminal zu gelangen, und atmete erleichtert auf, als ich das Auto geparkt hatte. Ich schnappte mir mein selbstgebasteltes Schild und mein Diadem, ignorierte die überraschten Blicke der Leute, die mein grelles Plakat sahen, und machte mich auf den Weg ins Terminal. Ich ging in die Nähe der großen Ausgangstüren, durch die Jennifer kommen würde und stellte mich dort in Position.

Ich war nicht die einzige Person, die mit einem Namensschild dort stand, aber ich war definitiv die Einzige, die ihr Schild aufgehübscht hatte. Inmitten all der dunkel gekleideten, seriösen Fahrer, auf deren Papier- oder Pappschildern die Namen der Personen mit schwarzem Filzstift geschrieben standen, wusste ich, dass mein Chauffeur-Service vom Wow-Effekt her allen anderen haushoch überlegen war. Niemand sonst begrüßte seine Fahrgäste mit einem Diadem.

Das Flugzeug landete pünktlich, aber trotzdem dauerte es wohl eine halbe Stunde, bis Jennifer herauskam.

Ich sah sie, bevor sie mich sah. Ihr dunkles Haar war länger geworden. Ansonsten sah sie so aus wie immer. Ihre braunen Augen strahlten, als sie mich sah, und sie warf den Kopf zurück und lachte. Es war ein Lachen, so laut und von Herzen kommend, dass sich andere Leute umdrehten und uns anstarrten. Sie schob ihren mit Gepäck beladenen Wagen auf mich zu, und als sie um die Schranke herumkam, rannte ich zu ihr hin und umarmte sie quietschend.

„Jen!", schrie ich. „Wie schön, dich zu sehen."

„Und ich dachte schon, ich würde dich nicht wiedererkennen", sagte sie und erwiderte meine Umarmung. „Zwei Jahre. Ich habe dich seit zwei Jahren nicht mehr gesehen."

„Ich weiß. Wir haben uns so viel zu erzählen."

Bevor sie etwas anderes tat, nahm sie meine Hand und starrte auf den Verlobungsring. „Der ist wunderschön," sagte sie. „Ich kann es gar nicht erwarten, den Bräutigam zu sehen. Ich bin immer noch sauer auf dich, dass du mir nie ein Foto von ihm geschickt hast."

„Er hasst Kameras. Das ist eine seltsame Eigenart von ihm. Ansonsten ist er halbwegs normal."

Als ich ihr das Plastik-Diadem auf den Kopf setzte, sagte sie: „Wenn er dich heiratet, kann er nicht sehr normal sein."

Ich gluckste. Damit hatte sie recht.

Wir schoben ihren Wagen zum Parkplatz und luden die Taschen in mein Auto. „Willst du nach England auswandern?", fragte ich. Sie hatte einige schwere Koffer dabei.

„Ich war mir nicht sicher, was ich brauchen würde. Alle sagen, dass das Wetter in England um diese Jahreszeit unberechenbar sein kann, also habe ich so ziemlich meine gesamte Garderobe mitgebracht. Meine beste Freundin heiratet. Ich mache Urlaub."

„Ich denke, das ist eine super Idee."

Natürlich ging sie auf die Fahrerseite des Wagens, wie jeder Amerikaner, dann lachte sie und begab sich auf die Beifahrerseite.

Ich sagte ihr, ich könne erst reden, wenn ich es aus Heathrow herausgeschafft hätte. Sie gähnte und hielt brav den Mund, bis ich es geschafft hatte, Heathrow ganz zu verlassen und in die richtige Richtung zurück nach Oxford fuhr. Dann sagte ich: „Okay, erzähl mir alles."

„Alle wünschen dir alles Gute und sind superneidisch, dass ich zu deiner Hochzeit eingeladen wurde und sie nicht."

Ich zuckte ein bisschen zusammen. „Wir versuchen, die Hochzeit im kleinen Rahmen zu halten. Außerdem wollte ich nicht, dass die Leute viel Geld bezahlen müssen, um mir beim Heiraten zuzuschauen."

„Schon gut. Jeder versteht das." Sie lehnte sich zu mir, bis unsere Schultern aneinanderstießen. „Ich habe den Flop gesehen."

Theatralisch kombinierte ich eine Grimasse mit einem Erschaudern. Mein betrügerischer Ex, Todd, würde für Jen und mich immer nur der Flop heißen. „Ich hoffe, du hast ihm gesagt, dass ich heirate." Er war mir vielleicht nicht mehr wichtig, aber schon aus Prinzip wollte ich ihm mein Glück unter die Nase reiben.

„Babe, ich halte dir den Rücken frei. Ich habe ihm nicht nur gesagt, dass du heiraten wirst, sondern auch, dass du einen Mann mit einem Adelstitel und einem Schloss heiraten wirst."

Ich bekam einen Lachanfall. Das Verrückte daran war, dass es stimmte. Seinen Titel benutzte Rafe nie, aber William hatte mir die Dokumente gezeigt. Er war als Sir Rafe Crosyer von Königin Elisabeth persönlich zum Ritter geschlagen worden. Von Elisabeth der Ersten.

„Und was macht der Flop?", fragte ich. Es war mir eigentlich egal, aber ich konnte sehen, dass sie mir etwas mitteilen wollte.

„Also, sie haben ihn entlassen. Weil er ein Idiot ist. Monica und er sind wieder zusammen, aber das wird nicht von Dauer sein. Im Grunde ist er ganz der Alte geblieben."

„Hat er dir irgendeine Nachricht aufgetragen oder so?"

„Du kennst Todd ja. Er hat gesagt: ‚Manche Mädels haben eben immer Glück.‘"

Dann sprachen wir mehr über gemeinsame Freundinnen, obwohl ich sehen konnte, dass diese Freundschaften nach zwei Jahren bereits verblassten. Sie fragte: „Und wann kommst du nach Hause? Auch nur auf einen Besuch?"

„Ehrlich gesagt weiß ich es nicht. Ich bin sicher, dass ich einmal mit Rafe kommen werde, um ihm zu zeigen, wo ich aufgewachsen bin, aber es gefällt mir hier. Ich lebe jetzt hier. Du musst dir unbedingt meinen kleinen Laden anschauen. Ich lerne stricken."

„Das sagst du immer. Bist du gut darin?"

„Absolut schrecklich."

Sie brach in Gelächter aus. „Ich habe stricken gelernt."

„Unmöglich."

„Wirklich. Als wir sowieso alle zu Hause bleiben mussten, habe ich es mit Videos aus dem Internet gelernt."

„Kannst du es gut?"

„Nicht schlecht. Ich habe ein paar Schals gestrickt, und dann habe ich mich an Socken versucht. Socken sind schwieriger, als man denkt."

Wenn Jen schon Socken stricken konnte, war sie mir weit voraus.

„Wann kommen deine Eltern an?"

„Sie sind schon hier. Sie freuen sich sehr darauf, dich zu sehen."

„Wow. Es scheint alles schon Jahre her zu sein." Sie drehte sich zu mir. „Weißt du, dass wir dieses Jahr dreißig werden?"

„Das habe ich bemerkt. Ja."

Ich zuerst, am einundzwanzigsten Juni. Jennifer war im

September geboren. Sie sagte: „Ich hatte immer gedacht, ich wäre dann schon verheiratet oder wüsste zumindest, was ich mache."

„Dir geht es doch super."

„Nein, eigentlich nicht." Ein Lastwagen überholte mich und scherte dann direkt vor mir ein. Ich fuhr auf der langsamen Spur, aber anscheinend war das Tempolimit für einige Fahrer zu langsam. Jen nahm ihr Diadem ab und spielte auf ihrem Schoß damit. „Ich habe gekündigt."

Okay, das war eine Überraschung. „Wirklich?"

„Mir war langweilig und es führte zu nichts. Du weißt ja auch, wie es ist, den ganzen Tag in einer Box zu arbeiten."

Ich nickte und war so froh, dass ich nicht mehr dorthin zurückmusste. Die Arbeit in einem Strickladen war nicht immer ideal, aber sie passte viel besser zu mir als eine Karriere in einem Unternehmen. „Aber du warst doch befördert worden." Ich erinnerte mich, wie sehr sie sich gefreut hatte.

„Ja. Ich glaube, das war der Anfang vom Ende. Die Arbeit in der Krankenversicherungsbranche ist nicht mein Traumjob, und dann musste ich Leute einstellen und motivieren, und irgendwann konnte ich nicht mehr." Ich spürte die Intensität ihres Blicks, obwohl ich meine Augen nicht von der Straße abwenden wollte, auch nicht eine Sekunde lang. „Wir werden dreißig! Ich muss meinen beruflichen Weg finden, bevor es zu spät ist."

„Okay", sagte ich. „Du bist intelligent und sympathisch. Du wirst schon das Richtige finden."

„Wenn ich nur wüsste, was es ist. Ich habe immer die Menschen bewundert, die schon als Kinder wussten, dass sie einmal Arzt oder Astronaut oder was auch immer werden wollten. Ich weiß es immer noch nicht."

„Wir werden es herausfinden. Ich helfe dir."

„Alleinstehend, arbeitslos und dreißig. Damit hatte ich nie gerechnet."

Warum hatte ich auf einmal ein schlechtes Gewissen? Ich würde meine große Liebe heiraten und liebte meinen Job, also war das Dreißigwerden nicht traumatischer als die Gewissheit, dass meine Jugend verblassen würde. Aber ich konnte vollkommen verstehen, wie Jen sich fühlte. „Was ist mit Brandon passiert? Das hast du mir nie gesagt."

„Mit Brandon ist nichts passiert. Wir hätten uns ewig so weitertreiben lassen, wenn ich nicht mit ihm Schluss gemacht hätte. Für ihn war ich das Häkchen an dem „Freundin"-Kästchen, und er bei mir das Häkchen für „Freund", aber es führte zu nichts. Sie rutschte auf ihrem Sitz hin und her. „Vielleicht lerne ich ja auf deiner Hochzeit einen coolen Typen kennen."

Ja, sie würde viele coole Typen kennenlernen, aber die meisten von ihnen waren untot.

ährend wir nach Oxford hineinfuhren, stieß Jennifer Freudenschreie aus. „Oh mein Gott. Diese Gebäude habe ich schon in tausend Filmen gesehen." Es machte Spaß, ihre Begeisterung zu sehen, und ich war ein wenig stolz darauf, dass ich ihr etwas über die Colleges erzählen und ihr das Radcliffe-Observatorium, die Bodleian-Bibliothek und das Sheldonian-Theater zeigen konnte. Ich war bereits fast eine Einheimische.

Sie drehte sich immer wieder auf ihrem Sitz herum und sog alles in sich auf.

„Das ist eigentlich eine Stadt, in der man zu Fuß gehen sollte. Morgen mache ich einen Stadtrundgang mit dir. Aber erst einmal wollte ich dich zum Laden mitnehmen, damit du dich oben in meiner Wohnung häuslich einrichten kannst."

„Macht es dir wirklich nichts aus, dass ich bei dir übernachte? Du hast doch sicher so viel Verwandtschaft und Freunde zu Besuch, ich kann mir auch ein Hotel suchen."

Das hatten wir auch online schon diskutiert. „Nein. Du

übernachtest bei mir. Das wird wie zwei Wochen Pyjamaparty."

Sie strahlte mich an. „Ich kann es kaum erwarten." Wir fuhren an einer Gruppe Studenten vorbei. „Kaum zu glauben, dass du jetzt in Oxford wohnst. Fühlst du dich schon klüger?"

„Nein. Meistens habe ich das Gefühl, dass ich nichts weiß. Ehrlich gesagt kriegt man schon Komplexe, wenn man auf der Straße versucht, etwas von den Gesprächen der Studenten mitzubekommen. Meistens verstehe ich nicht einmal, worum es geht. Aber es macht irgendwie Spaß."

Ich bog in die Harrington Street ein und dann in die schmale Gasse, wo ich hinter meinem Laden parken konnte.

„Wir sind da", sagte ich.

„Ach wie süß", sagte sie und betrachtete den kleinen Kräutergarten, um den ich mich wirklich besser kümmern musste.

Wir manövrierten ihr Gepäck aus dem Kofferraum und schleppten es dann zur Hintertür, durch die man zu meiner Wohnung kam.

„Wie schön es hier ist", sagte sie, als wir im Wohnzimmer angekommen waren. Sie lief gleich zum Fenster und blickte auf die Straße. „Der Laden ist unten", sagte ich und zeigte zu der Treppe, die ins Cardinal Woolsey's führte. Wir stiegen jedoch eine weitere Treppe hinauf in die Etage mit den Schlafzimmern. Ich zeigte Jen das Bad und das Gästezimmer. Sie schaute aus dem Gästezimmerfenster und quietschte vor Aufregung. „Ich sehe die träumenden Türme Oxfords!" Dann drehte sie sich zu mir um. „Ich kann es kaum erwarten, die Stadt zu erkunden."

Es war schön, so einen begeisterten Gast zu haben. Ich war stolz auf meine Wahlheimat.

„Ich sollte mal im Cardinal Woolsey's nach dem Rechten sehen. Warum packst du nicht aus, machst es dir gemütlich, machst ein Nickerchen oder duschst, wenn du willst. Hast du Hunger? Ich habe nämlich ein paar Kleinigkeiten im Kühlschrank."

„Ich habe im Flugzeug gegessen, aber eine Tasse Kaffee und eine Dusche könnte ich gebrauchen."

„Ich setze den Kaffee auf. Geh erst mal duschen. Und dann kommst du in den Laden, wenn du so weit bist."

Nachdem ich Kaffee gemacht hatte, ging ich, während Jen im Gästezimmer ihre Sachen auspackte.

Im Laden traf ich meine Cousine Violet in besonders mürrischer Stimmung an. Kaum hatte ich „Hallo" gesagt, riss sie mir fast den Kopf ab und beschwerte sich, es sei im Laden zu heiß und stickig und wir brauchten eine Klimaanlage. Sie hatte ja recht. Manchmal wurde es ein bisschen heiß, aber das warme Wetter hielt nie lange an. Außerdem wusste ich nicht, ob die alte Elektroanlage für eine Klimaanlage ausgereicht hätte. Ich ahnte jedoch, dass es etwas anderes war, was meine Cousine nervös machte.

Meine gute Laune wollte ich mir nicht verderben lassen, schließlich hatte ich meine beste Freundin hier. Doch ich musste immer wieder an die Schachtel mit dem seltsamen Inhalt denken. „Im Moment kann ich mich damit nicht befassen. Ich habe ein merkwürdiges Hochzeitsgeschenk bekommen. Es sieht aus wie versteinerter Tierkot in einer Kiste. Ich bin ziemlich sicher, dass es von der bösen Hexe von Wallingford ist, aber es war nicht einmal eine richtige Karte dabei."

Vi sah entsetzt aus. „Sie ist doch nicht etwa zur Hochzeit eingeladen, oder?"

„Nein."

„Gut. Ich denke, du solltest dich von ihr fernhalten. Sie macht nur Ärger. Und sie hat versucht, mich umzubringen, vergiss das nicht."

„Das werde ich nie vergessen", versicherte ich ihr. Dieser böse Zauber war für uns alle sehr unerfreulich gewesen.

Es kam etwas Kundschaft und dann kam Alice vorbei. Sie arbeitete nicht hauptberuflich bei *Frogg's Books*, war aber oft dort. Sie und Charlie waren so glücklich verheiratet, dass jedermann den Glauben an die Ehe wiedergewinnen konnte.

Wie ein frischer Wind kam sie herein und sagte: „Lucy, Violet, ich bin so froh, dass ihr beide da seid. Ich habe fantastische Neuigkeiten."

Um zu erahnen, was sie meinte, brauchte ich meine Hexenkräfte nicht. Von Alice ging ein Leuchten aus, das sie wunderschön aussehen ließ. Dass Violet das auch spürte, konnte ich daran erkennen, dass ihre eigene negative Energie noch schlimmer wurde. Es war, als stünde man neben einem schwarzen Loch. Ich trat vor, als könnte ich die arme Alice vor Violets Lebensunzufriedenheit schützen. Ich wollte ihr die Überraschung nicht verderben.

„Was ist los?", fragte ich, scheinbar ahnungslos.

Sie federte auf und ab, ohne die Füße zu heben. Wie ein Steh-Auf-Püppchen. Es war absolut bezaubernd. „Ich bekomme ein Baby."

Aufrichtig erfreut nahm ich sie in die Arme und drückte sie an mich. „Herzlichen Glückwunsch. Du wirst eine wunderbare Mutter sein."

„Es ist noch zu früh, bitte sagt es niemandem, aber euch

musste ich es einfach sagen. Ich habe Angst, dass mir mein Trauzeuginnenkleid bis zur Hochzeit nicht mehr passt. Wir sollten vielleicht etwas aus dehnbarem Stoff besorgen." Sie errötete ganz hinreißend und legte beide Hände auf ihren immer noch sehr flachen Bauch. „Für den Fall, dass mein Bauch dicker wird."

Ich bezweifelte sehr, dass man es in zwei Wochen sehen könnte, aber ich freute mich sehr, dass sie es uns anvertraut hatte. Auch Violet schaffte es endlich, sich vorwärtszubewegen, man hätte denken können, sie hätte schwere Ziegelsteine anstelle ihrer Füße.

„Das ist großartig, Alice. Ich hoffe, du wirst sehr glücklich werden", brachte sie heraus. Sie sagte es im Ton einer Trauerrede bei einer Beerdigung, aber wenigstens hatte sie es versucht.

Alice warf ihr einen leicht überraschten Blick zu. „Danke, Vi." Dann fragte sie: „Und wann gehen wir die Kleider für die Hochzeit kaufen?" Sie wandte sich mir zu. „Was ist überhaupt mit deinem Brautkleid? Davon hast du noch gar nichts gesagt. Sag bloß nicht, du hast dir ohne uns eins ausgesucht."

Ich fand es unheimlich lieb von ihr, dass sie sich noch Gedanken um mein Kleid machte. „Ich bekomme es von Freundinnen gemacht, als Hochzeitsgeschenk."

„Das ist ja fantastisch. Welchen Stoff hast du dir ausgesucht? Ich weiß noch, dass ich hin- und hergerissen war zwischen Seide, Chiffon und Spitze für das Mieder." Ihre Hochzeit war noch gar nicht so lange her gewesen, und sie schwärmte immer noch von jenem Tag, der zwar einige Herausforderungen mit sich gebracht, aber zu einer wirklich glücklichen Ehe geführt hatte. Ich schüttelte den Kopf und war froh, dass mir all diese Entscheidungen erspart geblieben waren.

„Du darfst es niemandem sagen, weil es eine Überraschung ist. Aber es wird gehäkelt. Aus feinem Seidengarn."

Sie riss die Augen auf. „Was für ein enormer Arbeitsaufwand. Deine Freundinnen werden Tag und Nacht daran arbeiten müssen."

Nachts auf jeden Fall.

„Heute Morgen ist meine Freundin Jennifer angekommen. Lassen wir ihr ein paar Tage Zeit, um sich einzuleben, dann gehen wir Kleider kaufen."

Als zwei Kundinnen hereinkamen, sagte sie: „Ich gehe besser zurück."

„Samstag", rief ich ihr nach. „Scarlett und Polly können am Samstag den Laden übernehmen, dann können wir einkaufen gehen."

„Vielen Dank auch, dass du mich nach meinem Terminplan gefragt hast", murmelte Vi finster.

Ich versuchte, meine ganze Geduld zusammenzunehmen. „Hättest du am Samstag Zeit, Vi?"

Jetzt sah sie noch verärgerter aus. „Werde ich wohl."

Ich sagte Alice, wir würden uns später treffen, um alles zu besprechen und begrüßte dann meine Kundschaft. Violet schlug ich vor, nach hinten zu gehen, um einige der anstehenden Versandpakete fertig zu machen. Je mehr ich sie heute von den Kunden fernhalten konnte, desto besser würde mein Geschäft laufen.

Eine meiner Kundinnen war eine aufgeregte frischgebackene Großmutter. „Das Beste daran ist, dass es Zwillinge sind, ein Junge und ein Mädchen, sodass man sich nicht zwischen rosa und blauen Pullovern entscheiden muss. Ich kann in jeder Farbe einen stricken."

Die andere wollte Pantoffelsocken für ihren Mann stricken. „Wegen seiner Gicht, wissen Sie. Er hat es gern etwas wärmer."

Nachdem ich ihnen bei der Auswahl der Wolle und Strickmuster geholfen hatte und sie wieder weg waren, ging ich in den hinteren Raum, wo Violet die Pakete mit solcher Gewalt packte, dass ich froh war, dass Wolle nicht zerbrechlich war.

„Möchtest du über das reden, was dich bedrückt?", fragte ich.

Sie schmiss das ganze Paket hin und ließ sich in einen Sessel fallen. Da wir in England waren, setzte ich Teewasser auf.

„Ich will ja nicht missgünstig sein, aber du kannst dir nicht vorstellen, wie das ist. Du bist so glücklich, dass es schon nach Orangenblüten und Brautsträußen duftet und jetzt kriegt Alice ein Baby, und ich kriege nicht einmal ein Date." Mit diesen Worten brach sie in Tränen aus.

„Ich weiß ja, dass es schwer ist. Du hast einfach noch nicht den Richtigen kennengelernt." Das war wirklich ein schwacher Trost, aber was hätte ich sonst sagen können? Und es war ja nicht so, als hätte sie sich nicht bemüht. Sie hatte ein Date mit einem Magier gehabt, das nicht so gut gelaufen war, und war mit mehreren Männern ausgegangen, von denen sich keiner als der Richtige erwiesen hatte. Aber, was noch schlimmer war, sie hatte eine enge und freundschaftliche Beziehung zu William Thresher, und ich vermutete, dass sie mehr von ihm wollte.

Sie fuhr sich mit der Hand über die feuchten Wangen.

„Und wenn ich den Richtigen schon kenne und er mich nicht will?" Am Ende zitterte ihre Stimme.

Ich wollte nicht mehr um den heißen Brei herumreden. „Ist es William?"

Sie schniefte. „Du weißt, dass er es ist."

Natürlich wusste ich das.

„Und was ist mit euch beiden los? Ihr scheint euch doch wirklich gut zu verstehen. Er bittet dich immer, ihm zu helfen, wenn er seine Catering-Jobs hat."

„Ich weiß. Und manchmal sieht er mich an, und ich glaube wirklich, dass er interessiert sein könnte. Aber nie macht er Annäherungsversuche oder bittet mich um ein Date. Und dabei mache ich es ihm so leicht, leichter geht es nicht! Ich sage zum Beispiel: ‚Samstagabend bin ich allein. Ich frage mich, was es wohl im Fernsehen gibt.'"

„Nun, das klingt ermutigend", sagte ich.

„Und weißt du, was er dann zu mir sagt? Falls ich am Samstag einen Catering-Auftrag bekomme, werde ich es dich auf jeden Fall wissen lassen."

Oje. Ich dachte kurz nach. „Vielleicht ist er nur schüchtern."

„Und vielleicht gefalle ich ihm einfach nicht." Sie triefte vor Selbstmitleid.

„Meinst du, es könnte an der Zeit sein, das ein für alle Mal herauszufinden?"

Sie schniefte erneut, sah aber hoffnungsvoll zu mir auf. „Wie meinst du das? Mit einer Art Enthüllungszauber?"

„Nein. Keine Hexerei. Richtige, echte, menschliche Kommunikation. Warum fragst du ihn nicht, ob er mal mit dir ausgeht?"

Sie legte sich eine Hand an die Stirn und sah aus, als

würde sie vor Schreck in Ohnmacht fallen. „Manchmal bist du so was von amerikanisch."

Als ob das etwas Schlechtes wäre.

„Dann sprich wenigstens mit ihm. Sag ihm, was du empfindest."

„Nein", jammerte sie. „Ich kann nicht mit William sprechen. Es ist hoffnungslos. Was ist, wenn ich ihn frage, ob er mit mir ausgeht, und er sagt nein? Dann könnte ich nicht einmal mehr mit ihm zusammenarbeiten." Sie schüttelte den Kopf, und ich hatte den Eindruck, dass sie sich durch meine aufmunternden Worte eher noch mehr aufregte anstatt weniger. „Nein, Lucy. Ich muss es akzeptieren. Ich werde für immer eine einsame Hexe bleiben. Eins von diesen alten Weibern, vor denen sich Kinder fürchten, in einem verfallenen Steinhäuschen irgendwo in der Pampa."

Ich dachte sofort an Margaret Twigg, die in einem steinernen Cottage am Rande von Wychwood Forest lebte. Allerdings würde niemand Margaret für einsam oder bemitleidenswert halten. Sie war mächtig und schien mit ihrem Singledasein mehr als zufrieden. Aber Violet war anders. Und je mehr ich darüber nachdachte, desto mehr glaubte ich, dass sie eine gute Partnerin für William sein würde. Sie kannte Rafes Geheimnis und hatte als Hexe selbst einige Geheimnisse.

Sie sagte: „Ich dachte, ich könnte wenigstens in der Hochzeitsgesellschaft mit ihm zusammen sein. Man sagt ja immer, dass eine Hochzeit der beste Ort ist, wo eine Brautjungfer Männer kennenlernen kann. Aber er gehört ja nicht einmal zur Hochzeitsgesellschaft", jammerte sie.

Das hatte mich auch überrascht. „Ich glaube nicht, dass es daran liegt, dass er nicht mit dir vor den Traualtar treten will, Violet. William macht das Catering. Er glaubte einfach nicht, gleichzeitig die Veranstaltung leiten und als Gast daran teilnehmen zu können."

„Ich weiß nicht. Ich persönlich glaube, dass er sich vor der Hochzeitsgesellschaft gedrückt hat, um mir aus dem Weg zu gehen. Zweifellos wird er eine Menge hübscher junger Dinger als Kellnerinnen einstellen, mit denen er in der Küche kichern und flirten kann, während ich allein da draußen stehe und zusehe, wie meine Cousine," – und jetzt starrte sie mich wütend an – „die jünger ist als ich, heiratet."

Ich hatte wirklich Mitleid mit ihr, aber langsam wurde es langweilig. „Ich glaube, du solltest wirklich mit ihm reden. Solange du das nicht tust, erfährst du es nie."

JENNIFER KAM NICHT RUNTER IN DEN LADEN, also nahm ich an, dass sie oben eingeschlafen war. Violets Stimmung hatte sich etwas gebessert, sodass ich glaubte, ihr die Kundschaft wieder überlassen zu können, und ging hinauf, um nach Jennifer zu sehen. Leise stieg ich die Treppe hinauf, um sie nicht zu wecken, und war überrascht, sie in meinem Wohnzimmer sitzen zu sehen. „Jennifer? Ist alles in Ordnung?"

Sie schaute mich mit einem merkwürdigen Gesichtsausdruck an. Dann sah ich mich um und verstand ihren seltsamen Blick.

„Woher hast du denn das hier?" Ich dachte, ich hätte meine Hexenutensilien gut versteckt. Aber sie saß da und hatte mein Grimoire, meinen Hexenspiegel und einige schwarze und weiße Kerzen vor ihr.

Ich hatte so ein kaltes, unangenehmes Gefühl in der

Magengrube, wie es wahrscheinlich unschuldige junge Frauen damals in Salem gespürt hatten, wenn es bei ihnen an der Tür klopfte. Ich wusste nicht, warum ich so nervös war. Heutzutage wurden Hexen ja nichts Schlimmes mehr angetan, aber irgendwie war meine Kunst eben doch meine Privatsache. Es war ein Teil meines Lebens, den ich nicht ohne weiteres mit Menschen teilen wollte, die selbst keine Zauberkräfte besaßen. Jennifer und ich waren schon so lange befreundet, dass ich nicht wusste, wie sie auf diese Veränderung bei mir reagieren würde. Es wäre mir unerträglich gewesen, wegen der Hexerei meine beste Freundin zu verlieren.

Sie berührte den Zauberspiegel mit den Fingern, und die Oberfläche kräuselte sich wie bei einem Teich im Wind. Ich konnte also unmöglich so tun, als wäre er nicht das, was er war.

Alles, was sie sagte, war: „Ich habe so etwas geahnt."

Da sie offensichtlich nicht ausflippen und schreiend auf die Harrington Street rennen würde, trat ich näher und setzte mich neben sie.

„Was meinst du damit? Habe ich mich schon immer komisch verhalten?" Es war, als wären wir bereits mitten in einem Gespräch, anstatt erst damit anzufangen.

„Weißt du noch, wie wir früher mit dem Ouija-Brett gespielt haben?"

Das hatte ich fast vergessen. Es hatte eine Zeit gegeben, als wir so ungefähr mit zehn, elf oder zwölf Jahren von der Schule nach Hause rannten und dieses alte Ouija-Brett aus Pappe herausholten, das ihre Mutter ganz hinten im Schrank aufbewahrte. Wir berührten beide den herzförmigen Plastikzeiger mit den Fingerspitzen und wenn wir Fragen stellten, fuhr dieser auf dem Brett herum. Einige der Antworten, die wir erhielten, trafen erschreckend genau zu. Ich nickte.

„Weißt du noch, als wir nach meinem Onkel Pat fragten, der zur Untersuchung im Krankenhaus war? Und es kam T-O-T als Antwort?"

Den Moment hätte ich nie vergessen können. Jennifers Familie erfuhr es erst später an dem Tag. Ich nickte stumm.

„Hast du dich nie gefragt, woher das alles kam?"

Das wusste ich bis jetzt nicht. „Du denkst, ich hätte meine Kräfte benutzt und es nicht einmal gewusst?"

Sie lächelte mich an, streckte ihre Hand nach dem Grimoire aus, und zu meinem absoluten Entsetzen erhob sich das Grimoire gleichzeitig mit ihrer Hand. Sie legte es wieder ab und wies mit einer geübten Handbewegung auf die Kerzen, die sofort brannten.

„Du auch? Du bist eine Hexe?"

Sie nickte. „Ich habe dich immer als Schwester gesehen. Jetzt weiß ich, dass du wirklich eine bist."

Wieder wurde ich ein bisschen wehmütig. „Wie lange weißt du es denn schon?"

„Noch nicht lange. Also, ich habe ja früher so Sachen gemacht oder gedacht, dass etwas passieren könnte, und dann passierte es wirklich. Aber dass ich anders bin, weiß ich erst, seit du weggezogen bist. Mir war wohl langweilig und ich vermisste meine beste Freundin. Um etwas zu tun, habe ich einen Kurs über Heilpflanzen belegt. Die Frau, die den Kurs leitete, war eine Hexe, die meine Gabe erkannt und mich gefördert hat."

„Und du hast mir nie ein Wort davon gesagt."

„Du hast mir von deinen besonderen Talenten auch nie etwas verraten."

Glücksgefühle durchströmten mich. Jetzt musste ich dieses große Geheimnis nicht mehr vor einem meiner Lieblingsmenschen verbergen. Anstatt uns zu trennen, verband uns unsere Magie miteinander. „Es war so schwer, weil wir so weit auseinander waren. Wenn wir noch nah beieinander gewohnt hätten, dann hätte ich es dir natürlich gesagt."

Ernst sah sie mich an. „Wenn wir beide weiterhin das gleiche Leben gelebt hätten, hätten wir sicher nie entdeckt, dass wir Hexen sind."

Ein Schauer überkam mich bei dem Gedanken, dass ich dieses Geschenk nie entdeckt hätte.

„Glaubst du, dass wir uns deshalb schon als Kinder zueinander hingezogen fühlten?"

„Wer weiß? Ich bin aber froh, dass es so war."

„Ich auch."

Ich machte mit ihr den versprochenen Rundgang durch Oxford, und am Abend saßen wir dann in meiner Wohnung und redeten stundenlang, sprachen über alte Freundinnen und schwelgten in Erinnerungen, aber vor allem sprachen wir über Magie. Sie holte ihr Strickzeug heraus, und ich machte mich wieder an meinen Häkelpulli. „Hast du jemals Magie benutzt, um schneller stricken zu können?", fragte ich.

„Nein. Das würde mir den Spaß verderben." Sie schaute mich an. „Und du?"

Ich schüttelte den Kopf. „Das käme mir vor wie Betrug. Allerdings habe ich einen Zauberspruch zum Entwirren von Wolle, der sehr nützlich ist. Ach ja, ich benutze auch manchmal einen Aufräumzauber im Laden."

„Völlig verständlich. Das ist so, als würde man einen Brief mit dem Computer schreiben, anstatt ihn mühsam von Hand zu verfassen."

„Genau. Alles hat seine Zeit und seinen Ort."

Ich war froh, dass wir uns verstanden, und schlug ihr vor, zu unserem nächsten Treffen des Hexenzirkels mitzukommen.

„Erst einmal: Wann wirst du mir den geheimnisvollen Rafe vorstellen?"

„Morgen. Er hat uns zum Mittagessen eingeladen."

# KAPITEL 8

„*D*as wurde auch Zeit. Dann lerne ich endlich deinen Bräutigam kennen." Und dann richtete sie mit gespieltem Ernst ihren Zeigefinger auf mich. „Und wehe, er gefällt mir nicht!"

Vor diesem Treffen fühlte ich mich seltsam nervös. Zwei Menschen, die ich liebte, würden sich begegnen, und ich wollte unbedingt, dass sie sich mochten. Und wenn sie es nicht täten? Ich würde meine Verlobung nicht absagen, weil meine beste Freundin meinen Verlobten nicht mochte, aber ich wäre traurig.

Eines schwor ich mir. Ich würde sie nicht durch Magie dazu bringen, ihn zu mögen. Sie musste ihn so nehmen, wie er war. Sollte ich ihr sagen, welche Besonderheit er hatte? Den Gedanken verwarf ich sofort. Zu wissen, dass ich eine Hexe war, war etwas, das sie verstehen konnte, da wir das gemeinsam hatten. Aber ihr zu verraten, dass ich einen Vampir heiraten würde? Das könnte ein Schritt zu weit gehen. Zumindest im Moment.

Am nächsten Morgen ging ich mit Jen nach unten und

zeigte ihr den Laden, was etwa fünf Minuten dauerte, und stellte ihr Violet vor. Ich würde nicht sagen, dass es zwischen den beiden sofort funkte, aber Violet war höflich und Jen sprach begeistert von dem Laden, der Hochzeit und der Aussicht auf den geplanten Kleiderkauf für die Brautjungfern am Samstag.

Glücklicherweise hatte Scarlett keine Vorlesung und würde im Laden helfen können. Ich hatte mein Bestes getan, um viel Hilfe für Violet einzuplanen, da ich genau wusste, dass ich in den nächsten Wochen nicht viel da sein würde, und Rafe und ich danach in die Flitterwochen fahren würden. Ich konnte es kaum erwarten. Ich hatte das Gefühl, dass mein Leben jetzt ganz anders war als damals, als ich Jennifer das letzte Mal gesehen hatte. Allein, dass sie hier war, zeigte mir, auf welchem unglaublichen Weg ich mich befand, und doch schien es im Rückblick unvermeidlich, dass ich hier hatte landen sollen.

Jen war der beste Gast, den ich haben konnte. Sie war von allem begeistert, und als wir Oxford verließen, bewunderte sie die Landschaft und die kleinen Dörfer, durch die wir fuhren. Während der Fahrt zu Rafes Haus schienen wir immer mehr Gesprächsstoff zu finden.

Als wir näherkamen, sagte sie: „Also, über deinen Kerl weiß ich bisher Folgendes: Er ist ein angesehener Spezialist für antiquarische Bücher" – sie begann, die einzelnen Punkte an den Fingern abzuzählen – „und er hält immer noch die eine oder andere Vorlesung am Cardinal College. Ich weiß, dass er sehr gut aussieht, denn auf seiner Webseite habe ich zwar kein Foto, aber ein Bild von einem sehr gut aussehenden Mann gesehen."

Das war Theodore und Hester zu verdanken, denen es in

gemeinsamer Arbeit gelungen war, etwas zu erschaffen, das zwar gemalt war, aber dennoch fast wie ein Foto aussah. Sein ernster, etwas hochmütiger Gesichtsausdruck war darauf gut getroffen. Ich liebte dieses Bild.

„Ja. Das ist er.“

„Ich hoffe, ich trete nicht in irgendein Fettnäpfchen. Ich möchte wirklich, dass er mich mag.“

„Das wird er. Und ich möchte wirklich, dass du ihn auch magst. Ihr seid beide so wichtig für mich.“ Ich sagte zwar nicht, dass es für mich notwendig war, dass es klappte, aber ich hatte irgendwie das Gefühl, dass es so war.

„Und ich weiß, dass er reich ist.“ Sie sah mich an. „Habe ich irgendetwas übersehen?“

Eine wichtige Sache, aber ich konnte mich nicht überwinden, es ihr zu sagen. Noch nicht. „Im Großen und Ganzen hast du alles.“

Sie sah mich an. „Nach seiner Erfahrung und dem Foto schätze ich ihn auf Mitte dreißig.“

Ein paar hundert Jahre mehr oder weniger ... Ich nickte.

„Also fünf Jahre älter als du. Das ist nicht schlecht. War er schon einmal verheiratet?“

„Ja. Einmal. Er ist Witwer.“

„Witwer ist gut. Mit gebrochenem Herzen, aber nicht verbittert?“

Ich lächelte. „Genau so würde ich ihn beschreiben. Mit gebrochenem Herzen, aber nicht verbittert.“

„Also gut. Ich glaube, ich bin bereit.“

Ich war seltsam nervös, als wir vor dem Herrenhaus anhielten. Henri hörte natürlich mein Auto und kam angerannt wie ein hungriger Bauernjunge, wenn der Gong zum Abendessen ertönt. Jennifer war ganz entzückt von ihm, und ich gab ihr eines der Futterpellets, die ich in meinem Auto für den Pfau aufbewahrte. Er starrte sie eine Minute lang mit seinen Knopfaugen an, nahm das Futter und trat dann zurück, um seinen Schwanz aufzufächern. Der arme Henri hatte nicht so einen spektakulären Pfauenschwanz wie mancher andere Pfau, aber in der letzten Zeit war er wirklich voller geworden. Er war ein geretteter Pfau, der sich in seiner neuen Umgebung gut eingelebt hatte. In gewisser Weise war Rafe mein geretteter Pfau. Und es kam mir vor, als würde er unter meiner Obhut aufblühen. Vielleicht war das arrogant, aber ich hatte gesehen, wie sich der kalte, distanzierte Vampir in das liebevolle Geschöpf verwandelte, das er zu Lebzeiten gewesen sein musste. Ich hatte mich damit abgefunden, dass er nie wieder am Leben sein würde, aber wir würden es schon schaffen.

William musste uns beobachtet haben, denn wir hatten noch nicht einmal einen Schritt in Richtung Eingangstür gesetzt, als sich beide Türflügel öffneten und er dort stand. Mit einem strahlenden Lächeln im Gesicht kam er auf uns zu.

„Lucy, Sie kommen genau zur rechten Zeit." Er streckte die Hand aus und sagte: „Und Sie sind sicher Jennifer?"

Sie bejahte, und sie gaben sich die Hand. So weit, so gut. Er fragte sie, wie es ihr in Oxford gefalle, und führte uns hinein. William war eine perfekte Kombination aus freundlich und einladend, ohne dabei so zu tun, als sei er selbst der Hausherr. Ich verstand nicht genau, wie er das machte. Es war eine echte Kunst.

„Rafe ist draußen auf der Terrasse. Lochlan Balfour wird jeden Moment eintreffen."

„Aus Irland?"

Ein Lächeln erhellte seinen Blick. „Bei ihm kann man nie wissen. Er nimmt keine Linienflüge."

Richtig. Mich an den Gedanken zu gewöhnen, dass ich einen Milliardär in der Bekanntschaft haben würde, war gar nicht so einfach. Irgendwie war es mir leichter gefallen, mich an das Stricken mit Untoten zu gewöhnen.

„Er fällt also einfach vom Himmel, wann immer ihm danach ist?"

„Im Grunde ja. Wahrscheinlich kommt er mit seinem Hubschrauber. Es gibt eine Stelle auf dem Grundstück, wo er landen kann."

„Natürlich."

Eigentlich war das auch sehr sinnvoll. Zweifellos hatte auch Rafe irgendwo einen Hubschrauber versteckt, von dem er mir noch nichts erzählt hatte. Ich könnte mir vorstellen, dass Männer wie er und Lochlan Balfour immer bereit waren, im Handumdrehen zu verschwinden. Geheimnisse, Geld und die Möglichkeit, auf der Stelle zu fliehen – all das würde auch zu meinem Leben gehören.

„Wow", sagte ich. „Sie werden das Haus voller Leute haben."

Er schaute mich an. „Lucy, Sie wissen, dass ich nichts lieber mag als das."

Ich wollte gerade vorschlagen, Jennifer kurz durchs Haus zu führen, denn ihre Augen waren ganz groß geworden und sie schaute sich um, als wäre sie ohne Vorwarnung in den Buckingham-Palast gestolpert, aber dann kam Rafe selbst herein. Er schaute so nahbar wie möglich drein, wie ich erfreut feststellte. Er schüttelte Jennifers Hand und sagte, wie sehr ich mich auf ihre Ankunft gefreut hatte. Das stimmte.

Sie sah sich immer noch staunend um. „Es ist herrlich

hier. Als Lucy mir davon erzählte, ahnte ich nicht, was auf mich zukam. Gewiss nicht so etwas. Das ist kein Haus. Es ist ein Schloss!"

Er lächelte sie auf die nachsichtige Art an, mit der er mich anzulächeln pflegte, wenn ich Dinge sagte, die mich seiner Meinung nach wie eine amerikanische Touristin klingen ließen.

Er führte sie durch das Erdgeschoss, und ich zwang ihn, ihr die doppelten Wände mit den Gemälden zu zeigen, die mich immer noch faszinierten. Er besaß so viele Gemälde, dass er eigens gestaltete Wände hatte, die sich öffnen ließen, um eine zweite Wand mit Kunstwerken zum Vorschein zu bringen.

Während Jen einen Monet bewunderte, kam William herein. „Ich glaube, Lochlan kommt gerade an."

Rafe entschuldigte sich und ging gemächlich durch die Tür, die zur hinteren Terrasse führte. Aber natürlich wollten wir nicht drinnen bleiben, als es aufregend wurde. Jennifer und ich eilten hinter ihm her. Wir kamen gerade noch rechtzeitig, um zu sehen, wie ein schwarzer Hubschrauber auf einer Wiese landete, die Teil des Landschaftsgartens war, aber wahrscheinlich extra bereitgehalten wurde, damit Hubschrauber darauf landen konnten. Zweifellos kam und ging auch Rafe auf diese Weise, wann immer es ihm passte.

Lochlan Balfour stieg aus dem Hubschrauber. Er trug dunkle Jeans, ein Rollkragen-T-Shirt und einen Blazer. In der Hand hielt er einen Aktenkoffer. Während wir zuschauten, stieg ein zweiter Mann aus und lud einen Koffer aus. William eilte hinaus, um zu helfen. Lochlan schritt derweil auf uns zu und hob winkend eine Hand. Die Sonne ließ sein Haar golden schimmern.

Jennifer lehnte sich näher und flüsterte: „Ich komme mir vor wie in einem James-Bond-Film. Du hast mich nicht vorgewarnt, dass du von reichen, mächtigen und schönen Männern umgeben bist. Ich glaube, ich muss mich setzen."

Ich hatte mich so sehr daran gewöhnt, dass ich fast vergessen hatte, wie es am Anfang gewesen war. Wenn sie sie erst zusammen sehen würde! Dunkel und hell und beide unglaublich gut aussehend. Bald wurden alle miteinander bekannt gemacht und wir setzten uns auf die Steinveranda. Sie lag wunderschön im Schatten von Glyzinien, war aber dennoch offen und luftig, und wir hatten einen herrlichen Blick auf das Gelände. Olivia hatte sich selbst übertroffen. Ich wusste, dass sie Tag und Nacht gearbeitet und sogar einige zusätzliche Helfer eingestellt hatte, damit die Gärten und das Gelände für diesen ganz besonderen Tag, der nahte, in bestem Zustand waren. Natürlich kam das Gespräch schnell auf die Hochzeit. William, der sich vermutlich um das Gepäck gekümmert hatte, kam heraus und bot Getränke an.

„Champagner, nehme ich an", sagte Rafe und sah mich an. Er kannte meine Schwäche für Champagner. Ich wandte mich an Jennifer, die das ebenfalls für eine spektakuläre Idee zu halten schien. Die Geschwindigkeit, mit der eine der alten Champagnerflaschen aus Rafes Keller auftauchte, perfekt gekühlt und mit vier Kristallflöten, ließ mich vermuten, dass er und William die Sache bereits besprochen hatten. William ließ den Korken knallen, goss den Sekt ein und Lochlan erhob sein Glas. „Wenn ihr gestattet, würde ich gern einen Toast auf das glückliche Paar aussprechen. Es ist ein irischer Trinkspruch, der mir passend erscheint:

,Mag Freud' und Friede um euch sein

Und euer Haus zufrieden

Mögt stets in Glück vereint ihr sein
Und Segen ewig euch beschieden.'"

Er endete mit den Worten: „Auf Lucy und Rafe!"

Jen schloss sich dem Trinkspruch an, und dann nippten wir alle an unserem Champagner.

„Ich habe gehört, du bist aus Boston", sagte Lochlan zu Jen. „Eine schöne alte Stadt."

„Ja, wenn auch nicht so alt wie Oxford."

Ich war wirklich beeindruckt, wie cool Jennifer war, schließlich war es nicht gerade ein alltägliches Erlebnis, mit einem Tech-Mogul wie Lochlan Balfour zusammenzusitzen. Aber wir sprachen nicht über ihn, seine Firmen oder Computer. Wir sprachen hauptsächlich über die Hochzeit und dann ein wenig über aktuelle Ereignisse.

Am Ende blieben wir zum Mittagessen draußen und setzten uns an einen Tisch im Freien. William servierte den Vampiren Tartar. Das rohe Rindfleisch sah für mich nicht appetitlich aus, aber wenigstens konnten sie mit uns essen. William sagte zu Jennifer: „Ich habe Lucy gefragt, und sie meinte, Sie würden etwas Gekochtes bevorzugen. Dieser Lachs wurde heute Morgen aus Schottland eingeflogen. Er wird mit einer leichten Dillsauce serviert."

„Sieht köstlich aus", sagte Jennifer. Und das war er tatsächlich.

Nach dem Mittagessen sagte Rafe: „Ich habe da einen sehr merkwürdigen Alchemie-Text, den ich dir gerne zeigen würde, Lochlan. Ich wüsste gerne, was du davon hältst."

Jennifer, die sich in der Gesellschaft offensichtlich sehr wohl gefühlt hatte und dank des Champagners vielleicht sogar noch kontaktfreudiger war als sonst, sagte: „Oh, ist das Teil deiner Arbeit? Den würde ich gern einmal sehen."

Rafe hielt nur einen Augenblick inne, bevor er in seiner üblichen höflichen Art sagte: „Natürlich. Kommt mit."

Also begaben wir uns zu viert in sein Büro, wo er die modernsten Werkzeuge seines Fachs und jede Menge wertvoller Bücher in einem temperaturgeregelten Schrank aufbewahrte. Er holte das Alchemiebuch heraus, das wir so rätselhaft gefunden hatten.

Lochlan blätterte ein paar Seiten um und sah genauso verwirrt aus wie ich. „Aber das ist doch modern, oder?"

Rafe wollte natürlich nicht andeuten, dass es mit einem Zauber belegt war, denn ich hatte noch keine Gelegenheit gehabt, ihm zu sagen, dass sich meine alte Freundin ebenfalls als Hexe entpuppt hatte. Er fragte: „Was fällt dir sonst noch auf?"

Lochlan blätterte ein paar Seiten weiter. „Es ist obskurer als die meisten alchemistischen Texte. Natürlich erinnere ich mich daran, was Paracelsus zu sagen pflegte. Alles ist Gift, es kommt nur auf die Dosierung an."

Oje. Natürlich könnte Lochlan Paracelsus persönlich gekannt haben, damals im Mittelalter oder wann immer der sich mit Alchemie befasst hatte. Aber das war wirklich nicht hilfreich für Jennifers ersten Eindruck von meinem Verlobten und seinem Trauzeugen.

So munter ich konnte, sagte ich: „Warum lassen wir euch zwei nicht allein? Ich möchte dir unbedingt das Obergeschoss zeigen." Sogar ich selbst konnte den falschen, spröden Ton heraushören.

Aber Jennifer ignorierte mich völlig und trat näher. Sie tat etwas sehr Merkwürdiges. Sie nahm ihre Hand und ließ sie einfach über den Seiten schweben, ohne sie zu berühren, wie ich es getan hatte. Dann schloss sie die Augen und beugte sich mit ihrem ganzen Körper vor.

„Was machst du ...“

„Pst.“

Ich war still. Die beiden anderen sahen mich an, und ich zuckte mit den Schultern. Ich hatte keine Ahnung, was sie da machte.

Dann trat sie zurück und schaute mich an, als wäre sie gerade aus einer Trance erwacht. „Lucy, kann ich dich kurz draußen sprechen?“

„Aber natürlich.“

Oje, dieses erste Treffen verlief ganz und gar nicht so, wie ich es mir erhofft hatte.

Ich ließ zwei verblüffte Vampire zurück und ging mit meiner besten Freundin zurück in den Flur. „Tut mir leid“, sagte ich. „Sie sind ein bisschen anstrengend.“

„Lucy. Dieses Buch ist mit einem Zauber belegt.“

„Ich weiß.“

„Was läuft hier eigentlich?“ Sie sah mich an, und es fiel mir schwer, ihrem Blick standzuhalten.

„Was meinst du damit?“

„Wer sind die beiden? Sie sind keine Magier, oder?“

„Nein, sind sie nicht.“

Sie sah mich an, und ihr Gesicht war von einer Emotion gezeichnet, die ich nicht benennen konnte. Bestürzung? Entsetzen? Reine Neugierde?

„Lochlan Balfour hat über Paracelsus gesprochen, als ob er ihn gekannt hätte. Ich erinnere mich aus dem Chemieunterricht an ihn. Ich habe nur eine vage Erinnerung daran, aber hat er nicht im Mittelalter oder so gelebt?“

Schön, dass ihr Sinn für Geschichte ungefähr so gut war

wie meiner. „Ich glaube ja. Er hat nicht gerade gesagt, dass er ihn gekannt hat ...“

„Mach keine Spielchen mit mir, Lucy. Dazu kennen wir uns schon zu lange.“ Sie holte tief Luft. „Ich frage nur mal. Sind die beiden Vampire?“

Sie sagte es so, als hätte sie gefragt, ob sie Republikaner oder Katholiken seien. Nicht geschockt, nur neugierig. Ich nickte.

„Warum hast du mir das nicht gesagt?“

„Es ist nicht gerade einfach, mit jemandem darüber zu sprechen, nicht einmal mit meiner besten Freundin. Ich wusste ja nicht, wie du das siehst und wie du reagieren würdest. Ich habe gedacht, wir würden uns heute treffen, du würdest ihn kennenlernen und dann würde ich es später irgendwie in das Gespräch einfließen lassen.“

Sie zerrte mich zurück auf die Terrasse, und wir setzten uns wieder hin. Sie schaute sich um, um sicherzugehen, dass wir nicht belauscht werden konnten. „Lucy, bist du dir sicher?“

Und ich stieß einen tiefen Seufzer aus. „Siehst du? Deshalb wollte ich es dir nicht sagen. Ich wusste, dass du das sagen würdest. Man muss Rafe kennen, um zu verstehen, wie wunderbar er ist. Und wie glücklich er mich macht.“

„Das konnte ich sofort sehen. Ihr beide seid verrückt nacheinander. Nur wirst du alt werden.“

„Meinst du, ich weiß das nicht? Und er auch? Ich habe zwei Jahre lang dagegen angekämpft. Aber ich will nicht mehr dagegen ankämpfen. Ich liebe ihn. Er liebt mich.“

„Also, wenn er dich glücklich macht, ist das alles, was zählt. Und realistisch betrachtet ist er es, der am meisten zu verlieren hat.“ Sie lehnte sich zurück. „Das ist harter Tobak.“

„Wem sagst du das."

„Wie alt sind sie denn?"

„Lochlan ist älter. Ich weiß nicht genau, wie alt, aber er war Ritter des Hosenbandordens, und ich glaube, das war so um 1200 herum. Ich weiß, dass Rafe in einen Vampir verwandelt wurde, als Königin Elisabeth I. regierte. Er hat für sie gearbeitet. Er war ein Spion oder so etwas. Dabei wurde er getötet und dann, kurz vor seinem Tod, von einem Vampir gerettet."

„Wow. Ich glaube, sie haben einiges mitgemacht." Sie lachte. „Seltsam, dass ein Vampir eine High-Tech-Firma leitet. Das ist sehr vorausschauend von ihm. Rafes Arbeit macht viel mehr Sinn. Es ist einfacher, sich einen Vampir in staubigen Gängen zwischen Bücherregalen vorzustellen als im Silicon Valley."

„Und doch sind sie gute Freunde."

Sie lehnte sich zurück. „Okay. Gibt es noch andere große Geheimnisse, die du mir verraten musst? Es wäre mir lieber, wenn gleich alles ans Tageslicht kommt."

Großer Gott, wo sollte ich nur anfangen? „Also, Meri, eine ägyptische Studentin, die du morgen kennen lernen wirst, ist in Wirklichkeit eine zweitausend Jahre alte Hexe."

„Moment mal, was? Hexen werden keine zweitausend Jahre alt."

„Sie schon. Sie wurde verflucht und in einem Spiegel gefangen, und ich habe sie gerettet."

„Darüber werde ich später nachdenken. Was noch?"

„In meinem Laden gibt es einen ganz speziellen Strickclub."

Und dann berichtete ich ihr vom Strickclub der Vampire. Ihre Augen wurden groß, und als ich ihr sagte, sie seien meine Freunde und häkelten mein Hochzeitskleid, lachte sie laut los.

„Je älter ich werde, desto mehr entdecke ich, dass die Welt voll von den erstaunlichsten Dingen ist. Du heiratest also einen Vampir, einige deiner besten Freunde sind Vampire, und einer deiner Gäste ist eine zweitausend Jahre alte Hexe. Okay."

„Ach, und eines der Mitglieder des Vampir-Strickclubs ist meine Großmutter."

„Was?" Sie nahm ihr Glas in die Hand. „Ich brauche noch etwas Champagner. Oh, und ich würde gerne deine Großmutter kennenlernen."

Das machte mich sehr glücklich. Weil ich meiner eigenen Mutter nicht sagen konnte, dass Granny noch lebte. Moms Einstellung zu ihrer Magie war zu seltsam. Sie hatte sich ihr ganzes Leben lang dagegen gewehrt, und jetzt hatte ich den Verdacht, dass es für sie zu spät war. Sie war fast zerstört worden, als ein Dämon ihre eigene Magie gegen sie einsetzte, aber irgendwie hatte Mom den ganzen Vorfall aus ihrem Gedächtnis getilgt. Aber dass Jennifer meine Großmutter kennenlernen würde – das war fantastisch. Ich hatte Granny so viel über meine beste Freundin und meiner besten Freundin so viel über meine Großmutter erzählt. Es fühlte sich einfach richtig an.

Olivia erschien mit einer Gartenschere in der Hand, und ich rief sie herüber, um sie mit Jen bekannt zu machen. „Olivia ist die Schwester von William. Sie kümmert sich um das Gelände und macht auch den Blumenschmuck für die Hochzeit."

„Das ist ja fantastisch. Es wird wunderschön werden.

Falls Sie Hilfe brauchen, ich liebe Gärten und Blumen. Ich würde sehr gern helfen und koste nichts", sagte Jen.

Olivia lachte. „Das ist ja eine erstklassige Qualifikation."

„Du musst nicht bei der Hochzeit helfen", sagte ich, als Olivia wieder an die Arbeit gegangen war.

„Ich würde aber gern. Außerdem habe ich dann etwas Nützliches zu tun, wenn du arbeiten musst."

# KAPITEL 9

*A*m nächsten Tag meldete sich Violet krank. Mit ihrem schrecklichen Husten und der heiseren Stimme klang sie so übertrieben krank, dass ich sicher war, dass sie nur simulierte.

Da Meri kein Handy hatte, rief ich bei Pete an, um sie zu fragen, ob sie im Strickladen aushelfen könnte. Sie stimmte zu und klang recht erfreut über diese Aussicht. Jennifer half mir bei der Ladenöffnung. Das dauerte nicht lange, also standen wir im Laden und plauderten, bis Meri kam. Begleitet von meiner Mutter.

Sie begrüßte Jennifer ausgiebig und wollte alles wissen, was in der Heimat passierte. Als die ersten Kunden kamen, schlug ich ihnen vor, doch nach nebenan ins Elderflower zu gehen und dort einen Kaffee zu trinken. Das schien beiden sehr recht zu sein. Und Mom sagte, gerade so laut, dass ich es hören konnte: „Und Jennifer, du kannst mir bei der Planung der Hen-Party helfen."

Ich hatte Jen bereits entsetzt von Moms Entschlossenheit,

eine Hen-Party zu veranstalten, berichtet – und auch von meiner ebenso großen Entschlossenheit, keine zu veranstalten. Über die Schulter meiner Mutter hinweg lachte sie mir zu.

„Ich verlasse mich auf dich", sagte ich in der Hoffnung, dass sie mich hören konnte.

Da Jen nicht zurückkam, nahm ich an, sie sei auf Besichtigungstour gegangen.

Meri und ich arbeiteten gut zusammen und genossen einen erfolgreichen Tag, als Rafe am späten Nachmittag mit ernstem Gesicht hereinkam. „Lucy, kann ich dich unter vier Augen sprechen?"

Meri kam so gut zurecht, dass es für mich kein Problem war, sie eine Weile allein zu lassen.

Als wir oben waren, fragte Rafe: „Wo ist Violet?"

„Sie hat sich ‚krank' gemeldet." Dabei betonte ich die Anführungszeichen bei „krank". „Wahrscheinlich hat sie einen Anfall von Selbstmitleid. Ich glaube, sie will nicht länger Single sein, da ist es schwer zu ertragen, wenn die Menschen, die dir nahestehen, heiraten. In letzter Zeit ist sie so mürrisch, dass es fast eine Erleichterung war, sie heute nicht im Laden zu haben."

Er dachte nach. „Naja, sie sollte ihre Sorgen eigentlich nicht an dir auslassen."

Das war eine Meinung, der ich mich voll und ganz anschließen konnte. „Aber du bist nicht hergekommen, um über Violet zu reden."

„Nein." Er ging auf und ab, schaute aus dem Fenster, so als würde ihn der kaum vorhandene Verkehr auf der Harrington Street faszinieren. „Was ich dir sagen will, wird dir nicht gefallen", sagte er.

Bevor er weitersprechen konnte, kam Nyx die Treppe heruntergerannt. Sie musste oben auf meinem Bett geschlafen und seine Stimme gehört haben. Ich glaubte, dass mich Rafes Besuche freudig erregten, aber meine Leidenschaft war nichts im Vergleich mit der meiner Katze. Eigentlich sollte sie ja meine Vertraute sein, aber das schien sie zu vergessen, wenn der attraktive Vampir in der Nähe war. Ihr klägliches Miauen übersetzte ich frei mit „Lieb' mich, lieb' mich, lieb' mich".

Er hob sie hoch, und sofort begann sie zu schnurren wie eine Motorsäge. Sie blickte mich mit ihren grüngoldenen Augen an, als wolle sie mich zur Eifersucht herausfordern.

„Setz dich lieber", sagte Rafe. Dann nahm er neben mir Platz. Nyx rollte sich sofort laut schnurrend auf seinem Schoß zusammen. „Ich habe das Material in deinem Runenkästchen analysieren lassen."

Sein Ton gefiel mir gar nicht. „Okay."

„Du musst wissen, dass einige der besten Wissenschaftler der Welt hier in Oxford arbeiten. Ich glaube nicht, dass es Zweifel geben kann."

Jetzt wurde ich wirklich nervös. „Raus mit der Sprache, Rafe."

„Wenn du auch nur eine Spur von dem gekostet hättest, was in dem Kästchen ist, hätte es dich umgebracht."

Ich hatte nicht mit einer guten Neuigkeit gerechnet, aber den Tod als Hochzeitsgeschenk zu bekommen? Das hatte ich nicht geahnt.

Ich stellte die Frage, die auf der Hand lag. „Bist du sicher?"

„Glaub mir, ich habe es ein zweites Mal testen lassen. Die

Zutaten sind allesamt sehr merkwürdig. Aber das Arsen hätte dich umgebracht."

Ich war fassungslos. „Wer würde denn so etwas tun? Wer hasst mich so sehr?"

Er ergriff meine Hand. „Das ist eine Frage, die mich auch beschäftigt. Denk nach, Lucy. Hast du jemanden verärgert?"

„Nein. Nicht, dass ich wüsste."

Ich sah zu Nyx hinunter, die von Rafe Besitz ergriffen hatte, und fragte mich, ob jemand, in der Hoffnung, sich meinen Verlobten zu angeln, versucht hatte, mich loszuwerden. „Was ist mit dir? Könnte es eine geben, die so vernarrt in dich ist, dass sie mich eher umbringen würde, als mitanzusehen, dass du heiratest und dann nicht mehr verfügbar bist?"

Er hatte den gleichen Blick wie meine Mutter, wenn sie mich beim Lesen eines Groschenromans erwischte. „Also ehrlich, Lucy."

„Wieso? Könnte doch sein!"

Und dann sagte er einfach: „Nein."

Das war sehr beruhigend.

Ich sagte: „Ich glaube, ich weiß, wo das herkommt. Rafe, das ist eine Hexenangelegenheit. Hast du Beweise dafür, dass das Zeug in dem Kästchen mit Arsen versetzt wurde?"

Er nickte und zog einen Zettel aus seiner Innentasche. „Das ist die Aufschlüsselung der ermittelten Inhaltsstoffe. Einige von ihnen gaben selbst den besten Chemikern Rätsel auf. Sie versuchen immer noch, sie zu identifizieren. Aber mich interessiert nur das Gift."

Ich nickte. Wir wussten beide, dass es Substanzen gab, die Normalsterblichen unbekannt waren. Aber es gefiel mir gar nicht, dass jemand versucht hatte, mich mit so einem althergebrachten Zeug wie Arsen zu vergiften.

Die Klappe nach unten wurde geöffnet und wieder geschlossen, und ich hörte Schritte auf der Treppe nach oben. Es gab nur wenige Leute, die unangemeldet in meiner Wohnung auftauchen würden, also vermutete ich sofort, dass es meine Großmutter war. Und tatsächlich kam Granny herein. Aber sie sah nicht aus wie meine gemütliche Granny, sondern wirkte erschüttert und blass, selbst für ihre Verhältnisse.

„Ach, Lucy, es ist etwas ganz Furchtbares passiert", sagte meine Großmutter.

Sylvia folgte ihr mit einem grimmigen und irgendwie schuldbewussten Blick. „Ach, Rafe? Du bist hier." Das hörte sich an, als wünschte sie, er wäre anderswo.

„Was ist denn passiert?", fragte ich.

Sie kamen bis ins Wohnzimmer, dann sagte Granny sagte: „Es tut mir leid, Liebes. Ich wusste nicht, dass Rafe hier ist."

Er fragte: „Soll ich lieber gehen?"

„Nein", antwortete ich, bevor sie mir zuvorkommen konnten. Ich hatte den leisen Verdacht, dass ich ihn brauchen könnte, je nachdem, warum die beiden so schuldbewusst und mitgenommen aussahen. „Das ist okay. Was ist los?"

Granny presste beide Hände zusammen. „Weißt du, ich konnte nicht schlafen. Bei all der Aufregung wegen der Hochzeit. Und es gibt so viel zu tun. Ich bin nur kurz raus, um ein paar Perl..." Sie stockte und warf einen Seitenblick auf Rafe. „... um ein paar Sachen zu holen, da bin ich direkt mit Mrs Darlington zusammengestoßen."

Jetzt verstand ich, warum sie so entsetzt dreinschaute. „Mrs Darlington, unsere Kundin?"

„Genau die. Sie hat eine Tochter in deinem Alter und drei Söhne. Sie strickt jede Menge Pullover."

Ich nickte. „Was genau ist denn passiert?"

Das war katastrophal, aber mir war noch nicht klar, wie katastrophal. Den Blicken der beiden Vampirinnen nach zu urteilen, lag es allerdings am schlimmen Ende des katastrophalen Spektrums.

„Ich bin direkt auf sie geprallt. Ich hatte etwas anderes im Kopf, sonst wäre ich ja gar nicht erst hinausgegangen. Nicht am helllichten Tag." Und da meine Mutter und mein Vater in der Stadt waren, hatte sie mir hoch und heilig versprochen, sich nicht blicken zu lassen. Aber sie anzuschreien würde nichts bringen. Ich hielt also meine Stimme ruhig.

„Du bist mit ihr zusammengestoßen, und was ist dann passiert?"

„Nun, sie sah sehr erfreut aus, mich zu sehen. Sie sagte: ‚Agnes Bartlett.' Und ich habe ihr natürlich ein Kompliment zu dem Pullover gemacht, den sie trug. Der war wirklich sehr schön. Nach einem der Muster von Teddy Lamont, auberginefarben."

„Ihr Pullover tut nichts zur Sache", sagte ich mit aller Geduld, die ich aufbringen konnte. Ich hatte die Szene genau vor Augen, unvorstellbar, wie es weitergehen würde!

„Ich wollte gerade nach ihrem Mann fragen, als mir plötzlich einfiel, dass ich wahrscheinlich gar nicht mit ihr hätte reden sollen."

*Ach wirklich?*

„Gerade wollte ich gehen, da fasste sich Mrs Darlington an die Brust, ging einen Schritt zurück und sagte: ‚Moment mal. Ich dachte, Sie wären gestorben.'"

*Oje, ojemine.*

„Da habe ich Agnes gesagt, dass sie den Vergessenszauber anwenden soll", fügte Sylvia hinzu.

„Aber inmitten all der Leute habe ich mich nicht getraut."

„Und was hast du gemacht?" Wenn Mrs Darlington herumlaufen und behaupten würde, sie hätte meine tote Großmutter gesehen, dann würden wir alle möglichen Probleme bekommen.

„Sylvia hat sie von der High Street in eine Gasse gezerrt."

Ich hätte nicht gedacht, dass die Geschichte noch schlimmer werden könnte. Aber genau das passierte. „Du hast *was* getan?"

„Etwas Besseres ist mir nicht eingefallen", sagte Sylvia, als wollte sie sich rechtfertigen.

Mrs Darlington hatte drei ungestüme Jungen großgezogen. Ich bezweifelte sehr, dass sie sich freiwillig mit zwei alten Damen in eine Seitengasse begeben hätte.

„Wer hätte gedacht, dass sie so eine Lunge hat?", sagte Sylvia und bestätigte damit meine Befürchtungen.

„Du hast also eine schreiende Frau eine Gasse entlang geschleppt?" Ich schaute Rafe an, aber er saß still da, wie ein Stein. Und ebenso teilnahmslos. Er hatte wahrscheinlich schon schlimmere Katastrophen erlebt, aber ich nicht.

„Uns ist nichts anderes eingefallen. Wir mussten sie von der Menge wegbringen, damit Agnes ihren Vergessenszauber anwenden konnte."

„Ist euch jemand gefolgt?", fragte Rafe. Eine ausgezeichnete Frage.

„Zwei kräftige Männer. Sie sagten: ‚Hey, was machen Sie da?'" Sylvia, die Schauspielerin gewesen war, schaffte es, wie ein Einheimischer mit tiefer Stimme zu klingen.

Oje, das war gar nicht gut.

„War die Polizei involviert?" Noch eine ausgezeichnete

Frage. Ich war so froh, dass ich Rafe gesagt hatte, er solle bleiben.

„Nein. So weit ist es nicht gekommen. Ich muss sagen, Sylvia hat große Geistesgegenwart bewiesen", sagte Granny bewundernd. „Ich war in Panik. Eine Frau, die schrie und sich wehrte, zwei stämmige Männer, die sich auf mich stürzten, als wäre ich eine gewöhnliche Kriminelle. Vor Schreck wurde mein Kopf ganz leer."

Meiner war auch ganz leer vor Schreck.

Granny fuhr fort: „Aber Sylvia ließ sich durch nichts aus der Ruhe bringen. Während die Männer auf mich zustürmten, öffnete sie diese Falltür über der steilen Treppe, die hinunter in die Tunnel führt. Sie stieß die Männer durch die Öffnung."

Ich starrte Sylvia an, die ziemlich selbstgefällig sagte: „Wir sind viel stärker, als wir aussehen."

„Dann gelang es mir, die arme Mrs Darlington mit einem Vergessenszauber zu belegen. Ich musste mich sofort danach verstecken und Sylvia half ihr zurück auf die Straße, wo sie leicht verwirrt davonlief, ohne sich an mich zu erinnern."

„Und was ist mit den beiden Männern passiert, die du die Treppe hinuntergestoßen hast?", fragte ich Sylvia.

„Hiermit kommen wir zum eigentlichen Problem. Leider musste ich sie fesseln und knebeln. Damit deine Großmutter ihren Vergessenszauber anwenden kann, müssen sie sich an einem Ort aufhalten, für den es eine logische Erklärung gibt. Nicht gefesselt in einem dunklen Tunnel unter den Straßen von Oxford."

Nur ein Teil dieses Satzes hatte sich wie ein riesiger Dorn in meinem Gehirn festgesetzt. „Sie sind immer noch da unten?"

„Ja. Wir befinden uns gewissermaßen in einem Dilemma. Ich weiß nicht, was ich mit ihnen machen soll."

Ich warf einen Blick auf Rafe, der immer noch bewusst unbeteiligt dreinblickte, obwohl eine gewisse Anspannung um seinen Kiefer darauf hindeutete, dass er möglicherweise die Zähne zusammenbiss.

Er dachte kurz nach. Wir anderen schwiegen, während er seine Entscheidung traf. Ich spürte, wie ich an allen möglichen Stellen vor Schweiß zu triefen begann. Vor meinem geistigen Auge sah ich zwei riesige, wütende Männer aus ihren Fesseln ausbrechen und Chaos anrichten. „Ok. Holt Theodore und Alfred herauf, damit sie Wache halten können. Es tut mir leid, aber sie müssen dortbleiben, bis es dunkel wird, dann können wir sie wegbringen."

„Ich hole Theodore und Alfred", sagte Sylvia, als Granny aufstand. „Du bleibst hier."

Granny sackte auf der Couch zusammen, als ob ihre Beine sie nicht mehr halten würden. „Ich habe so ein schlechtes Gewissen. Es tut mir so leid, dass ich dir solchen Ärger bereite."

Ich setzte mich neben sie und streichelte ihre Hand. „Ich weiß ja, dass du es nicht absichtlich getan hast, aber so kann es nicht weitergehen, Granny."

Sie nickte und sah traurig aus. „Ich weiß, mein Schatz. Ich war so gerne hier, um dir beim Aufbau des Geschäfts zu helfen, aber jetzt hast du Rafe. Bald bist du eine verheiratete Frau." Sie sah ihn bittend an. „Ich weiß, dass ich aus Oxford wegmuss, aber würde es dir etwas ausmachen, wenn ich bis nach der Hochzeit bleibe? Ich würde so gerne sehen, wie meine Enkelin heiratet. Und dann gehe ich irgendwohin, weit weg." Sie klang so traurig, dass ich spürte, wie mir die Tränen kamen. Ich wollte sie nicht verlieren.

„Natürlich", antwortete Rafe. Wenigstens würde ich Granny noch ein bisschen länger in der Nähe haben.

„Wo du schon hier bist, fällt dir vielleicht ein Grund ein, warum Karmen, die Hexe aus Wallingford, mich töten will?"

Granny war offensichtlich mit der Sorge um die Männer unten beschäftigt gewesen, aber jetzt blickte sie mich konzentriert an. „Dich töten? Warum sollte sie das tun?"

„Ich habe mich nur gefragt, ob du vielleicht eine Ahnung hast."

Sie sah fassungslos aus. „Bist du sicher?"

Ich erzählte von dem Geschenk, das bei Rafe ange-kommen war und dass er den Inhalt des Kästchens hatte analysieren lassen, und dass große Mengen Arsen darin gefunden wurden.

„Ich frage mich, ob Sylvia vielleicht etwas weiß", sagte sie.

„Worüber?", fragte Sylvia, die soeben zurückkam. Manchmal vergaß ich, wie schnell sich Vampire bewegen können, wenn sie wollen.

„Alles in Ordnung?", fragte Rafe.

„Ja. Alfred und Theodore halten beide Wache. Keine Sorge. Wir bringen die Männer heute Abend an einen sicheren Ort, umgeben sie mit viel Alkohol, und Agnes wird ihren Vergessenszauber sprechen. Sie werden denken, sie hätten sich im Pub betrunken."

„Gut."

Granny sah ihre alte Freundin an. „Wir haben darüber gesprochen, dass ich Oxford verlassen werde. Ich fürchte, es ist an der Zeit."

Sylvia sah auch traurig aus. Sie sagte: „Wohin du auch

gehst, Agnes, ich komme mit. Ohne mich wärst du verloren. Außerdem bin ich diejenige, der dich in einen Vampir verwandelt hat. Ich fühle mich für dich verantwortlich."

Da wurde meine Großmutter ein wenig munterer. „Ich wäre froh, Gesellschaft zu haben, aber wohin sollen wir gehen?"

Sylvia zuckte fatalistisch mit den Schultern. „Wohin auch immer du willst, meine Liebe. New York, Seattle, Toronto, Reykjavik."

„Aber das ist alles so weit weg", rief ich. „Ich möchte, dass du so nah bist, dass ich dich besuchen kann, Granny."

„Cornwall", sagte Rafe.

Wir drehten uns alle um und starrten ihn an. „Cornwall?" Ich weiß nicht, warum, aber diese Ortswahl schien mir merkwürdig.

Er nickte. „Ich besitze dort ein Herrenhaus. Ein Ehepaar hat es in den letzten zwanzig Jahren von mir gemietet und als B&B betrieben. Da sie aber in die Jahre gekommen sind und sich zur Ruhe setzen wollen, haben sie mir mitgeteilt, dass sie ihren Mietvertrag kündigen möchten. Auf dem Grundstück befindet sich ein ehemaliges Zinnbergwerk." Mehr sagte er nicht, aber ich dachte daran, dass ein Zinnbergwerk unterirdisch war, so wie das Versteck, das sie hier in den Tunneln unter Oxford gebaut hatten. Ich wette, sie könnten sich ein Zinnbergwerk sehr bequem einrichten. Es sei denn, sie wollten einfach im Herrenhaus wohnen.

„Cornwall", sagte Granny und wurde munter. „Dort habe ich meine Flitterwochen verbracht. Allerdings wird sich dort niemand an mich erinnern. Ich hätte nie gedacht, dass ich noch einmal dorthin käme. Aber es war schön da. Eine sehr zerklüftete Küste, eine historisch faszinierende Gegend. Und sie haben dort ihren eigenen Strickstil, der ziemlich bemerkenswert ist." Ich konnte sehen, wie sie sich langsam für die Idee begeisterte.

Sylvia schien zunächst weniger begeistert zu sein, fand sich aber bald mit dem Gedanken ab, als ihr klar wurde, dass sie einfach mit dem Bentley hinfahren konnten. Rafe sagte: „Warum fahrt ihr nicht gleich hin, schaut es euch an und kommt rechtzeitig zur Hochzeit wieder zurück?"

Das hielt ich für eine wirklich gute Idee. Auch für den Fall, dass Grannys Vergessenszauber bei Mrs Darlington nicht so gut gewirkt hätte, wie wir hofften: Dann wäre sie nicht hier, falls die Frau nach ihr suchen würde. Falls irgendjemand nach ihr suchen würde. Grannys Magie war nicht mehr so stark, wie sie es zu Lebzeiten gewesen war. Eigentlich sollte ich die Vergessenszauber heute Abend besser selbst ausführen.

„Aber ich will nicht von dir weg. Es gibt doch noch so viel vorzubereiten, für die Hochzeit."

Ich ergriff ihre Hand. „Ich will auch nicht, dass du gehst, aber Mom ist hier. Sie will mir auch bei den Vorbereitungen helfen."

„Also, es macht mich ja sehr traurig, aber sie hat wohl eher als ich das Recht, ihrer Tochter bei den Hochzeitsvorbereitungen zu helfen."

„Aber du kommst ja zur Feier zurück. Es tut mir leid, dass wir dich verstecken müssen, aber vom Fenster aus wirst du alles hervorragend überblicken können. Dafür werden wir sorgen."

„Mein Schatz, mehr könnte ich mir gar nicht wünschen. Die Vampire werden ja wissen, wo ich bin. Sie werden mich besuchen kommen. Ich werde nicht einsam sein."

„Das wäre dann geklärt." Und es war wirklich eine große Erleichterung. Ich hoffte wirklich, dass es Granny und Sylvia in Cornwall gefallen würde. Es schien die perfekte Lösung zu sein: weit genug weg, damit niemand sie erkennen würde, aber so nah, dass wir uns noch besuchen konnten.

„Also dann", sagte Sylvia und stand auf. „Ich glaube, wir könnten beide ein kleines Nickerchen gebrauchen nach all der Aufregung."

Granny erhob sich, um ihr zu folgen, und sah dann das Blatt mit all dem chemischen Gekritzel auf meinem Couchtisch. Neugierig schaute sie erst auf das Blatt und dann auf mich. „Was ist denn das, Liebes?"

„Ach ja. Das ist die chemische Analyse dessen, was in dem geheimnisvollen Kästchen war. Angeblich ein Elixier der Jugend, aber in Wirklichkeit Gift."

„Was!", kreischte Sylvia. Das Geräusch ließ mich hochfahren. So wütend hatte sie nicht mehr geklungen, seit ich ihre unbezahlbare Halskette verloren hatte.

Ich drehte mich zu ihr um. „Weißt du etwas darüber?" Ich hatte schon so etwas geahnt.

Sie sah ziemlich verlegen aus. „Ich habe es dir geschenkt. Und es war ein sehr teures Geschenk."

Manchmal waren mir die Abläufe in Sylvias Kopf ein völliges Rätsel. „Warum hast du den Brief nicht unterschrieben?"

„Das habe ich doch. Ich habe ihn ‚mit Bewunderung' unterschrieben. Und ich bewundere dich sehr. Ich sage dir nicht immer, wie sehr ich dich schätze, aber ..."

„Das spielt jetzt keine Rolle. Hast du die Schachtel von Karmen in Wallingford bekommen?"

„Von wem sonst? Es war so offensichtlich, dass sie mit

ihrer Alchemie Erfolg hatte. Wenn du dich nicht in einen Vampir verwandeln willst, ist das die perfekte Alternative. Du wirst weiterhin ein Mensch sein, und auch eine Hexe, aber du wirst für immer jung und schön bleiben. Und Rafe wird nicht noch eine Frau verlieren."

Ich war gerührt von ihrer Großzügigkeit, aber auch entsetzt. „Du hattest also keine Ahnung, was in diesen Kästchen war?"

„Natürlich nicht. Sie hat mir versichert, dass nur sie das Rezept kennt, und ich musste schwören, dass du niemandem von dem Elixier erzählen oder versuchen würdest, es zu verkaufen."

„Aber welchen Grund hätte sie gehabt, es zu vergiften?", fragte ich in den Raum. „Das hat doch keinen Sinn. Ich habe ihr nichts getan. Okay, ich habe ihr ins Gesicht gesagt, dass sie Flüche verkauft hat, aber es ist ja nicht so, dass wir zu eingeschworenen Feindinnen geworden wären." Die Sache gefiel mir ganz und gar nicht. „Ich fahre hin." Ich hatte keine Lust auf eine zweite Konfrontation mit dieser Hexe, aber ich dachte, ich hätte ein paar klare Antworten verdient.

„Ich komme mit", sagte Rafe.

„Nun, mich könnt ihr nicht einfach hierlassen ", sagte Sylvia. „Ich habe auch ein paar Antworten verdient. Und eine Rückerstattung."

„Ich werde wohl hierbleiben müssen", sagte Granny, „denn Karmen kennt mich." Und dann wandte sie sich mir zu. „Aber ich denke, ihr solltet Margaret Twigg mitnehmen. Margaret ist vielleicht die einzige Hexe, die sie im Zaum halten kann."

Ich wollte Margaret Twigg genauso wenig mitnehmen, wie ich einer Hexe gegenübertreten wollte, die versucht hatte, mich umzubringen, aber Granny hatte recht. Rafe und Sylvia waren stark und mächtig, aber sie waren keine Hexen.

Als ich Margaret Twigg anrief, ging sie jedoch nicht ans Telefon.

Wir würden ohne sie fahren.

# KAPITEL 10

Ich hatte Karmen, die böse Hexe von Wallingford, nicht gerade sympathisch gefunden und ich war definitiv misstrauisch gewesen gegenüber einer Frau, die Flüche verkaufte, die so großen Schaden anrichteten wie der, dem die arme Violet zum Opfer gefallen war. Allerdings hätte ich nicht gedacht, dass sie versuchen würde, mich zu ermorden. Den Grund dafür verstand ich immer noch nicht. Sie musste doch wissen, dass das Konsequenzen haben würde.

Und die Konsequenzen waren unterwegs.

Ich war froh, dass Rafe und ich nicht zusammen mit Sylvia fuhren, denn es war wirklich wichtig, dass wir zuerst dort ankämen. Wenn nicht alles schiefging, würde Sylvia mit ihrem Bentley erst nach uns ankommen, denn wir fuhren in Rafes Tesla.

Ich merkte, dass meine Hände sowohl vor Wut als auch vor Angst zitterten. Ich genoss es nicht, Feinde zu haben. Doch irgendwie hatte ich es geschafft, mir ein tödliches Exemplar zuzulegen. Margaret Twigg hatte mich gewarnt, dass dunkle Mächte kommen würden. War es das, was sie gemeint hatte?

Ich hatte dabei an eine große Konfrontation zwischen guten und bösen Hexen gedacht, und nicht, dass ich das Opfer einer einzelnen, bösen Hexe werden würde. Was hatte ich Karmen bloß angetan? Als ich das laut sagte, sah Rafe mich an.

„Vielleicht ist sie eifersüchtig."

„Eifersüchtig auf mich?" Es war lächerlich.

Er zuckte die Achseln. „Eine Frau, die so hart daran arbeitet, ewig jung und schön auszusehen, könnte vor Wut außer sich geraten, wenn sie deine echte Jugend und Schönheit sieht. Eine Blüte wie deine wird sie nie wieder ganz erreichen."

Okay, einen Augenblick lang aalte ich mich in seinem Kompliment, so wie ich mich in einem duftenden, warmen Schaumbad aalen würde. Dann verstand ich, was er wirklich meinte. „Aber wenn sie mich getötet hätte, hätte sie wissen müssen, dass Sylvia hinter ihr her sein würde."

„Vielleicht weiß sie nicht genau, wozu Sylvia fähig ist. Vielleicht weiß sie auch gar nicht, dass Sylvia untot ist."

Das stimmte allerdings. Wir hatten es ja nicht gerade an die große Glocke gehängt, und wir hatten unsere Teetassen getauscht. Dennoch stand Sylvia das „Komm mir nicht in die Quere!" gewissermaßen auf der Stirn geschrieben.

Aber vielleicht war die böse Hexe von Wallingford auch so sehr von ihren eigenen Kräften überzeugt, dass sie glaubte, es mit Sylvia aufnehmen zu können. Womöglich war sie davon ausgegangen, dass Sylvia das Elixier kosten würde, ohne zu wissen, dass Sylvia es gar nicht brauchte.

So oder so, es war an der Zeit für den Showdown.

Als wir näherkamen, sah ich ein Auto aus der Gegenrichtung kommen. Ich wusste nicht, warum ich überhaupt hinsah. Ich gehöre nicht zu den Menschen, die Autos so sehr lieben, dass sie im Vorbeifahren nach Marken und Modellen schauen. Es war mein ureigener Instinkt gewesen. Diese Macht, von der man mir immer sagte, dass ich sie hätte, und die ich zu kontrollieren versuchte.

Das Auto fuhr an uns vorbei, und als ich hineinschaute, sah ich Margaret Twigg. Sie hatte einen merkwürdigen Gesichtsausdruck. Hart, wütend und entschlossen. Nun, das war eigentlich nicht merkwürdig, nur dass sie ihn normalerweise nur hatte, wenn sie mich ansah.

„Das ist Margaret Twigg", sagte ich laut.

„Das ist nicht überraschend. Dies ist die Hauptstraße zurück nach Oxford."

„Ich frage mich, was sie hier draußen gemacht hat."

Ich wies Rafe den Weg zu Karmens Haus, und als wir anhielten, sah er sich um. „An dieses Pub kann ich mich erinnern. Ich war oft dort, als Sylvia noch Filme drehte."

Es war immer seltsam, wenn er mir Einblicke in seine Vergangenheit gewährte, was er jetzt, da wir zusammen waren, immer öfter tat.

Ich sagte: „Es gehört jetzt einer Hexe."

Er nickte. „Damals auch. Aber das Bier war ausgezeichnet."

Im alten Pub brannte Licht, im Haus nicht. Ich sagte: „Dann machen wir eine Reise in die Vergangenheit. Du kannst sehen, wie das alte Lokal jetzt aussieht. Karmen mischt bestimmt gerade noch mehr von ihrem Zaubertrank für Hautcremes."

Er sagte: „Sei vorsichtig mit deinen Fragen. Denk daran, wir wollen wissen, warum sie versucht hat, dich zu töten."

Jetzt, wo wir hier waren, wollte ich nicht einmal hineingehen. Ich kam mir vor wie ein Feigling. Ich wollte nur noch dieses Gift loswerden und vergessen, dass der ganze Vorfall sich je ereignet hatte. Aber ich wusste, dass das nicht ging. Ich musste diese Frau davon abhalten, weitere Hexen zu töten. Es war schon schlimm genug, dass sie sowohl Violet als auch Felicity Stevens so krank gemacht hatte, aber mich hätte der Inhalt dieses Kästchens umgebracht. Gar nicht lecker.

Offensichtlich spürte Rafe mein Zögern. „Willst du, dass ich allein reingehe?" Seine Stimme klang ruhig, aber ich sah, wie seine Finger sich anspannten. Ich machte mir Sorgen, dass er aus Liebe zu mir rachsüchtiger werden und weniger kühl bleiben könnte, als er selbst meinte. Das gab mir den Mut, aus dem Auto auszusteigen.

„Bringen wir diese Sache hinter uns. Wir müssen einen Pakt schließen. Nur weil sie versucht hat, mir zu schaden, heißt das nicht, dass wir ihr schaden müssen. Zweimal Unrecht ergibt kein Recht."

„Vielleicht musst du mir das noch einmal in Erinnerung rufen. Der Gedanke, dass sie dir etwas antun könnte, bring mein Blut zum Kochen." Er drehte sich um und starrte mich an. „Und ich bin relativ kaltblütig."

Ich nahm seine Hand, und wir gingen weiter. Ich klopfte an die Tür, aber es kam keine Antwort. Als ich sah, dass Rafe sie aufbrechen wollte, bremste ich ihn.

„Ich habe einen Entriegelungszauber." Ich war immer so froh, wenn ich Zaubersprüche parat hatte, die ich auswendig konnte und von denen ich wusste, dass sie funktionierten.

Ich schloss die Augen, flüsterte die Worte, die das Schloss

öffnen würden, und hörte es leise klicken. Dann drehte ich den Griff und öffnete die Tür. Das Licht war an, und Tilda arbeitete an ein paar dampfenden Töpfen auf dem großen Gasherd. Ich roch die vertrauten Düfte, Süßholz, Lavendel und Rose, und dieses Moschusaroma, das ich noch immer nicht zuordnen konnte. Sanfte Harfenmusik erklang. Aber von Karmen keine Spur.

Wir gingen beide hinein, und dann sagte ich, so laut, dass sie mich hören konnte, aber hoffentlich nicht so laut, dass sie zu Tode erschrecken würde: „Tilda?"

Sie zuckte zusammen und drehte sich nach mir um. Die grauen Haare kräuselten sich um ihr Gesicht, das vom Dampf leicht gerötet war. Wieder einmal dachte ich, wie sehr sich diese natürlich alternde ältere Frau von ihrer glamourösen Arbeitgeberin unterschied. Sie blinzelte mich an. „Es tut mir leid. Ich habe Ihren Namen vergessen."

„Ich heiße Lucy. Und das ist mein Verlobter Rafe. Wir sind auf der Suche nach Karmen."

Sie blinzelte mich an, als wüsste sie nicht, was sie sagen sollte. „Karmen empfängt keine Kunden, es sei denn, Sie haben einen Termin."

„Ich bin nicht hier, um etwas zu kaufen", sagte ich kühl und mit stahlharter Stimme. Oder zumindest so kühl und stahlhart, wie ich konnte. „Wissen Sie, wo sie ist?"

„Nein. Sie war vorhin zu Hause, aber vielleicht ist sie wieder ausgegangen. Ich führe nicht Buch."

„Danke."

Wir schlossen die Tür und gingen wieder nach draußen. Der Bentley hielt hinter dem Tesla und Sylvia stieg aus. Alfred war wieder einmal ihr Fahrer, und ich hatte das

Gefühl, dass er auch mitgekommen war, um dafür zu sorgen, dass sie niemandem an die Kehle ging.

„Solltest du nicht diese Männer bewachen?"

„Nein. Christopher Weaver hat meinen Platz eingenommen. Dachte, du brauchst mich vielleicht."

„Wo ist sie?", fragte Sylvia mit einer Stimme, die mir das Blut in den Adern gefrieren ließ.

„Da drin ist sie nicht", sagte ich.

„Dann muss sie im Wohnhaus sein."

„Aber im Cottage brennt kein Licht. Ihre Assistentin Tilda sagte, dass sie vielleicht irgendwo unterwegs ist."

Da warf Sylvia den Kopf zurück und schnüffelte wie ein Bluthund. Man konnte leicht vergessen, dass sich hinter der eleganten Fassade eine Kreatur verbarg, die extrem gut Blut wittern konnte. Rafe und Alfred waren nicht in der Nähe von Karmen gewesen, Sylvia schon.

Alfred ließ seine lange Nase beben und sagte dann: „In dem Pub da drüben ist eine Blutgruppe 0." Er verzog die Nase. „Sehr gewöhnlich."

Er war ein Kenner.

Sylvia schüttelte den Kopf. „Das ist sie nicht. Das ist die Assistentin."

Sie trat näher an das Haus heran und atmete tief ein. „Sie ist hier drin."

Ich fragte mich, warum Karmen das Licht ausgeschaltet hatte. Es war bewölkt, und ihr Haus hatte ohnehin nicht viele Fenster. Vielleicht hatte sie uns kommen sehen und das Haus in Dunkelheit getaucht, in der Hoffnung, wir würden wieder abfahren. Das würde ich auch tun, wenn Sylvia auf dem Kriegspfad hinter mir her wäre.

Ich wollte gerade meinen Entriegelungstrick wiederholen, da drückte Sylvia die Haustür auf, die sich weit öffnete. Sie war nicht verschlossen gewesen.

Sylvia mochte zwar Blut wittern können, aber ich spürte Energie. Diesen Hauch kalter Finsternis hatte ich in der Luft gespürt, als wir das letzte Mal hier gewesen waren. Dieses Mal spürte ich etwas Dunkleres und Schlammigeres.

„Karmen?", rief ich.

Wir gingen alle hinein. „Wir gehen getrennt", sagte Rafe. Ich nickte. Er sagte: „Lucy mit mir. Alfred und Sylvia zusammen."

Ich dachte, er wollte, dass wir einzeln gingen, aber dann wurde mir klar, dass er nicht wollte, dass Sylvia allein auf diese Hexe stieß. Er wollte, dass Alfred bei ihr war, aber vor allem wollte er, dass wir die Hexe zuerst fanden.

Ich konnte zwar niemanden aufgrund seines Blutes anpeilen, aber ich hatte meine Hexenintuition. So wie ich Margaret Twigg auf der Autobahn aufgespürt hatte, müsste ich auch Karmen in ihrem eigenen Haus finden können. Ich schloss kurz die Augen und ging dann in Richtung Wohnzimmer.

Dort fand ich sie.

Sie lag auf dem Teppich, einen Arm ausgestreckt. Es wurde langsam dunkel, also schaltete ich ein Licht an und schrie dann entsetzt auf.

„Das ist nicht Karmen", sagt ich. Dort lag eine Greisin. Hexenhaft und voller Falten. Ihre Beine und Arme waren spindeldürr, das graue Fleisch hing daran herab, ihr Haar war grau, dünn und verfilzt. Und dann bemerkte ich den erhobenen Zeigefinger. Er war von Arthritis verdreht und knorrig, aber der Fingernagel war oval und blassrosa lackiert.

Ich rannte vorwärts. Ich sank neben ihr auf die Knie. „Karmen?"

Sie war nicht tot, aber fast. Ich konnte spüren, wie ihre Lebenssäfte dahinschwanden und die Dunkelheit des Todes auf ihr lastete.

Ich berührte ihre Schulter. Zitternd hoben sich ihre Lider, und sie holte tief Luft. Sie sah an mir vorbei zu Rafe. „Das Buch", sagte sie.

„Buch? Welches Buch? Karmen, was ist passiert?", fragte ich.

Doch es kam keine Antwort. Karmens Lebenskraft war schwach, und ich sah den Moment, als sie erlosch.

„Sie ist tot", sagte ich, als ob das nicht offensichtlich wäre.

Rafe nickte.

„Granny hatte recht. Das muss dieselbe Karmen sein, die sie gekannt hatte. Vor ein paar Tagen war sie noch jung und schön, aber als sie im Sterben lag, hat das Elixier wohl aufgehört zu wirken." Sie sah auf jeden Fall so alt aus wie sie war.

Ihre letzten Worte waren „das Buch" gewesen. Ich sah mich um. In einer Ecke stand ein kleines Bücherregal. „Was meinst du, von welchem Buch sie gesprochen hat?"

Er schüttelte den Kopf. „Keine Ahnung."

Da kamen Sylvia und Alfred herein. Sylvia blickte auf die tote Hexe hinunter und fragte: „Ist das alte Weib Karmen?"

Ich nickte. Sylvia schnupperte die Luft. „Ihr Blut ist nicht vergossen worden."

Rafe antwortete ihr. „Nein. Ich weiß nicht genau, wie sie gestorben ist. Stumpfe Gewalteinwirkung oder Gift, würde ich vermuten."

Ich wollte keine Vermutungen anstellen, aber Karmen könnte an Altersschwäche gestorben sein.

„Meinst du, sie wurde ermordet?", fragte Sylvia.

„Sehr wahrscheinlich", sagte Rafe.

„Ich schlage vor, dass wir von hier verschwinden, bevor die Polizei kommt", sagte Sylvia.

Bevor wir gingen, schaute ich mir das Bücherregal an, aber die Titel waren so unverbindlich, es hätten Attrappen sein können. Es waren Bildbände über Gartenarbeit und Geschichte. Romane, wie sie in Buchklubs gelesen oder von Jurys mit Buchpreisen ausgezeichnet wurden. Ich sah hier nichts, was die Tötung einer Hexe hätte bewirken können. Es gab keine Bücher über Hexerei, nur langweilige Bände, die in eine öffentliche Bibliothek gepasst hätten, und es gab auch keine Lücken, wo ein Buch hätte stehen müssen.

Ich drehte mich um. Karmen war nicht sehr nett gewesen und hatte mir vermutlich eine Schachtel mit Gift geschickt, aber trotzdem wollte ich sie nicht einfach hierlassen. Ich sagte zu Rafe: „Wir sollten die Polizei rufen."

Sylvia machte ein unhöfliches Geräusch. „Nun, ich bleibe nicht hier. Es ist sowieso ziemlich offensichtlich. Ihre Angestellte muss es getan haben. Sie ist die Einzige hier."

Ich wandte mich zu ihr um und starrte sie an. „Warum sollte Tilda ihre Chefin ermorden? Sie hat sich gerade selbst um ihren Job gebracht. Und falls sie dahinterstecken würde, wäre sie dann wirklich im Pub geblieben, um Fettcreme zu machen?"

Sylvia zuckte mit ihren eleganten Schultern. „Die Tagwanderer überraschen mich immer wieder mit ihrer Dummheit." Dann deutete sie mit dem Finger auf Alfred. „Komm mit. Die beiden können machen, was sie wollen, aber ich schlage vor, dass wir beide uns auf den Weg zurück nach Oxford machen."

Alfred schien sehr bereit, sich dem zu fügen und fragte nur kurz: „Kommt ihr beide zurecht?"

„Ja", sagte Rafe.

Nachdem Alfred und Sylvia gefahren waren, stand Rafe auf und sah sich kurz im Wohnzimmer um. Er sagte: „Ich bin selten einer Meinung mit Sylvia, aber vielleicht hat sie ja recht. Vielleicht sollten wir fahren."

Ich schüttelte den Kopf. „Selbst wenn wir das wollten, weiß Tilda, dass wir hier waren." Das Letzte, was ich jetzt gebrauchen konnte, waren Komplikationen mit der Polizei. Es war eine Sache, ein Verbrechen zu melden, aber eine ganz andere, von der Polizei verfolgt zu werden, weil man erst am Tatort eines Mordes war und ihn dann verlassen hatte. Ich wusste jedoch, dass Rafe sich aus offensichtlichen Gründen in Oxfordshire gerne zurückhielt. Ich sagte: „Fahr du ruhig zurück! Ich kann es melden." Ich hörte mich an wie in einem billigen Krimi.

Er sah mich an, als sei er enttäuscht. „Du weißt, dass ich dich nicht verlassen werde." Natürlich wusste ich das.

„Es tut mir leid", sagte ich. Das tat es wirklich. Ich fand es schrecklich, ihn in Gefahr oder auch nur in unangenehme Situationen zu bringen. Wegen der Hochzeit und weil ich eine Hexe und keine Vampirin war, schien ich ihn ständig in ein Rampenlicht zu zerren, das er lieber gemieden hätte.

Aber er war ja nicht gezwungen, mich zu heiraten. Es war seine Idee gewesen.

Mit dem Daumen strich ich über die Spitze meines Verlobungsrings, wie ich es immer zu tun pflegte, wenn ich Bestätigung brauchte. Oder eine Erinnerung daran, dass wir wirklich heiraten würden. „Ich rufe jetzt dort an."

Ich rief an und erklärte mich bereit, zu bleiben, wo ich war, bis die Polizei eintraf.

„Es hat keinen Sinn, hier bei einer toten Hexe herumzustehen. Ich gehe besser der armen Tilda Bescheid sagen."

Stirnrunzelnd sah er mich an. „Sylvia ist nicht immer taktvoll, aber sie könnte recht haben. Sei bei Tilda vorsichtig. Und du wirst nicht allein mit ihr reden."

Ich schüttelte den Kopf. Ich blieb bei meiner Meinung, dass eine Frau, die ihre Chefin umgebracht hatte, wohl kaum noch am Tatort bliebe, um zu arbeiten. Dennoch wusste ich, dass er recht hatte und ich vorsichtig sein sollte.

Es war eine Erleichterung, wieder nach draußen zu gehen und die schwere Dunkelheit verlassen zu können, nicht nur die Finsternis des Todes, sondern auch die der negativen Hexenenergie, die Karmen ausgestoßen hatte. Meine Schuhe knirschten auf dem Kies, als ich auf das ehemalige Pub zuging. Rafe schloss leise die Tür und war nur einen Schritt hinter mir.

Als ich eintrat, fand ich alles so vor, wie es bei unserer Ankunft gewesen war. Tilda war immer noch mit einem Topf auf dem Herd beschäftigt. Es erklang immer noch die Harfenmusik. Es war sehr friedlich und roch nach Kräutern und Blumen. Es war mir zuwider, sie mit einer so schrecklichen Nachricht zu behelligen, aber ich dachte, es sei besser, sie hörte sie von mir als von der Polizei. Bei der Musik und dem blubbernden Gemisch hatte sie die Tür nicht gehört, also rief ich: „Tilda?"

Sie zuckte ein wenig zusammen, da ich sie offensichtlich überrascht hatte, und drehte sich dann um. „Ach, Sie sind es, Lucy. Ich habe vergessen, die Tür abzuschließen. Haben Sie

Karmen gefunden?" Unschuldig sah sie mich an. Ach, ich wollte nicht diejenige sein, die es ihr sagte.

Ich sagte: „Kommen Sie doch mal kurz aus der Küche und setzen Sie sich. Ich muss Ihnen etwas sagen."

Sie schaute auf ihre Mischung und schaltete dann den Brenner aus. Ein guter Plan.

Sie wischte sich die Hände an ihrer Schürze ab und kam mit verwirrtem Blick heraus. „Was ist denn los?"

Ich sagte: „Bitte, setzen Sie sich." Ich setzte mich ebenfalls an den vernarbten Tisch, den sie zum Verpacken der Waren benutzte.

„Tilda, es tut mir leid, Ihnen das sagen zu müssen, aber Karmen ist tot."

# KAPITEL 11

Ihre Augen öffneten sich langsam und wurden immer größer, und dann blinzelte sie einmal. „Karmen ist tot?", fragte sie, als könne sie es nicht glauben.

Ich griff nach ihrer Hand. Sie war warm und leicht feucht vom Umrühren der Mischung. „Es tut mir sehr leid. Ich habe sie in ihrem Haus gefunden. Sie war zusammengebrochen."

Tilda legte ihre andere Hand an ihr Herz, als wolle sie prüfen, ob sie noch lebte. „Aber ich habe sie vorhin erst gesehen. Sie schien..." Und dann verzog sich ihr Gesicht zu einem besorgten Stirnrunzeln. „Sie klagte über Kopfschmerzen und Schmerzen in der Brust. Ich dachte, sie hätte sich übernommen. Deshalb hat sie mich hier zurückgelassen, um diese Partie fertig zu machen."

Doch uns hatte sie das nicht gesagt, als wir angekommen waren. Sie hatte nur gesagt, sie wisse nicht, wo ihre Chefin sei.

„Wie lange klagte sie schon über Kopf- und Brustschmerzen?", fragte ich. Ich hatte schon so oft mit verdächtigen

Todesfällen zu tun gehabt, dass es mir ganz natürlich vorkam, bohrende Fragen zu stellen. Nicht, dass die Polizei mir für meine Einmischung je dankbar gewesen wäre.

Tilda sah aus, als ob sie Schwierigkeiten hätte, zu verstehen, was ich sagte. „Ich kann es nicht glauben. Sind Sie sicher? Braucht sie keinen Arzt?"

Ich schüttelte den Kopf. „Da kann kein Arzt mehr helfen. Es tut mir schrecklich leid. Ich habe die Polizei angerufen. Sie wird bald hier sein."

Ihre Hände zuckten unter den meinen. „Polizei. Um Himmels willen. Die arme Karmen."

Zweifellos würden sie Tilda auffordern, ihre Chefin zu identifizieren, also dachte ich, ich sollte sie zumindest auf das vorbereiten, was sie sehen könnte. „Sie sieht sehr alt aus."

Wieder wirkte sie verwirrt. „Wer?"

„Karmen. Sie sieht nicht mehr so aus wie früher. Sie sieht aus wie eine sehr alte Frau."

„Aber das ist lächerlich. Sie kann nicht älter als fünfundvierzig sein."

„Ich sage Ihnen nur, was ich gesehen habe. Ich will nicht, dass Sie einen Schock erleiden."

Sie verzog das Gesicht, als hätte sie eine schwierige Matheaufgabe vor sich. Vorsichtig sagte ich: „Sie müssen doch gewusst haben, dass sie eine Hexe war."

Jetzt zog sie ihre Hand von meiner weg. „Es ist nicht nett, schlecht über Tote zu reden."

Hallo, ich war doch auch eine Hexe. Seit wann war das eine Beleidigung? „Ich habe großen Respekt vor ihrem Handwerk. Aber ich glaube, sie war vielleicht älter, als sie aussah."

Sie winkte mit einer Hand durch die Regale, die mit den

charakteristischen dunkelblauen Flaschen gefüllt waren. „Es war ihre Kosmetik. Die Creme ist wunderbar. Das ist alles."

Wieder wollte ich niemanden beleidigen, aber ich fragte: „Benutzen Sie die Cremes?"

„Ja, natürlich. Ich bekomme einen hervorragenden Rabatt. Ich verwende sie gewissenhaft, Tag und Nacht."

„Und doch sehen Sie nicht wie vierzig aus." Sechzig, hätte ich geschätzt.

Sie sah mich an, als hätte ich sie geschlagen. Freunde zu gewinnen und Menschen zu beeinflussen war im Moment nicht meine Stärke. „Ich tue mein Bestes. Ich muss zugeben, dass Karmen mehr Wert auf ihr Aussehen legte als ich. Ich bin mir sicher, sie hat der Natur etwas auf die Sprünge geholfen, wenn Sie wissen, was ich meine."

Nicht ganz. „Wollen Sie damit sagen, dass sie mit Schönheitsoperationen und Lifting versucht hat, jung zu bleiben? Oder meinen Sie, sie hätte Hexerei betrieben?"

Sie seufzte tief. „Ich habe nie zu intensiv nachgefragt. Sie ist bemerkenswert jung geblieben. Und das hat natürlich dem Geschäft enormen Auftrieb gegeben. Ich habe jedes Jahr einen schönen Bonus bekommen." Sie schaute sich erneut um, nun völlig verzweifelt. „Ich nehme an, das ist alles vorbei."

Ich dachte, dass diese Frau nicht nur keine Prämien mehr bekommen würde, sondern dass sie wahrscheinlich auch jetzt arbeitslos wäre.

„Wissen Sie etwas über Karmens Familie?"

Sie schüttelte den Kopf. „Sie hatte keine. Freunde natürlich, und jeder in Wallingford kannte sie."

„Ich frage mich, was mit ihrem Nachlass geschehen wird?"

Tilda riss sich plötzlich zusammen und sah beleidigt aus. „Das geht Sie wohl kaum etwas an."

Ich konnte sehen, dass sie ihren Schock überwunden hatte und wahrscheinlich die Frau, die sie eingestellt hatte, beschützen wollte.

„Es tut mir leid. Sie haben recht. Ihr Tod hat auch mich erschüttert."

Sie stand auf und sagte: „Warum fahren Sie jetzt nicht nach Hause? Mit der Polizei kann ich reden. Ich sollte dafür sorgen, dass sie es bequem hat." Und dann verzog sich ihr Gesicht und sie begann zu weinen.

Natürlich konnten Rafe und ich sie nicht ins Haus gehen lassen. Wenn es sich um einen Tatort handelte, würde die Polizei keinesfalls wollen, dass noch mehr Leute dort herumwuselten und die Spuren verwischten.

Aber Tilda konnte keinen klaren Gedanken fassen, und ich hatte der Polizei versprochen, den Tatort nicht zu verlassen.

Zum Glück nahmen meine scharfen Ohren das Geräusch herannahender Autos wahr. Und tatsächlich kamen zwei Polizeiautos in die Einfahrt gefahren. Ich ging aus dem Pub, um sie zu begrüßen. Es waren zwei Polizeibeamte der Thames Valley Police, und im zweiten Wagen saß der Gerichtsmediziner.

Wir warteten draußen, während sie hineingingen und sich kurz umsahen, und dann kam eine Frau heraus, die sich als PC Dunford vorstellte, um die Aussagen von mir und Rafe aufzunehmen. Natürlich sagte ich ihr nicht, dass ich Karmen aufgesucht hatte, weil sie einem meiner Hochzeitsgäste eine vergiftete Version des Lebenselixiers verkauft hatte. Stattdessen sagte ich, dass ich bei ihr Gesichtscreme und Brautjungferngeschenke gekauft hatte, was der Wahrheit entsprach und leicht zu überprüfen war, und dass ich zurückgekommen war, um mit ihr über ihre Produkte zu sprechen, weil sie mir so gut gefallen hatten. Das erschien plausibel.

Weitere Fahrzeuge trafen ein. Tilda kam aus der Kneipe und sah sich um, als wäre sie in einen Albtraum geraten. Nachdem wir unsere Personalien angegeben hatten, durften wir gehen.

Auf der Rückfahrt nach Oxford sagte Rafe: „Das war wirklich Pech."

„Das ist eine Untertreibung."

„Mir gefällt das alles nicht, Lucy. Es gefällt mir überhaupt nicht. Diese Frau hat dir ein vergiftetes Lebenselixier geschickt und wurde dann selbst vergiftet."

Mir gefiel auch nicht, worauf seine Gedanken hinausliefen. „Wir wissen nicht, ob sie vergiftet wurde. Du hast gesehen, wie alt sie war. Könnte sie nicht eines natürlichen Todes gestorben sein?"

„Nein."

„Okay, sie könnte einen Schlag auf den Kopf bekommen haben oder, ich weiß nicht, erstickt worden sein oder so." Erdrosselt worden war sie nicht, denn es gab keine Würgemale an ihrem Hals. Oder vielleicht doch? Sie war so verschrumpelt und ihre Haut so alt, dass sie altersbedingte Flecken und Unregelmäßigkeiten aufwies.

„Wir werden warten, bis die Obduktion abgeschlossen ist, aber ich möchte, dass du sehr vorsichtig bist."

„Warum?" Es wäre hilfreich, wenn er seine Andeutungen artikulieren würde.

„Wenn dir Gift geschickt wurde und sie vergiftet wurde, kann es sein, dass der Mörder erneut versucht, dich zu töten."

„Aber warum sollte jemand sowohl mich als auch Karmen töten wollen? Es gab keine Verbindung zwischen uns."

Er warf mir einen ungläubigen Blick zu. „Ich kann mir eine offensichtliche Verbindung vorstellen."

„Nun, okay, wir sind beide Hexen. Aber Margaret Twigg ist auch eine Hexe und –" Erst, als ich ihren Namen erwähnte, fiel mir wieder ein, dass ich sie von Wallingford hatte wegfahren sehen, als wir dorthin unterwegs waren. Ich drehte mich zu ihm um. „Rafe. Margaret Twigg war auf dem Rückweg nach Oxford, als wir auf dem Weg zu Karmen waren. Weißt du noch?"

Er schaute weiter auf die Straße und nickte. „Willst du damit sagen, dass Margaret Twigg eine Rivalin getötet haben könnte?"

„Nicht wirklich. Das scheint etwas weit hergeholt. Aber es ist ein merkwürdiger Zufall, findest du nicht?"

„Lucy, dies ist eine recht stark befahrene Straße. Es könnte viele Gründe geben, warum Margaret Twigg hier entlanggefahren ist, sicher war sie auf dem Weg zurück zu ihrem Haus."

Das stimmte. Wahrscheinlich suchte ich nach Problemen, wo es keine gab. „Aber wenn man eine Verbindung zwischen mir und Karmen finden wollte, dann wäre Margaret Twigg eine solche. Ich glaube nicht, dass sie sehr erfreut darüber war, dass die Böse Hexe von Wallingford jemandem in Oxford einen Fluch verkauft hat oder dass dieser Fluch einer Hexenschwester galt."

Er nickte langsam. „Glaubst du, sie könnte Karmen zur Rede gestellt haben? Das ist interessant."

Und dann holte ich so heftig Luft, dass ich mich an

meiner eigenen Zunge verschluckte und anfing zu husten. Er sah mich von der Seite her an. „Alles in Ordnung? "

Ich schüttelte den Kopf. Da war so ein Stechen in meiner Kehle und meine Augen brannten. Es dauerte einen Moment, bis ich meine Stimme wiederfand. „Violet."

Er drehte sich zu mir um. „Violet?"

„Violet war von dem Fluch betroffen." Ich schlug mir auf die Stirn. „Und ich habe es ihr erzählt. Sie war ganz grantig und sehr schlecht gelaunt, als ich mir den Nachmittag frei nahm, um nach Wallingford zu fahren. Und am nächsten Tag, als wir zusammen im Laden waren, musste ich mir all diese elenden Kommentare darüber anhören, wie schön es für mich war, den Nachmittag frei zu haben, während sie im Laden arbeiten musste."

„Für ihre Arbeit in deinem Laden wird sie doch bezahlt, oder nicht?"

„Das kann man wohl sagen. Aber sie sieht das nicht so."

„Violet ist zwar deine Cousine, aber nicht gerade eine mustergültige Mitarbeiterin, oder?"

Auch das konnte man wohl sagen.

„Und heute ist sie nicht zur Arbeit gekommen." Wieder hatte ich das vorgetäuschte Husten und Keuchen von heute Morgen am Telefon im Ohr. „Und wenn sie sich den Tag freigenommen hätte, um hierher zu kommen und Karmen zu konfrontieren? Was, wenn sie sie umgebracht hat?"

„Wir sollten keine voreiligen Schlüsse ziehen. Sie ist deine Cousine. Bist du sicher, dass sie nicht wirklich krank war?"

Ich schüttelte den Kopf. „Sie hat heute Morgen angerufen und sehr theatralisch geschnieft und gehustet. Schreckliche

Kopfschmerzen hätte sie, es ginge ihr gar nicht gut, und sie würde den Tag im Bett verbringen."

„Und du glaubst ihr nicht?"

„Gestern ging es ihr noch gut. Und dann ist sie heute plötzlich so krank, dass sie nicht zur Arbeit kommen kann? Sie hat simuliert. Aber ich nahm einfach an, dass sie immer noch sauer auf mich war, weil ich mir einen Nachmittag ohne sie freigenommen hatte und sie es mir heimzahlen wollte."

„Das hört sich eher nach etwas an, das Violet tun würde."

Hier lehnte ich mich trotzdem sehr weit aus dem Fenster. „Aber würde sie wirklich die Frau töten, die sie verhext hat? Ich meine, Karmen hat sie nicht einmal direkt verhext. Sie hat den bösen Zauber nur an jemanden verkauft, der ihn auf Violet angewendet hat."

„Aber es war ein sehr heftiger Fluch." Rafe schien nachzudenken. Ich dachte auch nach, und zwar wie wild.

Ich schüttelte den Kopf. „Ich kann nicht glauben, dass Violet eine andere Hexe töten würde."

„Vielleicht hatte sie das gar nicht vor."

Ich lehnte mich zurück, schloss die Augen und lehnte meinen Kopf an die Rückenlehne. „Es darf nicht wahr sein, dass ich jetzt zwei der Hexen, denen ich am nächsten stehe, verdächtige, eine unserer Schwestern ermordet zu haben."

„Man könnte durchaus behaupten, dass die Welt der Hexen ohne Karmen besser dastehen wird."

„Trotzdem betreiben wir nicht einfach Selbstjustiz mit eigener Hand. Regel Nummer eins: Füge niemandem Schaden zu!"

„Ich glaube nicht, dass Karmen nach dieser Regel gelebt hat."

Ganz sicher nicht. Und wenn eine Hexe schwarze Magie in Margaret Twiggs Einflussbereich brachte, wäre Margaret die erste, die sie dafür würde bestrafen wollen.

Und Violet hatte sehr persönliche Gründe dafür, sich an Karmen rächen zu wollen.

# KAPITEL 12

In Gedanken führte ich mir noch einmal die Szene vor Augen, wie wir die Hexe Karmen gefunden hatten. Noch nicht ganz tot. Und mit letzter Kraft hatte sie gesagt: „Das Buch." Ich öffnete meine Augen wieder und wandte mich Rafe zu. „Was ist mit ihren letzten Worten? Sie hat ‚das Buch‘ gesagt und dann ist sie gestorben."

„Das habe ich mich auch schon gefragt. Was könnte das bedeuten?"

„Ich weiß nicht. Aber sie hat dich direkt angeschaut, als sie es sagte."

„Ich weiß nicht, ob sie sich in ihren letzten Zügen wirklich auf etwas konzentriert hat."

Da war mir ich mir nicht so sicher. „Was hat denn dein Freund, der Don, zu dem Buch gesagt, über das du mit ihm reden wolltest?"

Überrascht drehte er sich zu mir um, als hätte ich das Thema gewechselt, dabei kam es mir gar nicht so vor. „Du meinst dieses seltsame Alchemiebuch?"

„Ja."

„Das Studium der Alchemie ist sein Hobby. Damit vertreibt er sich die Zeit."

„Ist er ein Vampir?"

„Ja. Das ist er."

„Wieso kenne ich ihn eigentlich nicht?"

Das schien ihn zu amüsieren. „Nicht alle von uns stricken. Manche sammeln Briefmarken oder renovieren Häuser. Er studiert Alchemie."

„Hat er dir irgendwas über das Buch gesagt?"

„Warum fragst du?"

„Weil sie dich angeschaut hat, als sie ‚das Buch' sagte, und ich mich frage, ob sie vielleicht dieses Buch gemeint haben könnte."

Nach einer kurzen Denkpause antwortete er. „Weil wir sie verdächtigen, eine Alchemistin zu sein, und das ein Alchemiebuch ist?"

„Ein mit einem Zauber belegtes Alchemiebuch. Sie ist sowohl Hexe als auch Alchemistin." Okay, das war ein bisschen weit hergeholt, aber es war schon seltsam, dass das Alchemiebuch genau zu dem Zeitpunkt aufgetaucht war, als sie Zaubersprüche verkaufte, um Violet zu schaden. Nun stellte sich heraus, dass Karmen Alchemistin gewesen war. Aber Rafe bekam ja alle möglichen seltsamen Bücher geschickt. Vielleicht bestand da keine Verbindung. Doch meine Intuition kribbelte.

„Sind in letzter Zeit noch andere merkwürdige Bücher bei dir aufgetaucht?"

Er nahm die Abzweigung nach Oxford. „Eine sehr schöne Erstausgabe von *Das Tal der Verfemten*. Und dein Vater hat mir von einigen Schriftrollen erzählt, die ich mir ansehen sollte."

Das hieß also nein.

Natürlich war ich mit den unangenehmen Angelegenheiten für diesen Tag noch nicht am Ende. In den Tunneln waren immer noch zwei Männer, die ich mit Zauberkraft vergessen lassen musste, dass sie mitangesehen hatten, wie zwei alte Damen eine Frau mittleren Alters angegriffen hatten, und dass sie selbst mehrere Stunden lang in einem dunklen Tunnel eingesperrt gewesen waren.

Granny sagte, sie könne den Vergessenszauber anwenden, aber ich wusste, dass meine Magie stärker war.

Da fiel mir wieder ein, dass Granny wegziehen würde. „Bist du sicher, dass Granny in Cornwall glücklich sein wird?"

„Ich kann niemanden glücklich machen. Ich kann ihr höchstens eine Unterkunft bieten, wo sie in Sicherheit ist."

„Wird sie sich dort nicht langweilen?"

„Nicht, wenn man sie beschäftigt hält." Er hielt vor dem Cardinal Woolsey's an. „Was hältst du davon, ihr einen Laden zu kaufen?"

Ich warf einen Blick auf den hübschen Laden, den Granny mir vererbt hatte. „Du meinst, als Franchise vom Cardinal Woolsey's?" Ausgerechnet ich als erfolgreiche Unternehmerin.

„Genau. Wir haben schon einmal darüber gesprochen. Du könntest die Mengenvorteile nutzen und deine Großmutter hätte wieder einen Strickladen. Damit hätte sie Beschäftigung und du könntest sie besuchen, wann immer du willst. Nach Cornwall sind es bei günstigen Verkehrsbedingungen nur etwa fünf Stunden Fahrt."

Ich war von dieser Idee begeistert. „Ich denke, das ist genial. Jetzt müssen wir nur noch die Männer von den Erinnerungen befreien, die uns allen einen Haufen Ärger bereiten könnten."

„Wir?" Mit hochgezogenen Brauen sah er mich an.

„Du meinst doch nicht wirklich, ich würde meine Großmutter mit dem Vergessenszauber allein lassen, oder? Ich komme mit."

Er war klug genug, keine Zeit mit Widerworten zu vergeuden.

„Du bist gestern Abend spät nach Hause gekommen", sagte Jen, als ich am nächsten Morgen gähnend in die Küche kam.

„Tut mir leid, dass ich dich allein gelassen habe", sagte ich und ging zu der Kanne Kaffee, die sie bereits gekocht hatte. „Und danke für dieses lebensrettende Gebräu."

Sie lachte. „Hey, du bist verlobt. Ich bin mir sicher, dass du dich mit deinem zukünftigen Ehemann prächtig amüsiert und dabei die Zeit vergessen hast."

Also ja, ich war mit Rafe zusammen gewesen, aber unsere Beschäftigung letzte Nacht war nicht gerade romantisch gewesen. „Willst du heute Vormittag mit in den Laden kommen?" Ich fühlte mich schuldig, weil ich so eine schlechte Gastgeberin war.

Sie schenkte sich Kaffee nach. „Heute Morgen mache ich einen Spaziergang, und danach hatte ich mir vorgenommen, eine Fahrradtour zu machen. Hier fahren anscheinend alle Rad."

„Klingt spannend." Ich wünschte, ich könnte ihr Gesellschaft leisten, aber ich musste mit Violet sprechen. „Wir könnten heute Abend zusammen essen. Wir gehen irgendwo hin, wo es nett ist."

„Klingt gut."

Jen war wirklich ein unkomplizierter Gast und eine nette Mitbewohnerin. Ich musste mir mehr Zeit nehmen, um mit ihr zusammen zu sein.

Rasch schlang ich eine Schüssel Müsli herunter. Ich trug einen leichten, von Theodore handgestrickten Baumwoll-pulli in Veilchenblau zu einem weißen Rock und Sandalen. Ich wünschte Jen einen schönen Tag, und dann machten Nyx und ich uns auf den Weg zur Arbeit.

Als Violet wenig später eintraf, musterte ich sie eingehend. Verhielt sie sich anders als sonst? War sie beladen mit der Schuld, eine andere Hexe getötet zu haben? Hatte meine Verkäuferin in den letzten vierundzwanzig Stunden einen Mord begangen? Fröhlicher als bei unserer letzten Begegnung sah sie jedenfalls nicht aus. Aber sie sah auch nicht so aus, als hätte sie Blut an den Händen.

„Geht es dir besser?", fragte ich, wobei meine Stimme vor Sarkasmus triefte.

Sie stieß einen tiefen Seufzer aus. „Also gut, ich habe blau gemacht. Ich gebe es zu. Ich brauchte einen freien Tag. Außerdem hatte ich gemerkt, dass Meri unbedingt wieder im Laden arbeiten wollte, um sich bei dir einzuschmeicheln."

„Das tut sie nicht." Okay, vielleicht ein bisschen. „Egal, schweif nicht vom Thema ab."

„Ich dachte nicht, dass die Sache ein großes Thema ist. Ich habe es zugegeben. Ich habe mir einen Tag frei genommen. Du kannst ihn mir vom Lohn abziehen."

„Violet. Was hast du gestern gemacht?"

Sie musste aus meinem Tonfall etwas herausgehört haben, das mehr war als bloße Neugierde.

Nervös fuchtelte sie mit einem Staubtuch herum, was mich sofort misstrauisch machte, weil sie so selten Staub wischte. Ich trat vor sie und nahm ihr das Staubtuch aus der Hand.

„Violet. Ich meine es ernst."

„Wie wär's mit: Das geht dich nichts an?", sagte sie, und sah sowohl defensiv als auch schuldbewusst aus. Das war nie eine gute Kombination, wenn man befürchtete, jemand hätte etwas Schlimmes getan.

„Bitte. Du kannst es mir sagen. Ich fürchte, ich weiß sowieso, was es ist."

Sie trat einen Schritt zurück. „Hast du mir nachspioniert?"

„Wie hätte ich dir nachspionieren sollen, wenn ich einen Laden zu führen hatte? Und eine Verkäuferin fehlte."

„Ach, komm schon, du kannst immer einen oder zwei Vampirinnen finden, die den Laden führen, wenn du nicht da bist. Außerdem, wie um alles in der Welt hättest du wissen können, was ich gestern gemacht habe, wenn du mir nicht nachspioniert hast?"

„Violet, Karmen ist tot."

Sie blinzelte mich an. „Karmen? Ach so, diese furchtbare Hexe aus Wallingford? Die, die versucht hat, mich zu umzubringen? Also, wenn du meinst, ich weine jetzt vor Mitleid, dann hast du dich geirrt."

Meine angespannten Schultern begannen sich ein wenig zu entspannen. „Willst du damit sagen, dass du gestern nicht dort gewesen bist?"

„Um eine Frau aufzusuchen, die versucht hat, mich zu töten? Warum sollte ich das tun?"

„Aus Rache?"

Da fiel ihr die Kinnlade herunter. „Du meinst, sie ist ermordet worden?"

Ich nickte ernst.

Jetzt lief sie rot an, und zwar nicht vor Verlegenheit, sondern vor Wut. „Und du glaubst, ich wäre es gewesen?"

Jetzt war ich diejenige, die verlegen dreinschaute. „Wenn nicht, warum hast du dann so komisch geguckt, als ich dich gefragt habe, was du gestern gemacht hast?"

„Weil ich zu William gefahren bin, um mit ihm zu reden. Deswegen."

Jetzt kam ich mir wirklich dumm vor. „Du hast mit William geredet?" Dass sie meinen ausgezeichneten Rat befolgt hatte, war ja gut. Ich wünschte nur, sie hätte es mir gleich gesagt, bevor sie sich eines Mordes beschuldigte. „Wie ist es gelaufen?"

Sie nahm das Staubtuch wieder in die Hand, und dieses Mal ließ ich sie einfach ziellos über verschiedenen Oberflächen und Wollsträngen herumwedeln. Sie schien den Staub umzuverteilen, anstatt ihn zu entfernen. Ich merkte jedoch, dass sie etwas von ihrer nervösen Energie loswerden musste, also ließ ich sie weiter wedeln. Ich hatte sie fast des Mordes beschuldigt. Ein bisschen Staub, der in meinem Laden herumflog, war wohl das Geringste, was ich dafür in Kauf nehmen konnte.

„Ich hab es nicht geschafft, okay? Am Ende haben wir über eure Hochzeitsfeier gesprochen, wenn du es genau wissen willst. Er hat mich drei Sorten Hummerpastete verkosten lassen. Sobald ich dem Mann unter die Augen komme, sieht er mich als Catering-Assistentin. Es ist hoffnungslos."

Es klang ziemlich hoffnungslos. „Das tut mir furchtbar leid, Vi."

„Das braucht es nicht. Ich muss einfach mein Leben leben, das ist alles."

„Das ist eine hervorragende Idee."

Sie warf mir einen kurzen Blick zu. „Ich war auch bei deiner Mutter. Damit du das auch gleich weißt. Sie wird es dir sowieso sagen."

Okay, ich war immer noch froh, dass sie gestern keinen Mord begangen hatte, aber sich mit meiner Mutter treffen? Warum wohl? „Du hast mir versprochen, dass es keine Hen-Party gibt."

„Ich bin mir ziemlich sicher, dir das nie wortwörtlich versprochen zu haben", sagte sie. „Außerdem ist sie deine Mutter. Was soll ich denn machen? Wenn du keinen Junggesellinnenabschied willst, sag es ihr."

Violet hatte recht. Es war nicht fair, sie meine Drecksarbeit machen zu lassen. „Sie wird so enttäuscht sein."

„Das wird sie bestimmt. Außerdem würde dich deine Mutter wohl kaum bis spät in die Nacht durch Bars und Nachtclubs schleifen, oder?"

Die Vorstellung, dass meine Mutter eine Hühner-Tour mitmachte, war so lustig, dass ich mich ein, zwei Minuten lang mit dieser Vorstellung beschäftigte. „Ihr habt also nicht vor, mich zu blamieren?"

Der Ausdruck von heimlicher Belustigung in ihrem Gesicht ließ mich misstrauisch bleiben. „Ich nenne dir keine Einzelheiten. Es geht ja gerade darum, dass es eine Überraschung sein soll. Aber du brauchst dir keine Sorgen zu machen." Dann warf sie mir einen weiteren Blick zu. „Nicht zu viele, jedenfalls."

In diesem Moment rief meine Mutter an. Manchmal dachte ich, ihre Hexensinne seien aktiv, wenn auch unbewusst. Kaum sprach man von ihr, rief sie an. „Lucy", sagte sie, „du musst mit mir einkaufen kommen."

„Einkaufen?" Meine Mutter war eine geniale Archäologin, die sich viel mehr für die Kleidung und den persönlichen Schmuck des Mittleren Reiches interessierte, als dafür, sich selbst zu schmücken. Sie lebte in einer Uniform aus Kakihosen, Baumwollhemden und Arbeitsstiefeln. Selten trug sie Make-up oder eine besondere Frisur. Das war so ungerecht, denn sie war mit langem, dickem, glattem Haar gesegnet, während ich den Wildwuchs meines Vaters geerbt hatte. Er trug seine Haare sehr kurz geschnitten, aber ich fand es einfacher, meine Haare einfach wachsen zu lassen und die Locken mit entsprechenden Produkten zu bändigen.

„Und", fuhr meine Mutter fort, „wenn ich dir schon kein Brautkleid kaufen kann, dann würde ich dir wenigstens gerne ein Ausgeh-Outfit kaufen."

„Das ist aber lieb von dir." Ein Hen-Party-Outfit hatte ich nicht geplant. Diese ganz schlichte Hochzeit wurde von Tag zu Tag komplizierter. Trotzdem war es schön, wenn Mom und ich uns näherkamen. Sie wollte nicht wahrhaben, dass sie eine Hexe war, daher blieb uns dieser ganze Teil unserer gemeinsamen Erfahrung vorenthalten. Ich hatte sehr wenig Interesse an Ägyptologie, das war eine weitere große Gemeinsamkeit, die wir nicht hatten. Am Ende beschränkten wir uns auf Dinge, für die sich keine von beiden besonders interessierte, die wir aber beide ertragen konnten. Wie Einkaufen.

Dann sagte sie: „Und ich denke, wir lassen uns die Haare machen. Ich habe uns morgen einen Termin in dem hübschen Friseursalon geben lassen, in dem wir schon einmal waren."

„Klar. Das ist eine fabelhafte Idee." Ich hatte bereits Sylvia gebeten, mir die Haare für die Hochzeit zu machen. Sie war sehr geschickt und hatte schon vorher mit meinem Haar gearbeitet. Ich wusste, dass ich ihr vertrauen konnte. Aber es war wahrscheinlich wirklich eine gute Idee, meine Haare vor der Hochzeit etwas kürzen und in Form bringen zu lassen. Mom selbst hatte offensichtlich schon lange keinen Friseursalon mehr von innen gesehen. Sie hatte wunderschönes, dickes, glattes Haar und hatte nie versucht, das Grau zu verstecken. Es war also schön grau meliert, brauchte aber dringend einen neuen Schnitt.

Also verabredeten wir uns für den nächsten Tag im Westgate Shopping Centre.

Den ganzen Tag lang geschah nichts Ungewöhnliches. Niemand starb unerwartet in meiner Gegenwart; die Vampire griffen keine Passanten in Oxford an; es bestand kein Bedarf an magischen Eingriffen. Das war auch gut so, denn ich war noch müde vom Auslöschen der Erinnerungen bei den Männern und auch nervös im Allgemeinen.

Jennifer und ich trafen uns an diesem Abend mit Pete und Meri zu einem Abendessen im Pub und einem nächtlichen Spaziergang durch Oxford.

Am nächsten Morgen sagte Jennifer, sie habe im Blenheim Palace eine Besichtigung gebucht und lehnte daher meine Einladung ab, mit zum Einkaufen zu kommen. Es tat mir ein wenig leid, denn sie war ein guter Puffer zwischen meiner Mutter und mir, aber ich freute mich auch, dass sie ihren Urlaub so gut wie möglich nutzte.

Während ich mich gerade für meine Einkaufstour fertigmachte, klingelte mein Handy. Es war William. Ich nahm erfreut ab, bekam aber eine knappe Antwort. Bei William hatte ich gelernt, dass es einen warmherzigen, freundlichen Freizeit-William gab und dann den geschäftlichen William, der am Telefon effizient und kurz angebunden war. Am Apparat war eindeutig der geschäftliche William. Da ich seine Zeit nicht verschwenden wollte, fragte ich: „Was gibt's?"

„Wir haben ein kleines Problem mit der Hochzeitstorte."

„Was für ein Problem?" Ich hatte ihm beim Catering freie Hand gelassen, auch bei der Torte. So schwierig konnte es doch nicht sein?

Er sagte: „Ich hatte eigentlich einer Frau namens Poppy Wilkinson, die in der Nähe von Bath wohnt, den Auftrag gegeben, deine Torte zu backen."

„Bath? Das ist weit weg für eine Hochzeitstorte, nicht wahr?"

„Ja. Aber sie ist außergewöhnlich gut. Beim *Großen britischen Backwettbewerb* ist sie ziemlich weit gekommen und jetzt backt sie alle Kuchen für das Gasthaus in Broomewode. Ich habe ihre Arbeit gesehen, und ihre Hochzeitstorten sind wunderschön." Es blieb eine Weile still. „Und ich glaube, sie ist eine von Ihnen."

Meine Augenbrauen zogen sich nach oben, auch wenn er mich nicht sehen konnte. „Von uns? Weiblich? Amerikanerin? Feministin?"

„Eine Hexe."

„Oh. Das. Dann müsste ihre Torte ja zauberhaft lecker sein."

Für Humor schien er nicht in der richtigen Stimmung zu sein. „Kommen wir zum springenden Punkt. Gerade hat mich Florence Watt angerufen. Sie und Mary wollen Ihre Hochzeitstorte backen."

„Oh, wie lieb", rief ich. Florence und Mary besaßen die Elderflower Teestube nebenan, und ich kannte sie schon, seit ich anfangs als Kind nach Oxford gekommen war. Sie waren gute Freundinnen meiner Großmutter gewesen und, seit ich den Strickladen übernommen hatte, auch gute Freundinnen für mich. „Es ist mir egal, ob Sie eine Anzahlung für die anderen Torte geleistet haben. Ich glaube wirklich, wir müssen Florence und Mary meine Hochzeitstorte machen lassen."

Er seufzte. „Ich hatte befürchtet, dass Sie das sagen würden. Sie wird nicht so schön sein wie die andere, wissen Sie."

Ich schaute mich um, um sicherzugehen, dass mich niemand belauschen konnte. Nur Nyx war hier, und sie kannte alle meine Geheimnisse. „William, die meisten unserer Gäste werden die Torte ja nicht einmal probieren. Und mir, meiner Mutter und meinen Freundinnen aus der Harrington Street würde es sehr viel bedeuten."

„Sie können es als erledigt betrachten", sagte er, und mit einem knappen Abschiedsgruß war er weg.

Ich trug eine weite marineblaue Baumwollhose, die sich leicht an- und ausziehen ließ, und einen weißen Pullover, den Clara gestrickt hatte. Als ich mich mit meiner Mutter traf, war ich überrascht, dass sie bereits hübsch zurechtgemacht war, mit geblümtem Rock, Seidenbluse und sommerlichem Blazer. Als ich ihr ein Kompliment machte, sagte sie, es fiele ihr leichter, Kleider zu kaufen, wenn sie bereits die richtige

Unterwäsche und Schuhe trüge. Gutes Argument. Ich warf einen Blick auf meine Hose und meine schwarzen Sandalen mit nackten Zehen. Oje.

Trotzdem machte der Einkaufsbummel erstaunlich viel Spaß.

Als Erstes gingen wir zum Friseur. Dort wollte man Mom zum Färben ihrer Haare überreden, aber sie blieb standhaft. Ich war ganz ihrer Meinung. Mom war der natürliche Typ. Sie wollte nichts, was nicht super pflegeleicht war, vor allem bei ihrem Lebensstil. Ich konnte sie jedoch überzeugen, dass wir uns beide schminken lassen sollten. Ich war auf der Suche nach einem neuen Look für die Hochzeit, und ich dachte, es wäre schön, wenn auch Mom ein paar neue Kosmetika bekäme. Ich war noch nicht einmal sicher, ob sie überhaupt welche besaß. Ich hatte sie so selten mit Make-up gesehen. Anfangs sträubte sie sich ein wenig dagegen und sagte, sie wolle nur zuschauen, wie ich geschminkt wurde, aber bald fand sie Gefallen an der Sache.

Mein Haar erkannte die Meisterhand und beschloss, sich zu benehmen. Nach dem Schneiden und Legen sah es so gut aus, wie es nur ging, mit brav nach unten fallenden Locken.

Wir erholten uns bei einem schnellen Mittagessen im oberen Stockwerk des Westgate und gingen dann die Geschäfte erkunden.

Bei John Lewis fand Mom ein wunderschönes Brautmutter-Kleid. Es war das dritte, das sie anprobierte, und wir waren beide sofort begeistert, als wir sie darin sahen. Die vielen Ausgrabungen und das etwas harte Leben, das sie führte, hielten sie schlank, und wenn sie sich zurechtmachte, war meine Mutter ein echter Hingucker. Das Kleid war fuchsiafarben, mit tailliertem Mieder und ausgestelltem Rock. Als sie sagte: „Okay, das wär's", schleppte ich sie in die Schuhab-teilung, wo wir ein Paar Sandalen von Manolo Blahnik mit geblümten Riemchen und Absätzen in der Farbe des Kleides fanden.

„Aber die sind so teuer", flüsterte sie.

„Es ist die Hochzeit deiner Tochter", flüsterte ich zurück. Natürlich kaufte sie sie. Dann drehte sie sich zu mir um.

„Du bist dran, Lucy. Ich möchte dir ein hübsches Outfit kaufen. Wohin geht denn eure Hochzeitsreise?"

Dieses Thema war etwas heikel. Wir hatten bereits einen langen Urlaub hinter uns, da wir einige Wochen in Neusee-land verbracht hatten. Jetzt wollte ich für Granny da sein, während sie sich an einem neuen Ort einlebte. Zweifellos hätte Mom erwartet, dass wir uns für ein exotisches Reiseziel entscheiden, aber das war nicht der Fall. „Wir verbringen unsere Flitterwochen in Cornwall." Kaum hatte ich es ausge-sprochen, wusste ich, dass es das perfekte Ziel war. Rafe war es egal, wohin wir fuhren, er überließ die Entscheidung mir.

Die Augen meiner Mutter leuchteten auf. „Weißt du, dass dein Vater und ich dort unsere Flitterwochen verbracht haben? Oh, Penzance ist so wunderbar. Ich bin stark versucht, unseren Aufenthalt hier zu verlängern und mitzukommen."

Etwas Schlimmeres hätte ich mir kaum vorstellen können. Aber ich wollte ihr nicht die Laune verderben, wo sie doch so glücklich aussah und wir so einen schönen Tag miteinander verbrachten. Ich hoffte, dass Dad es ihr würde ausreden können, auf die Hochzeitsreise ihrer Tochter mitzu-kommen. Irgendjemand musste es tun.

Cornwall war eine wunderschöne Gegend. Ich stellte mir vor, wie Rafe und ich Hand in Hand an den Klippen entlang spazieren gingen und die Landschaft von Daphne du Maurier erkundeten. Ich wäre auch nicht abgeneigt gewesen, mir einige der Drehorte von *Poldark* anzusehen. Natürlich wusste Rafe als der Kultursnob, der er nun einmal war, wahrscheinlich nicht einmal, was *Poldark* war.

Mehr ihr zuliebe als für mich selbst probierte ich ein paar Kleider an. Ich trug so viele handgestrickte Kleidungsstücke, dass es sich fast seltsam anfühlte, ein gekauftes Kleid anzuprobieren. Am besten gefiel mir ein ärmelloses Kleid mit winzigen gelben Blümchen auf marineblauem Grund. Es hatte ein tailliertes Oberteil und einen weiten Rock, der mir bis über die Waden fiel. Mom war ganz angetan und brachte mir sogar gelbe Schuhe zum Anprobieren. Kleid und Schuhe passten perfekt, und obwohl ich eigentlich gar kein neues Kleid brauchte, nickte meine Mutter und sagte zu der Verkäuferin: „Das nehmen wir. Und die Schuhe auch."

Ich sagte: „Ok, dann ziehe ich jetzt wieder meine Hose an", aber Mom bremste mich. „Ich habe deinem Vater gesagt, dass wir uns danach mit ihm auf einen Drink treffen. Lass doch das Kleid an, Schatz. Du siehst so hübsch aus."

Warum nicht? Ausnahmsweise verstanden meine Mutter und ich uns einmal richtig gut und amüsierten uns.

Und so gingen wir beide im brandneuen Outfit, frisch frisiert und mit professionellem Make-up nach draußen. Ich sah uns in einem der großen Spiegel und begann zu lachen. „Na so was. Wir sehen aus wie zwei Damen, die zum Essen ausgehen."

Ihre Augen funkelten mich an, aber sie schüttelte den Kopf. „Das würde mich nur langweilen. Dich nicht?"

„Das weißt du doch."

„Das haben wir gemeinsam, Liebes. Wir haben eine

starke Arbeitsmoral in unserer Familie." Sie hielt inne. „Vielleicht habe ich dein Vorhaben, das Cardinal Woolsey's zu übernehmen, nicht immer sehr tatkräftig unterstützt, aber bei diesem Besuch habe ich Gelegenheit gehabt, dir bei der Arbeit zuzusehen und ich kann sehen, wie viel Spaß es dir macht. Und dass du eine gute Geschäftsfrau bist."

Ein solches Lob von meiner Mutter war so ungewöhnlich, dass ich auf das „aber" wartete. Etwa zwanzig Sekunden wartete ich, aber es kam kein „aber". Ich sagte: „Moment mal. Heißt das, dass du meine Entscheidung, hierzubleiben und das Cardinal Woolsey's zu übernehmen, endlich unterstützt?"

Sie sagte: „Mein Schatz, ich unterstütze dich in allem, was du tun willst. Du hast dir einen guten Mann ausgesucht. Er hat eine interessante Karriere, und du auch."

Ich war so überwältigt, dass ich meine Arme um sie schlang und sie drückte, was sie fast so sehr überraschte wie mich selbst.

Mom warf einen Blick auf ihre Uhr. „Dein Vater sollte jetzt im Pub sein. Meinst du, er freut sich, seine beiden besten Mädels so hübsch zu sehen?"

Ich dachte, dass mein Vater es wahrscheinlich gar nicht bemerken würde. Aber das behielt ich für mich.

# KAPITEL 13

as Taxi setzte uns vor einer Cocktailbar in Bahnhofsnähe ab, die sich in den Abendstunden in einen lauten Nachtclub verwandelte. Ich sah mich um. Für eine Verabredung mit Dad schien das ein seltsamer Ort zu sein. Woher wusste er überhaupt, dass es dieses Lokal gab? Es war eindeutig erst nach seiner Studienzeit entstanden, die er vor gefühlt tausend Jahren in Oxford verbracht hatte.

„Ich habe in einem dieser Online-Dinger darüber gelesen", sagte meine Mutter lässig. Es passte gar nicht zu meiner Mutter, im Internet nach trendigen Kneipen zu suchen. Eigentlich hätte ich merken müssen, dass etwas nicht stimmte, aber ich war immer noch ganz schockiert, dass sie plötzlich meine Geschäfts- und Lebenspläne befürwortete. Das hatte meine Kritikfähigkeit geschwächt.

Wir gingen hinein. Es roch nach verschüttetem Bier und billigem Parfüm. Ganz und gar nicht wie ein Pub, in dem mein Vater etwas trinken würde. Das schien meiner Mutter jedoch gar nicht aufzufallen. Ich nahm bei ihr eine unterdrückte Erregung wahr und dachte, sie würde sich freuen, für ihren Mann so gut auszusehen. Irgendwie fand ich es süß, dass sie sich immer noch für ihn hübsch machen wollte. Also hielt ich den Mund. Wir hätten ja hier etwas trinken und dann weiterziehen können. Anstatt in den vorderen Teil des Lokals zu gehen, wo einige Tische standen, ging Mom weiter nach hinten.

„Wo gehst du hin?"

„Er hat gesagt, wir treffen uns hinten. Komm, mein Schatz."

Es hatte keinen Sinn, ihr zu widersprechen. Sie war bereits vorgegangen. Ich folgte ihr, so gut ich konnte, in meinen ungewohnten neuen Schuhen. Sie stieß eine Tür auf und ließ mich vorgehen. Es brannte kein Licht, und es war düster. Wie ein Partyraum, in dem keine Party stattfindet.

„Mom, hier ist niemand ..."

Dann geschahen zwei Dinge auf einmal. Alle Lichter gingen an, und zwanzig aufgeregte Frauen sprangen auf und schrien: „Überraschung!"

Kaum zu glauben, wie sie mich drangekriegt hatten, als eine, die angeblich Hexenkräfte hatte. Hauptsächlich wohl, weil Violet mir versprochen hatte, dass sie Mom keine Hühner-Tour organisieren lassen würde. Und jetzt war ich hier, umgeben von kichernden Frauen, und versuchte, gute Miene zum bösen Spiel zu machen.

Violet hielt sich an Jennifer fest und überschlug sich fast vor Lachen. „Lucy, du hättest dein Gesicht sehen sollen."

Ich biss die Zähne zusammen und grinste zurück. „Weil es so eine Überraschung war. Damit hatte ich nicht gerechnet."

Meinen Sarkasmus überhörte sie offensichtlich. Sie eilte herbei, zusammen mit Alice, Scarlett und Polly. „Wir machen eine Hühner-Tour, die alle bisherigen Hühner-Touren in den Schatten stellt", beteuerte Violet.

Irgendwo knallte eine Sektflasche, und dann hatte ich ein Glas in der Hand.

„Aber zuerst müssen wir dich richtig anziehen."

„Ich bin doch angezogen", sagte ich. Ich breitete meine Arme aus, damit sie sehen konnten, dass ich ein neues Kleid und neue Schuhe trug. Ich sah gut aus. Ich brauchte keine weitere Deko.

Die Organisatorinnen meines Junggesellinnenabschieds waren offensichtlich anderer Meinung. Aus einer Tüte kam – oh nein – das, was ich wohl am meisten fürchtete: Ein Diadem aus Plastik mit Batterie. „Braut" stand darauf, und als Violet den Knopf drückte, was sie mit großer Freude tat, begann das Wort „Braut" zu blinken. Und falls es jemandem entgangen wäre, dass das hässlichste Plastik-Diadem der Welt mich zur Braut erklärte, hatten sie auch noch eine Schärpe im Miss-Amerika-Stil mit der goldenen Aufschrift „Auf dem Weg zum Traualtar" dabei. Noch immer nicht zufrieden mit ihrer Arbeit, trugen sie alle ähnliche Diademe, auf denen entweder „Noch zu haben" oder „Nicht mehr zu haben" stand, je nachdem, wer verheiratet oder anderweitig liiert war und wer nicht.

Was als toller Tag begonnen hatte, entwickelte sich schnell zum schlimmsten Abend meines Lebens.

Scarlett und Polly setzten sich zu Violet an einen Tisch und zogen mich zu sich. Sie breiteten einen Stadtplan aus. „Also, das ist unsere Route." Und dann zeigten sie auf jede Bar, Taverne und jedes Pub in Oxford, wo es laut und voll war. Und davon gab es eine ganze Menge, denn Oxford war nun einmal hauptsächlich eine Studentenstadt.

Die Gehirnzellendichte pro Kopf mochte in Oxfort über dem Durchschnitt der meisten anderen Städte liegen, aber ein paar Überzwanzigjährige auf einem Haufen wussten immer noch, wie man feierte. Und nicht nur das, die Stadt war aus irgendeinem Grund das Mekka der Junggesellenabschiede geworden. Ich hatte mir immer geschworen, dass ich der schönen alten Stadt, die ich so sehr liebte, niemals selbst eine solche aufzwingen würde.

Doch offensichtlich blieb mir diese Entscheidung verwehrt.

Es war gar nicht so einfach, keine Spielverderberin zu sein, wenn es in mir brodelte. Es war schlimm genug, dass meine Mutter etwas Verrücktes tun wollte, um meine bevorstehende Hochzeit zu feiern, aber Violet hatte ich ein Versprechen abgenommen. Cousine, Verkäuferin, Hexenschwester – war denn keine dieser Beziehungen eine Vertrauensbasis?

Sogar Jennifer schien ziemlich zufrieden mit sich zu sein. War eine beste Freundin denn nicht dafür zuständig, einen vor so etwas zu warnen? Sie trug auch ein hübsches Kleid, also war entweder die Blenheim-Besichtigung eine Ausrede gewesen, oder sie war danach nach Hause geeilt, um sich vor der Tour umzuziehen.

Violets Schadenfreude schien keine Grenzen zu kennen. Ein Gedanke, so hell wie mein blinkendes Diadem, schoss mir durch den Kopf: Vielleicht war sie eifersüchtig. Vielleicht war diese Demütigung eine kleine Rache für sie, da ich zugegebenermaßen einen ziemlich coolen Bräutigam erwischt hatte und ihr anscheinend eine zweite Verabredung vorenthalten blieb. Aber ich sah nicht ein, mir dafür die Schuld zuschieben zu lassen oder für mein Glück einen so hohen

Preis zu zahlen. Sogar meine Mutter gackerte schadenfroh. Mom schien wirklich nicht die Art Frau zu sein, die Shots trank und männlichen Strippern nachblickte. Und so wie die Party sich anließ, hatte ich den starken Verdacht, dass auch männliche Stripper für mich vorgesehen waren.

Allen Ernstes, wenn ich einen Verschwindezauber gekannt hätte, hätte ich ihn sofort aus meiner Tasche geholt. Verschwindezauber? Es wäre schon hilfreich gewesen, wenn wir unseren grellen Auftritt etwas hätten zivilisieren können. Es war, als würde mir jedes kitschige Klischee eines Junggesellinnenabschieds unter die Nase gerieben.

Ich sah auf die Uhr. Es war noch immer erst zehn vor vier. Schon vor dem Abendessen würden wir betrunken über unsere Absätze stolpern.

Ich beschloss, meine bestmögliche Miene zum bösen Spiel zu machen. Wenigstens konnte ich all die Leute begrüßen, die zu dieser schrecklichen Party erschienen waren. Ich machte die Runde und begrüßte einige der Studentinnen des Cardinal College, mit denen ich einst bei einer Aufführung zusammengearbeitet hatte. Die arme Meri war dabei, wirkte verlegen und ehrfürchtig angesichts dieses Spektakels moderner weiblicher Verbundenheit.

Ich schaute mich um und sah zu meiner Überraschung in einer Ecke Jemima Taft, die sich mit Olivia Thresher unterhielt. Unglaublich, dass sie die arme Olivia da überhaupt mit hineingezogen hatten. Jemima hatte ich seit einiger Zeit nicht mehr gesehen. Sie war Williams Finanzberaterin, und ich hatte sie kennengelernt, als William ein Abendessen für sie und einige ihrer extrem wohlhabenden Kunden ausrichtete, und dann wäre sie fast ums Leben gekommen.

„Jemima", sagte ich erfreut.

„Lucy. Wir haben uns kaum gesehen, seit du mir das Leben gerettet hast."

Beim Gedanken an diese schreckliche Zeit, zuckte ich zusammen. „Schön, dich zu sehen."

Der Kellner kam mit einer Champagnerflasche, um ihr nachzuschenken, und sie hob eine Hand. „Für mich nur Sprudel, bitte."

Die Jemima, die ich vor nicht allzu langer Zeit kennengelernt hatte, hatte ein solches Alkoholproblem, dass sie dazu neigte, im Zustand der Trunkenheit die Geheimnisse ihrer Kunden auszuplaudern. Sie war sich dessen nicht einmal bewusst gewesen. Reuevoll sah sie mich an. „Ich bin jetzt trocken. Ein Tag nach dem anderen."

Ich sagte: „Ich finde, du machst das großartig. Und vielleicht kannst du dich um uns andere kümmern, wenn wir in eine unglückliche Lage geraten."

Da kicherte sie. „Ich werde mein Bestes tun."

Violet und meine Mutter und sogar meine vermeintlich beste Freundin Jennifer standen zusammen und starben fast vor Lachen. Wenigstens hatte jemand seinen Spaß an dieser Demütigung.

Dann rief die Mutter: „Hallo Hühner, versammelt euch alle. Wir wollen ein Bild machen."

Ich stöhnte. Das Letzte, was ich wollte, war eine dauerhafte Erinnerung an das hier. Eines schwor ich mir: Rafe würde diese Fotos nie zu Gesicht bekommen.

Sie stellte uns alle in einer Gruppe zusammen, rannte dann hinaus und zerrte die Bedienung wieder herein, damit sie ein paar Fotos von uns machte. Alle bestanden darauf, ich müsse mein blinkendes Diadem aufsetzen. Wir müssen wie die Rockettes in Hochzeitsmontur ausgesehen haben.

Wir fingen an, alberne Posen einzunehmen, und ich konnte einfach nicht anders: Ich fing an zu lachen und kam in Stimmung. Es hätten sich sowieso alle über mich lustig gemacht. Also konnte ich auch selbst lustig sein.

Dann kam der Moment, vor dem ich mich gefürchtet hatte. „Also, machen wir uns bereit für die erste Station auf unserer Route." Violet verteilte einige Partygeschenke. In Kotztüten. Lachend sagte sie: „Passt auf, dass ihr eure Kotzbeutel nicht verliert. Für alle Fälle."

Schon beim Gedanken an den bevorstehenden Abend bekam ich ein flaues Gefühl.

„Okay, kommt alle mit", rief Scarlett. Wir stürmten aus der Kneipe auf die Straße, und draußen stand ein kleiner Reisebus. Anstelle des Zielorts stand „Lucys Hen-Party" daran.

Wenigstens hatten sie an alles gedacht. Es würde niemand betrunken Auto fahren. Fest entschlossen, gute Miene zum bösen Spiel zu machen – und auch für Violet eine Hühner-Tour zu organisieren, wenn sie jemals heiraten sollte –, stieg ich in den Bus und setzte mich. Weit kamen wir nicht. Statt vor einer überfüllten Kneipe hielt der Bus in der weitläufigen Einfahrt des Wainwright Hotels. Es war eines der exklusivsten Hotels von ganz Oxford. Ich verstand nicht, was hier vorging.

Mutter und Violet drehten sich zu mir um, ihre Augen tanzten vor unterdrücktem Humor. „Dein Diadem und deinen Kotzbeutel kannst du hierlassen, Lucy. Aber ich werde dieses Bild immer in Ehren halten", sagte Mom. Und dann fingen sie und Violet so sehr an zu lachen, dass sie sich im Gang des Busses gegenseitig stützen mussten.

Alle lachten jetzt, als wären sie alle eingeweiht gewesen.

Und als sie ihre Diademe ablegten, fiel mir auf, dass alle in ihren schönsten Kleidern erschienen waren.

Ich begann, mich zu entspannen. Vielleicht konnte ich sogar zugeben, dass der Spaß recht gut gelungen war. „Ich nehme also an, dass ich keine Privatshow von einem männlichen Stripper bekommen werde?"

„Nun, wenn du willst, können wir das immer noch arrangieren", sagte Violet.

Abwehrend hob ich die Hand. „Nein."

Ich suchte jemanden, dem ich vertrauen konnte. Alice. „Was wird hier wirklich gespielt?

Alice trat vor. „Jemima hat das organisiert. Sie hat Beziehungen hier im Wainwright Hotel. Lucy, wir machen einen Nachmittagstee."

„Nachmittagstee. Und das ist alles?" Die Visionen von männlichen Strippern und vollen Schnapsgläschen verließen fröhlich meinen Kopf, bis Alice den Kopf schüttelte. Ich stöhnte. „Moment mal. Sag mir das Schlimmste."

„Nach dem Tee bekommen wir alle eine Wellness-Behandlung."

Ich prustete los. „Nicht zu glauben, dass ich keinen Junggesellinnenabschied haben wollte. Das ist die beste Idee aller Zeiten."

# KAPITEL 14

Gerade fand die erste Anprobe für mein Brautkleid statt. Natürlich stand ich nicht vor einem dreifachen Spiegel in einem Brautmodengeschäft. Ich befand mich in dem unterirdischen Wohnkomplex unter meinem Laden, in dem einige Mitglieder meines Vampir-Strickclubs wohnten. Und sie waren ziemlich aufgeregt, das konnte ich sehen. Aus irgendeinem Grund hatten Sylvia und meine Großmutter verfügt, dass keine männlichen Vampire anwesend sein durften, obwohl sie alle beim Häkeln des Kleides mitgewirkt hatten.

Ich wollte nicht widersprechen. Ich dachte, es wäre schön, wenn mein Kleid für möglichst viele Menschen eine Überraschung wäre. Obwohl Theodore und Alfred ein bisschen murrten und Christopher Weaver murmelte, wenn er das gewusst hätte, dann hätte er sich mit der Schleppe nicht so viel Mühe gegeben, willigten sie ein, hinauszugehen, während ich meine Anprobe hatte.

Ich trug die schönen neuen Dessous, die ich in Paris gekauft und noch nie getragen hatte. Sie waren aus elfenbeinfarbener Seide und hatten mehr gekostet als mein erstes Auto. Das Kleid war so herrlich verarbeitet, dass ich keine einzige Naht finden konnte. Als ich ihnen ein Kompliment machte, sagte Sylvia: „Das war Mabel. Die arme Frau hat weder einen Sinn für Farben noch Geschmack oder Stilgefühl, aber sie ist eine hervorragende Näherin. Das muss man ihr lassen."

Mabel sah nicht gerade erfreut aus über das zweifelhafteste Kompliment, das ich je gehört hatte, aber ich beeilte mich, ihr für ihre sorgfältige Arbeit zu danken.

Sylvia wollte auch mit Make-Up und Frisur einen Probelauf machen, also kam ich mit frisch gewaschenen Haaren aber unfrisiert an und mein Gesicht war sauber und frei von allen Kosmetika außer der Tagescreme, die ich von der Hexe Karmen bekommen hatte. Es war ein seltsames Gefühl, ihre Hautcreme zu benutzen, jetzt, wo sie nicht mehr lebte, aber ich musste zugeben, dass Zeug war wunderbar. Ich habe mich gefragt, ob es jemanden gab, der in der Lage gewesen wäre, ihre Nachfolge anzutreten. Und wieder einmal rätselte ich, wer sie wohl getötet hatte.

Die Medien hatten wenig zu berichten gehabt, nur die Fakten über ihren Tod. Offensichtlich hatte die Polizei nicht viele Einzelheiten preisgegeben. Ich hätte mich zu gern näher mit dem Kriminalfall befasst. Vielleicht würde ich Zeit dazu haben, sobald ich verheiratet und von der Hochzeitsreise zurück wäre. Vielleicht hätte auch die Polizei bis dahin das Verbrechen aufgeklärt und niemand bräuchte meine Einmischung. Das wäre schön.

Aber im Moment machte ich mir über Mord keine Gedanken. Ich war viel mehr an meinem Hochzeitskleid interessiert.

Sylvia machte sich an die Arbeit, und es war wie ein Untoten-Junggesellinnenabschied, als diese Vampirinnen, die mir so nahestanden, miteinander plauderten und kicherten, während Sylvia mich mit kundiger Hand frisierte und schminkte. Silence Buggins versuchte immer wieder, irgendeine langweilige Geschichte darüber zu erzählen, wie anders Hochzeiten zu Zeiten von Königin Victoria gewesen waren, aber meistens schaltete ich ab. Hester sah Sylvia sehnsüchtig bei der Arbeit zu. Ich vermutete, dass sie von einer Hochzeit träumte, vielleicht mit Carlos.

Ich wollte nichts allzu Formelles, das hatte ich klar gesagt. Das würde nicht zu mir passen. Und obwohl ich wusste, dass sie mir zugehört hatte, war Sylvia keine, die ihre eigenen Ideen leicht aufgab. Ich ahnte, dass ich bekommen würde, was mir ihrer Meinung nach gut stand, und wenn ich etwas anderes wollte, musste ich das begründen. Aber das war ich gewohnt. Ich konnte mich also entspannen und die Gesellschaft meiner Familie aus dem Untergeschoss genießen. Wir unterhielten uns angeregt, hauptsächlich über den Umzug. Sylvia und Granny waren in Cornwall gewesen und gerade erst zurückgekehrt.

Granny sagte: „Warte, bis du es selbst siehst, Lucy. Die Landschaft ist so wunderschön. Und auf Rafes Grundstück gibt es ein Zinnbergwerk, das genauso schön eingerichtet ist wie unsere Wohnungen hier. Es gibt fast nichts mehr zu tun, außer einzuziehen. Ich werde natürlich alle meine persönlichen Sachen mitnehmen, aber es ist perfekt. Niemand kennt mich dort, und ich werde nicht weit von dir entfernt sein, Liebes. Du wirst uns doch sehr oft besuchen kommen, nicht wahr?"

Ich konnte meinen Kopf nicht bewegen, da Sylvia mir

gerade Lidschatten auftrug, also streckte ich blindlings meine Hand nach ihr aus, und sie ergriff sie mit ihrer kühlen Hand. „Ich werde dich so oft besuchen, wie ich kann."

Sylvia sagte: „Du wirst wohl auch einige Renovierungsarbeiten im Herrenhaus beaufsichtigen wollen. Es ist ein sehr komfortables Gästehaus, aber es sind sehr viele Touristen dort gewesen, und die Einrichtung hat ein wenig gelitten. Du wirst es wieder in ein Eigenheim umfunktionieren wollen."

„Ich kann es kaum erwarten, es zu sehen." Es war schon sehr ungewohnt für jemanden, der in einer Zweizimmerwohnung über einem Laden wohnte, jemanden zu heiraten, der mehr als ein Herrenhaus besaß. Ich machte mir keine Vorstellung, wie reich Rafe eigentlich war. Ich fragte mich, ob er es überhaupt wusste. Und ich hatte es nicht eilig zu fragen. Erstens wollte ich nicht, dass er dachte, ich würde ihn wegen seines Geldes heiraten und zweitens dachte ich, ich müsste mich Stück für Stück mit Rafes Welt und Leben vertraut machen. Die größte Hürde hatten wir offensichtlich überwunden. Ich, eine sterbliche Hexe, würde einen fünfhundert Jahre alten Vampir heiraten. Wenn ich das erst geschafft hätte, würde alles andere einfach sein. Trotzdem würde ich mich darauf einstellen müssen. Immerhin hatte der Mann mir erst eine Stunde vor dem Einsteigen erzählt, dass er ein Privatflugzeug besaß. So wie ich ihn kannte, hatte er auch Häuser in anderen Ländern. Wahrscheinlich brauchte er immer die Gewissheit, einen sicheren Zufluchtsort zu haben.

Ich fragte mich, ob er in den USA auch Grundbesitz hatte. Ganz bestimmt.

Nachdem sie noch ein paar Minuten weiter geglättet, gebürstet und Linien gezogen hatte, stand Sylvia wieder auf und nickte. „Die Lippen schminke ich dir erst, wenn du das

Kleid anhast. Damit du es um Himmels willen nicht mit Lippenstift beschmierst."

Meine Vorfreude schlug nun in Nervosität um. Wenn ich dieses Hochzeitskleid versaute, würde ich meinen Hochzeitstag vielleicht nie erleben. Ich hatte erlebt, wie wütend Sylvia werden konnte, und das wollte ich nie wieder erleben.

„Ach, sei still", sagte Granny zu Sylvia. „Wenn sie etwas verschmiert, bringen wir das in Ordnung. Es ist ihre Hochzeit."

Sylvia sagte nur: „Kein Grund, nicht aufzupassen."

Inzwischen hatten Clara und Mabel das Kleid fertig. Die Mondsteinknöpfe schimmerten in dem sanften Licht, als ich vorsichtig hineinschlüpfte. „Hat Mr Herrick die Mondsteinknöpfe genauso gut nachgebildet wie derjenige, der die ersten geschnitzt hat?"

Granny antwortete: „Seine sind genauso gut. Er versteht sein Handwerk. Wir haben die Knöpfe erst gestern abgeholt. Es war wirklich aufregend."

Sie hatten überall an mir Maß genommen, und als ich meine Arme in die Ärmel schob, lagen sie eng an, aber nicht zu eng. Das Kleid fühlte sich wunderbar an. Die feine Seide, die mit so viel Sorgfalt gehäkelt worden war, raschelte sanft auf meiner Haut. Granny knöpfte jeden der kleinen Knöpfe zu, drehte mich um und trat einen Schritt zurück. Sie schlug die Hände unter dem Kinn zusammen und sagte: „Oh mein Gott."

Silence unterbrach ihren eigenen Redefluss und sagte: „Wunderschön siehst du aus."

Mabel sagte: „Wie für dich gemacht."

„Ist es doch auch", schnauzte Sylvia. Sylvia, die nie vorschnell überschwänglich war, ging langsam um mich herum, blieb stehen, sah mir blinzelnd von hinten über die linke Schulter und veränderte dann den Sitz des Stoffes ein kleines bisschen. Dann trat sie vor mich und nickte. „Ja. Perfekt."

Ich atmete tief durch. Ich wusste nicht, warum ich so darauf bedacht war, ihr zu gefallen, aber das war ich. „Darf ich mal sehen?"

Nur für heute Abend hatten sie einen Spiegel mitgebracht. Ich hatte keine Ahnung, woher er kam, aber es war ein richtiger Dreifachspiegel, wie es sie in Kleidergeschäften gab. Ich wollte mich unbedingt betrachten, aber Sylvia hob nur einen Finger und ging dann den Lippenstift holen. Sie trug das cremige Rosa auf, das wir ausgesucht hatten, und tupfte es sorgfältig ab, bevor sie wieder zurücktrat und mir zunickte. Dann sagte sie: „Jetzt darfst du schauen."

Ich schritt zum Spiegel und dachte: Wie konnte ich nur so viel Glück haben? Ich hatte Freunde, die mir ein Hochzeitskleid häkelten und heiratete jemanden, der mich für immer lieben würde. Überirdisch hatte ich leicht exzentrische und gestörte Eltern, aber ich wusste, dass sie mich liebten. Ich hatte gute Freundinnen. Ich hatte ein Leben. Mein Laden würde nie Geschichte machen, aber er machte viele Menschen glücklich. Und er machte mich glücklich.

Ich versuchte, nicht eitel zu sein, und sah immer zu schnell meine eigenen Fehler, aber in diesem Moment, als ich mich in diesem Kleid sah, mein Haar hochgesteckt, aber immer noch locker und lässig, und mein Gesicht so geschminkt, dass alles ein bisschen besser aussah als das, was die Natur mir gegeben hatte, fühlte ich mich schön. Das Kleid war schlicht geschnitten. Die Raffinesse lag ganz in der Handarbeit – die einzeln Häkelblumen, die so zart waren wie die feinste Spitze, die Schleppe, die sich hinter mir ausbreitete, aber nicht so wahnsinnig lang war, dass ich drei Leute gebraucht hätte, um sie zu tragen. Es war perfekt.

Von hinten sagte Sylvia: „Jetzt ruiniere bitte das Make-up nicht mit Tränen."

Genau die richtigen Worte, um mich davon abzuhalten. Ich prustete los. Und dann drehte ich mich um und streckte meine Arme aus, um jede von ihnen nacheinander zu umarmen, aber Sylvia sprang erschrocken zurück und hob ihre Hand.

„Raus aus dem Kleid. Du darfst nichts anfassen, bevor du nicht aus diesem Kleid wieder ganz heraus bist."

Beschämt wartete ich, während sie mich vorsichtig aus dem Brautkleid zogen, und erst dann durfte ich sie alle umarmen.

Granny sagte: „Gefällt es dir wirklich, Liebes? Denn wenn nicht, werden wir nicht beleidigt sein. Du könntest in eine Boutique gehen und etwas anderes kaufen."

„So etwas Schönes wie dieses würde ich niemals finden. Und außerdem wurde es mit Liebe gemacht. So viel Glück sollte jede Braut haben."

AM NÄCHSTEN MORGEN HATTE ICH WARE VERSANDFERTIG ZU MACHEN, aber stand mit unbewegten Händen da. Ich träumte vor mich hin. Wieder sah ich mich in dem wunderschönen Hochzeitskleid und stellte mir Rafes Gesicht vor, wenn er mich zum ersten Mal den Mittelgang hinaufkommen sähe. Ich war mir ziemlich sicher, dass es ihm auch gefallen würde.

Dann stellte ich mir Margaret Twigg vor, wie sie dastand

und sich auf die Trauungszeremonie vorbereitete. „*Was um alles in der Welt mache ich eigentlich?*", dachte ich.

Sie würde wahrscheinlich eine ausgezeichnete Hochzeitsrednerin abgeben. Und wenn sie nicht gerade sarkastisch war und mich herabsetzte, war sie eine ausgezeichnete Mentorin gewesen und hatte mir so ziemlich alles beigebracht, was ich über das Hexendasein wusste.

Vielleicht war es gar nicht so schlecht. Als ich über meine Hochzeit nachdachte, fragte ich mich, ob wir eine Probetrauung abhalten sollten. Es sollte alles ganz zwanglos sein, aber ich fragte mich, ob ich meinen Vater bitten sollte, den Gang zum Altar zu proben, da alles auf Gras stattfinden würde und ich nicht wollte, dass einer von uns beiden stolperte.

Rafe rief an, und ich sagte: „Ich habe gerade an dich und unsere Hochzeit gedacht."

„Das freut mich."

Ich erzählte ihm, dass ich Dad gebeten hatte, mit mir den Gang zum Altar zu üben.

„Gute Idee, aber ruf deinen Vater heute nicht an."

„Warum nicht?"

„Er wird in einem heiklen Zustand sein, vermute ich."

„Mein Vater? Was ist ihm passiert?"

„Wir hatten gestern Abend meinen Junggesellenabschied."

Fast musste ich lachen, bei dem Gedanken an Vampire und Ägyptologen, die einen draufmachten. „Wirklich? Was habt ihr gemacht?"

„Lochlan hat einen Geschäftsfreund, der eine Privatsammlung von erstaunlicher Qualität besitzt. Vor allem ägyptische Schätze. Dein Vater war fasziniert."

„So fasziniert, dass er heute Morgen einen dicken Kopf hat?"

„Ich vermute, das war der Schnaps."

Ich glückste. „War es hier in Oxford?"

„Nein. Amsterdam."

„Also, wenn Männer zu einem Junggesellenabschied nach Amsterdam fahren, suchen sie dort normalerweise nicht nach Mumien."

„Natürlich nicht. Diese Altertumssammlung werden nur wenige Menschen auf der Welt zu Gesicht bekommen."

Nicht gerade das, was ich gemeint hatte.

Wir beendeten das Gespräch, und dann sprang Nyx neben mich und brauchte Aufmerksamkeit. Ich erzählte ihr von Margaret Twigg, die unsere Trauung vollziehen würde, und sie nickte mit ihrem kleinen Kinn auf und ab, obwohl das auch ihre Art gewesen sein könnte, mir zu sagen, dass sie dort gerne gekrault würde. Das war normalerweise der Sinn dieser Bewegung. Während ich gehorchte, klingelte mein Telefon.

„Lucy Swift", sagte ich. Ich hatte noch nicht einmal auf die Anruferkennung geschaut. In diesen Tagen, in denen sich alles um den Laden und die Hochzeitsvorbereitungen drehte, meldete ich mich immer auf diese Art.

Eine sanfte, gehauchte Stimme sagte: „Hallo, hier spricht Tilda Ramsay. Von Wallingford Botanicals."

Wallingford Botanicals? Was? Und dann wurde mir klar, wer sie war. „Oh, Karmens Assistentin. Wie geht es Ihnen?"

Ich wusste nicht, was ich sonst sagen sollte. Die arme Frau hatte ihre Chefin durch einen gewaltsamen Tod verloren. Zweifellos hatte sie ein wenig zu kämpfen. Hatte sie überhaupt noch Arbeit?

„Mir geht es gut. Danke der Nachfrage. Ich wollte Ihnen sagen, dass Ihre Brautjungferngeschenke fertig sind."

„Ach, richtig." Die hatte ich in dem ganzen Chaos völlig vergessen. „Wo soll ich sie abholen?"

„Ich betreibe die Firma immer noch. Wenn Sie nach Wallingford kommen möchten, können Sie sie dort abholen. Ich kann sie Ihnen aber auch gern nach Oxford bringen. Ich weiß, dass Karmen das von mir erwarten würde." Am Ende bebte ihre Stimme, den Tränen nahe. Ich beeilte mich, ihr zu versichern, dass es für mich überhaupt kein Problem sei, nach Wallingford zu kommen.

Nicht nur, weil ich der armen Frau nicht zu viele Umstände machen wollte. Aber ich hatte ja nicht das Geringste unternommen, um den Mord an einer Frau aufzuklären, die mir ein tödliches Geschenk hatte zukommen lassen. Hier ging etwas sehr Merkwürdiges vor sich, und wie Rafe mir in Erinnerung gerufen hatte, hatte Karmen vielleicht versucht, mich zu ermorden, aber jemand anderes hatte bei ihr mehr Erfolg damit gehabt.

Die Aufklärung eines Mordes hätte einen zweiten Mord verhindern können.

Einen Mord an mir.

Eine Hochzeit zu planen war ja schön und gut, aber ich hätte auch gerne lange genug gelebt, um tatsächlich vor den Altar zu treten, vor allem jetzt, wo ich dieses wunderschöne Kleid hatte.

Vielleicht war das oberflächlich, aber das waren wirklich die Gedanken, die mir in jenem Moment durch den Kopf gingen. Nyx, die offensichtlich spürte, dass meine Aufmerksamkeit von ihr abließ, hörte auf zu schnurren, brummte genervt und schlenderte dann nach vorn in den Laden.

Aus einem Impuls heraus rief ich Rafe an. Er nahm beim ersten Klingeln ab.

„Lucy", sagte er und seine Stimme war voller Freude. „Hast du mit deinem Vater gesprochen?"

„Nein. Ich werde warten, bis er sich erholt hat."

„Ein guter Plan."

Ich erzählte ihm, dass Tilda gerade angerufen hatte, um mitzuteilen, dass sie die Geschenke für die Brautjungfern zur Abholung bereithielt. „Ich dachte, wenn wir zusammen hinfahren, könnten wir uns ein bisschen umsehen. Ich könnte sie zum Plaudern bringen, während du ein bisschen herumschnüffelst und nach Hinweisen auf Karmens Tod suchst."

„Das ist eine hervorragende Idee. Kannst du mir eine halbe Stunde geben, bis ich hier fertig bin, und dann hole ich dich ab?"

„Perfekt." Das würde mir Zeit geben, wieder mit beiden Beinen auf den Boden zu kommen und die Lieferungen fertig zu packen.

Als ich wieder nach vorne ging, um Violet die schlechte Nachricht zu überbringen, dass ich sie tatsächlich für ein paar Stunden allein lassen würde, kam gerade meine Mutter zur Ladentür herein.

„Hallo, Mädels. War das nicht ein herrlicher Tee?"

„Und ob. Und meine Massage war unglaublich", sagte ich. „Ich wusste gar nicht, wie angespannt ich war."

Mom führte uns ihre Maniküre vor. „Es ist so schön, schöne Nägel zu haben. Natürlich nicht sehr praktisch für meine Arbeit, aber so hübsch für deine Hochzeit."

Violet zeigte ihre Pediküre. Ihre lila Zehennägel waren sehr hübsch, aber ich hatte angenommen, dass sie sich für eine Gesichtsbehandlung entschieden hatte, da ihre Haut so rosig und taufrisch aussah. Ich trat näher an sie heran, tat so, als interessierte ich mich für ihre Pediküre, und konnte, wenn ich mich konzentrierte, einen schwachen, aber vertrauten Duft wahrnehmen.

„Und ich hatte einen ganz wunderbaren Vormittag an meinem alten College", sagte meine Mutter. „Eine Reise in die Vergangenheit."

Ich sagte Mom, ich müsse bald weg, und sie schien nichts dagegen zu haben. „Dann kann ich Violet Gesellschaft leisten."

„Okay. Würdest du mich und Violet für ein paar Minuten entschuldigen? Ich muss ihr oben etwas zeigen."

Violet sah überrascht aus, da ich sie nie zu Arbeitsgesprächen mit nach oben nahm, aber Mutter wusste das nicht und sagte, dass sie es sicher schaffen würde, die Stellung zu halten. „Vielleicht sollte auch mit dem Stricken anfangen", sagte sie und nahm eine der neuesten Zeitschriften in die Hand.

Ich führte Violet die Treppe hinauf. Sie schien sich unwohl zu fühlen, sogar etwas nervös, als ich ihr keinen Sitzplatz anbot und mit verschränkten Armen dastand.

„Wo ist Jennifer?", fragte sie und sah sich um.

„Sie ist in Rafes Herrenhaus und hilft Olivia bei der Planung der Gartendekoration." Ich fand es klasse, wie schnell Jennifer sich in ihre Rolle als Brautjungfer eingefunden hatte, und sie und Olivia hatten sich auf meinem Junggesellinnenabschied gut verstanden. Ich hatte befürchtet, sie würde sich langweilen, aber vor lauter Sightseeing und Hilfe bei den Hochzeitsvorbereitungen war sie genauso beschäftigt wie ich. Und sie war nicht hier, um Violet zu beschützen. „Ich weiß, dass du eine Gesichtscreme von Wallingford Botanicals trägst, also versuch gar nicht erst, es zu leugnen.“

„Na und?“, sagte sie und versuchte, die Situation zu entschärfen.

Eisige Wut packte mich. „Du hast mich also angelogen. Du warst an dem Tag dort, nicht wahr? Du warst bei Karmen. Aber als ich dich gefragt habe, hast du behauptet, du wärst bei William gewesen.“

Ihre Farbe wechselte von Rot nach Weiß und wieder zurück. „Ich war an dem Tag bei William.“

Dann schaute sie auf ihre violetten Zehen hinunter, die aus ihren Sandalen hervorlugten. „Aber, okay, ich war auch bei dieser Hexe.“

„An dem Tag, an dem sie starb.“ Ich wusste nicht, wie schlimm es war, aber ich hatte kein gutes Gefühl bei dieser Sache.

Vi blickte zu mir auf und schnauzte: „Ich wusste nicht, dass sie sterben würde.“

Hatte sie etwas damit zu tun? Ich wollte sie nicht beschuldigen, da sie sonst wieder die Treppe hinunterstürmen und sich hinter meiner Mutter verstecken könnte. Der Gedanke war ihr gekommen, das konnte ich sehen. Ich zwang mich, mich zu entspannen und versuchte, ruhig zu klingen. „Erzähl mir, was passiert ist.“

Sie atmete aus und versuchte offensichtlich, sich zu beruhigen. „Es war die Idee von Margaret Twigg.“

Warum überraschte mich das nicht? „Weiter.“

„Da gibt es nicht viel zu erzählen. Ich bin zu Margaret gefahren und habe ihr gesagt, dass du Karmen gesehen hast und dass sie zugegeben hat, den Fluch verkauft zu haben.

Margaret sagte, wir müssten sie davon abhalten, ihre Waren in Oxford zu verkaufen und weiteren Hexen zu schaden. Sie war wütend, und du weißt ja, wie Margaret wird, wenn sie wütend ist."

Ich nickte. Das wusste ich. Aber mörderisch hatte ich sie nie gesehen. „Was hat Margaret getan?"

„Wir sind zusammen nach Wallingford gefahren ... an dem Tag."

„Der Tag, an dem Karmen starb."

„Hör auf, mir das unter die Nase zu reiben. Wir wussten nicht, dass sie stirbt, und wir hatten nichts damit zu tun."

„Ihr habt nur zum Tee vorbeigeschaut?"

„Kein Grund, sarkastisch zu sein. Nein. Margaret hat ihr vorgehalten, dass sie mich fast umgebracht hätte, und gefragt, was sie dazu zu sagen hätte."

Ich fragte mich, ob Karmen Margaret gegenüber genau so blasiert gewesen war wie bei mir. Wohl eher nicht.

„Karmen sagte, sie habe nicht gewusst, dass es für eine ihrer Schwestern bestimmt war, und obwohl sie sich nicht entschuldigt hat, hat sie mir und Margaret ein Glas Gesichtscreme nach ihrem speziellen Rezept geschenkt." Sie berührte ihre Wange. „Ich wollte sie eigentlich nicht benutzen, aber du hast mir davon vorgeschwärmt, also habe ich sie ausprobiert, und ich kann schon einen Unterschied an meiner Haut sehen." Sie schüttelte den Kopf. „Ich wünschte, sie wäre nicht gestorben. Was machen wir jetzt, wenn die Creme alle ist?"

Sie sah mich an, als sei dies eine ernsthafte Frage. „Das spielt jetzt keine Rolle. Wann wart ihr dort?"

Jetzt sah sie mich verlegen an. „Wir sind an euch vorbeigefahren."

„Wir?" Ich hatte Margaret im Auto gesehen, aber keinen Beifahrer.

„Ich habe das Auto auf uns zukommen sehen. Ich habe deine Energie gespürt, also habe ich mich geduckt, damit du mich nicht siehst."

„Warum hast du mir das nicht früher gesagt?"

„Ich weiß nicht. Du hast mich praktisch beschuldigt, die Hexe getötet zu haben, was ich nicht getan habe, also habe ich dir nicht gesagt, dass ich bei ihr im Cottage war."

„Wie hat sie gewirkt? War sie krank? War sonst noch jemand da? Ihr wart vielleicht die Letzten, die sie gesehen haben, bevor ich sie sterbend auf dem Boden fand."

Sie schüttelte den Kopf. „Wir waren nicht die Letzten. Es war dieser Mann."

# KAPITEL 15

ch hätte größte Lust gehabt, meine Cousine zu ohrfeigen. „Welcher Mann?"

„Wie soll ich das wissen? Ein Mann. Er kam auf ihr Cottage zu, als wir weggefahren sind."

„Wie hat er ausgesehen?"

„Ein Mann. Mittleres Alter. In keiner Weise bemerkenswert."

„Groß? Klein? Dunkles Haar? Blond?"

„Groß, denke ich. Und seine Haare konnte ich nicht sehen. Er trug eine Mütze." Sie tippte mit dem Fuß auf den Boden. „Und um deine Frage zu beantworten: Karmen hat gesagt, sie würde uns Tee anbieten, aber sie fühle sich nicht wohl. Sie wollte sich hinlegen."

„Du hast also deine Gesichtscreme genommen und bist gegangen."

„Ja."

Bevor ich noch irgendetwas fragen konnte, sagte sie: „Wir können deine Mutter nicht allein im Laden lassen." Und rannte die Treppe hinunter.

Da ich nun schon einmal in meiner Wohnung war, machte ich mich zurecht. Okay, es war super eitel von mir, aber ich zog ein hübscheres Oberteil an, frisierte meine Haare, so gut es ging, putzte mir die Zähne und frischte mein Make-up auf. Ich war eine zukünftige Braut, die mit ihrem Verlobten verabredet war. Ich durfte mich ein wenig zurechtmachen. Zweifellos würde der Tag kommen, an dem Rafe mich in meiner alten Jogginghose, mit ungepflegtem Haar und zwei verschiedenen Socken vorfinden würde. Aber noch war es nicht so weit.

Das gab mir auch ein paar Minuten Zeit, um mich zu beruhigen und zu verarbeiten, was Violet erzählt hatte. Natürlich wäre es sehr hilfreich gewesen, wenn sie mir diese Informationen früher gegeben hätte. Sie war an einem möglichen Mörder vorbeigefahren. Hatte Tilda diesen Mann gesehen? Wusste die Polizei von seinem Besuch?

Als ich zurück in den Laden kam, kicherten Vi und meine Mutter über irgendetwas.

Auch wenn ich mich über meine Cousine ärgerte, fand ich es süß, dass sich die beiden anlässlich meiner Hen-Party angefreundet hatten. Sie waren verwandt, aber wegen des Zerwürfnisses zwischen Granny und meiner Großtante Lavinia hatten die beiden Familien nie viel Zeit miteinander verbracht. Ich hatte nicht einmal gewusst, dass ich eine Cousine hatte. Violet vermied mit meiner Mutter jedes Gespräch über Hexerei. Ich wusste nicht genau, worüber sie sprachen, aber sie schienen sich wie alte Freundinnen zu unterhalten. Und auf jeden Fall genossen sie es, sich zusammenzutun, um mich zu ärgern.

Violet wollte offensichtlich nett sein, denn sie sagte mir,

sie würde die Bestellungen für mich fertig verpacken und sie sogar zur Post bringen und abschicken.

„Und mach dir keine Sorgen wegen des Ladens, Lucy", sagte Mom. „Ich werde heute Nachmittag hier sein. Ich kann helfen, wenn Kunden kommen."

Das war eine ganz andere Mutter als die, die ich von früher kannte. Auf einmal war sie Feuer und Flamme für das Cardinal Woolsey's. Wahrscheinlich würde es nicht von Dauer sein, aber es war eine Erleichterung, nicht ständig mit ihren Vorschlägen für bessere Karrieremöglichkeiten konfrontiert zu werden. Als Rafes Auto vor dem Laden hielt, verabschiedete ich mich von den beiden und rannte hinaus, um einzusteigen.

Auf dem Weg nach Wallingford erzählte er mir, wie William ihn in den Wahnsinn trieb, indem er das Herrenhaus und die Gärten in eine Hochzeitskulisse verwandelte. „Er scheint vergessen zu haben, dass ich dort auch wohne."

Ich biss mir auf die Lippe, um nicht laut lachen zu müssen. Genau wie ich hatte Rafe dort heiraten wollen. Ich ahnte, dass er Bammel vor der Hochzeit hatte und war entzückt.

Und dann erzählte ich ihm, dass Violet und Margaret Twigg Karmen an ihrem Todestag besucht hatten. Er war nicht so besorgt wie ich, dass die Polizei nichts von dem mysteriösen großen Mann mit der Mütze wusste, aber er hatte auch schon viel mehr von der Welt – und vom Tod – gesehen als ich.

Bald schon bogen wir in die Einfahrt zu dem alten Pub und Karmens Häuschen ein. Ein kalter Schauer lief mir über den Rücken, als wir anhielten, und die Erinnerung an ihren schrecklichen Tod zurückkam. Ich sah sie so scharf und klar wie damals, als sie in eine alte Frau verwandelt vor meinen Augen gestorben war.

„Und die Polizei hat keine Spuren?", fragte ich ihn. Er wusste so etwas immer. Er hatte überall Kontakte.

Er zögerte und sah besorgt aus. „Sie starb an einer Arsenvergiftung. Ich wollte es dir eigentlich erst nach unserer Hochzeit sagen."

„Arsenvergiftung", wiederholte ich und erinnerte mich an die Runenschachtel und das darin enthaltene angebliche Geschenk. Ich wollte nicht glauben, dass jemand darauf aus war, Karmen und mich zu töten. „Ob sie vielleicht eine schlechte Charge ihres Elixiers hergestellt hatte?"

„Das glaube ich nicht. Für einen Fehler war es zu viel Arsen."

Großartig. „Also, wenn du dich heute umschaust, siehst du vielleicht etwas, das die Polizei übersehen hat."

Er schien nicht überzeugt, aber er nickte. „Vielleicht."

Wir stiegen aus und gingen in das Pub. Ich klopfte an die Tür und Tilda öffnete sie. Sie sah aus, als hätte sie geweint. „Ich hätte Ihnen die Sachen auch gebracht. Sie müssen so viel um die Ohren haben, vor der Hochzeit."

Aber sie hielt die Tür auf, und wir traten beide ein. Ihre Augen weiteten sich leicht, als sie Rafe sah. Sie musste sich an das letzte Mal erinnern, als sie ihn gesehen hatte, an den schrecklichen Tag, als ihre Arbeitgeberin gestorben war. Ich sagte nur: „Erinnern Sie sich an Rafe? Mein Verlobter. Er hat mich hergefahren."

Oh, Lucy, wie oft kannst du das Wort „Verlobter" an einem Tag eigentlich noch einfließen lassen?

„Herzlichen Glückwunsch", sagte sie zu ihm. Und dann zu mir: „Hier habe ich Ihre Brautjungferngeschenke. Ich dachte, Sie möchten sie sich vielleicht ansehen, bevor wir sie einpacken. Nur um sicherzugehen, dass alles perfekt ist."

„Das ist eine super Idee", schwärmte ich, nicht weil ich dachte, sie hätte einen Fehler gemacht, sondern damit Rafe ein paar Minuten ungestört herumlaufen konnte. Ich bezweifelte, dass hier im Pub, der Betriebsstätte von Wallingford Botanicals, allzu viel zu finden wäre. Zweifellos hätten wir im Schutz der Dunkelheit zurückkommen und uns in ihrem Haus umsehen müssen. Es gab keine Anzeichen für polizeiliche Aktivitäten, also hatte man vermutlich die forensischen Untersuchungen abgeschlossen.

Trotz ihres Kummers hatte Tilda perfekte Arbeit geleistet. Die Stoffbeutel waren schön genäht und die Namen auf der Vorderseite aufgestickt. Ich bezweifelte allerdings, dass ich meinen Brautjungfern jetzt diese Geschenke aushändigen würde. Was wäre, wenn sie „versehentlich" auch mit Arsen versetzt worden wären? Das Risiko konnte ich nicht eingehen. Ich wollte Tilda noch ein paar Minuten zum Reden bringen, während Rafe herumschnüffelte, also fragte ich sie, ob sie weiterhin hierbleiben würde.

„Ich glaube ja. Ich hoffe es, aber das hängt von ihrem Ehemann ab. Er erbt alles."

„Ihr Ehemann?" Das war neu. In Karmens Haus hatte es keine Spur von einem Mann gegeben. „Ich wusste gar nicht, dass sie verheiratet war."

„Sie waren schon seit Jahren nicht mehr zusammen. Patrick Herrick betreibt ein Kristallgeschäft in der Stadt. Ich habe ihn gebeten, eine Weiterführung des Betriebs in Betracht zu ziehen. Ich könnte ihn selbst betreiben, wenn ich eine Hilfskraft anstellen würde. Er sagte, er würde es sich überlegen."

Ich versuchte, mir nichts anmerken zu lassen, Patrick Herrick könnte leicht auf Violets Beschreibung des Mannes passen, der Karmen am Tag ihres Todes besucht hatte, als sie und Margret weggefahren waren. Da wir schon einmal hier waren, konnten wir vielleicht auch Herrick's Crystal einen Besuch abstatten.

Im Hauptraum war keine Spur von Rafe. Er war in der Küche und besah sich einen der schablonierten Sprüche. „Diese hier sind interessant", sagte er, als wir in die Küche kamen. „Waren die früher schon im Pub?"

Diese Schablonen waren auf keinen Fall so alt, und wenn ich das wusste, dann wusste er es auch. Er versuchte wohl, Informationen aus Tilda herauszubekommen. Entgegenkommend trat sie näher an ihn heran.

„Das glaube ich nicht. Ich habe immer angenommen, dass Karmen sie dort angebracht hatte. Sie sind auf Lateinisch, nicht wahr? Ich weiß nicht, was sie bedeuten. Ich habe nie daran gedacht, Karmen zu fragen."

„Interessant", sagte er wieder. Und dann sah er mich an. „Bist du so weit?"

Ich nickte, und wir gingen.

Ich wartete, bis wir losgefahren waren, bevor ich fragte: „Und? Hast du etwas gefunden?"

„Nur den Spruch, der an der Wand steht."

„Mein Latein ist ein bisschen eingerostet. Was besagt er?"

„Im Wesentlichen, dass aus einem Schwanenküken ein Schwan wird."

„Das ist kaum eine Offenbarung. Ein Schwanenküken wächst zu einem Schwan heran, na und?"

„Es wird auch mit Alchemie in Verbindung gebracht."

Das war interessant. „Wirklich?"

„Ja. Und das Symbol, das sich neben dem schablonierten Spruch befand, aber ein wenig weiter unten, das ist das Symbol für Arsen." Ich erinnerte mich an das Symbol. Es war ein Dreieck mit der Spitze nach unten und einer Form, die dem Buchstaben A ähnelte, ohne den Querbalken und mit einem winzigen Schnörkel, der von der rechten Seite des offenen A ausging. Wer schmückte seine Wände mit Symbolen, die für ein tödliches Gift standen?

Jetzt fühlte ich mich, als ob ich meine Füße in Eiswasser getaucht hätte. „Arsen hat Karmen getötet."

„Und Arsen hätte dich fast umgebracht, wenn du die Substanz genommen hättest, die in dem Kästchen mit den Runen war."

Er brauchte mich nicht daran zu erinnern. „Und die Botschaft auf der Schachtel ‚Wie oben, so unten' bezieht sich auch auf die Alchemie, richtig?"

„Ja."

„Aber ich verstehe das nicht. Warum sollte sie das alchemistische Symbol für Arsen an ihrer Wand haben?"

„Arsen ist ein starkes Symbol für die Alchemie selbst. Arsen ist in seinem Rohzustand einfach weiß, aber wenn es erhitzt wird, ändert es seine Farbe."

„Aber es ist trotzdem seltsam, sich so etwas an die Wand zu hängen."

„An ihrer Wand hingen viele seltsame Dinge. Ich hatte ein paar Minuten Zeit, mir die verschiedenen Sprüche anzusehen, während ihr beide beschäftigt wart. Sie beziehen sich alle in irgendeiner Weise auf die Alchemie, aber es gab auch Ausschnitte aus verschiedenen Theorien und Lehren. Sie hatte Zitate von Isaac Newton bis Carl Jung."

„Glaubst du, dass sie nur Dinge schabloniert hat, die sie

interessierten? Vielleicht fand sie das Arsensymbol einfach schön."

„Das könnte sein, aber ich glaube es nicht. Ich vermute, dass Karmen wie alle Alchemisten eine Geheimniskrämerin war. Alles war verschlüsselt."

„Du glaubst also, wenn wir den Code knacken könnten, könnten wir herausfinden, wer sie getötet hat?"

„Wenn wir den Code knacken könnten, würden wir vielleicht ihre Rezepte finden."

„Braucht man wirklich ein Rezept, um Blei in Gold zu verwandeln?" Meine Frage war ein bisschen sarkastisch gemeint. Dieser Mann brauchte keinen weiteren Reichtum.

Er sah mich überrascht an. „Nein. Ich möchte verhindern, dass das Rezept in die falschen Hände gerät."

Mich schauderte bei der Vorstellung, dass die falsche Person über einen schier endlosen Vorrat an Gold verfügen könnte. So jemand könnte die internationalen Märkte ernsthaft durcheinanderbringen und Armeen aufbauen. Mir fielen viele Dinge ein, die jemand mit bösen Absichten und einer Menge Geld tun könnte. Ich verstand, warum er sichergehen wollte, dass wir es zuerst schafften. Aber ich glaubte nicht, dass sie Gold produziert hatte. „Rafe, ich glaube, sie hat das Elixier der Jugend gefunden, nicht einen Weg, um Gold zu machen."

Er drehte sich zu mir um. „Ja. Genau. Stell dir vor, eine solche Formel befände sich im Besitz von jemandem mit bösen Absichten."

Wie zum Beispiel ihrem Mörder.

„Vielleicht hat derjenige, der Karmen getötet hat, bereits das, wonach er gesucht hat."

„Das halte ich für möglich, aber ich glaube es nicht."

„Warum?"

Er schüttelte den Kopf. „Instinkt. Manche Dinge kann ich nicht erklären, ich spüre sie einfach."

Ich nickte. Das war etwas, das ich sehr gut verstand und in meinem eigenen Leben erst richtig wahrzunehmen begann. Ich hatte diese leise Stimme der Weisheit zu oft ignoriert, und jetzt versuchte ich, ihr den Respekt entgegenzubringen, den sie verdiente. Und was wollte mir diese leise Stimme jetzt sagen? Ich schloss die Augen und erinnerte mich an die Szene im Pub.

„Glaubst du, dass Tilda etwas weiß?"

„Ich will nicht unhöflich sein, aber ein Blick auf Tildas alternden Teint ist genug, um nein zu sagen."

„Können wir in der Stadt einen Zwischenstopp einlegen? Ich möchte den Kristallladen besuchen." Dann erzählte ich ihm, was Tilda mir erzählt hatte, nämlich dass Karmen mit Patrick Herrick verheiratet war, dem der Laden gehörte. Ich konnte Rafe nicht von den Mondsteinknöpfen mit den winzigen Sonnen und Monden erzählen, aber auch sie waren Symbole der Alchemie. Die Alchemie war plötzlich überall.

„Ich glaube, das könnte der Mann sein, den Violet gesehen hat, als sie und Margaret Twigg an diesem Tag Karmens Grundstück verließen."

„Ihre Beschreibung war so vage, dass sie auf jeden beliebigen Mann mittleren Alters passen würde."

„Stimmt, aber wie viele davon waren mit Karmen verheiratet?" Ich rutschte auf meinem Sitz hin und her. „Außerdem kann ich meinen Brautjungfern diese Cremes jetzt nicht mehr geben. Was ist, wenn sie mit Arsen versetzt sind? Aber es gab ein paar sehr schöne Armbänder in Herricks Kristallladen."

„Ok." Rafe fand einen Parkplatz, und wir gingen zu dem Kristallgeschäft.

Glücklicherweise war Patrick Herrick allein in seinem Geschäft und hatte eine Zeitung auf der Theke ausgebreitet. Falls er mich erkannt hatte, ließ er sich das nicht anmerken. Ich war sehr froh, dass er nicht fragte: „Und, passen die Mondsteinknöpfe zu Ihrem Brautkleid?", denn ich wollte, dass jeder Teil meines Kleides eine Überraschung für Rafe blieb. „Guten Tag. Suchen Sie etwas Bestimmtes?"

„Ja." Ich entschied mich für ein wunderschönes Armband aus Sterlingsilber mit einem eingefassten Aquamarin. „Ich hätte gern vier von denen hier, aber jedes mit einem anderen Stein. Könnte ich sie innerhalb einer Woche haben?"

„Wenn ich die Steine habe, sehe ich kein Problem."

„Wunderbar. Ich hatte geplant, meinen Brautjungfern Geschenke von Wallingford Botanicals zu machen, aber jetzt, wo Karmen tot ist ..." Ich brach ab und beobachtete ihn aufmerksam. Seine grauen Augen blickten schärfer, aber er sagte nur: „Eine sehr traurige Angelegenheit."

„Sie waren mit ihr verheiratet, soviel ich weiß."

„Seit Jahren nicht mehr." Er nahm das Armband aus der Vitrine. „An welche Steine hatten Sie gedacht?"

„Serpentin für eine Frau, die den Garten liebt. Es ist ein Stein, der eine Verbindung zur Natur herstellt." Auch wenn Olivia keine Brautjungfer war, wollte ich, dass sie eines der Armbänder bekam.

Er nickte, suchte mir ein paar Steine aus, und ich wählte einen, der die Farbe von Moos hatte und von gelben Streifen durchzogen war.

„Für meine Freundin, die ihr erstes Kind erwartet, dachte ich an roten Jaspis."

Er nickte. „Der Ernährer. Eine ausgezeichnete Wahl."

Dann sagte ich ganz beiläufig, während ich die Steine betrachtete: „Ich mag die Cremes von Wallingford Botanicals sehr. Werden Sie das Unternehmen weiterführen?"

„Ich weiß es noch nicht."

Für Violet dachte ich an Gagat, der gut für Hellsehen und Intuition war und erdend wirkte. Außerdem trug sie viel Schwarz.

Immer wieder fiel mein Blick auf das Aquamarin-Armband. Ich war unschlüssig, was ich Jennifer inmitten einer großen Lebensumstellung schenken sollte. Jade als Glücksbringer? Opal für Magie und Visionen? Aber eigentlich war der Aquamarin ein Stein, der mit dem Strom schwamm. Gut für die Klarheit, was für jemanden, der eine Übergangsphase durchlief, perfekt war. Und er war so schön. Ich konnte mir das Aquamarinarmband an Jens Handgelenk vorstellen.

Nachdem ich meine Wahl getroffen hatte, zückte ich meine Karte, um zu bezahlen. „Wann wird Karmens Beerdigung stattfinden? Ich würde gerne teilnehmen. Ich kannte sie nicht gut, aber wir hatten Kontakt."

Als er meinen Einkauf abrechnete, sagte er: „Die Polizei hat ihre Leiche noch nicht freigegeben. Aber um Sie schon mal vorzuwarnen, sie hat ein Waldbegräbnis gewollt. Ganz zu schweigen davon, dass sie ein verdammt großes Mausoleum im Garten hinter dem Haus hat." Der gereizte Ton, in dem er über ihre letzten Wünsche sprach, klang wirklich sehr nach Ex-Mann.

Waldbegräbnisse waren bei Hexen beliebt, um ihre irdischen Körper wieder der Natur zu übergeben. Wie oben, so unten.

Er sagte, er würde mir Bescheid geben, wenn er einen Begräbnistermin hätte, aber ich dachte mir, dass ich den eher über den Hexenzirkel erfahren würde. In vier Tagen sollte ich wiederkommen, dann würde er die Armbänder fertig haben.

Als wir wieder im Auto saßen, fragte ich Rafe: „Meinst du, er hat seine Ex-Frau umgebracht?"

„Offenbar gar nicht Ex. Es klang so, als hätten sie sich nie die Mühe gemacht, sich scheiden zu lassen."

„Das alte Pub, das Haus und das Stück Land, auf dem es steht, müssen einen ganz schönen Wert haben", sagte ich.

„So viel, dass man deswegen seine frühere Ehefrau ermordet?"

War nicht gerade das die Frage?

# KAPITEL 16

*A*uf der Rückfahrt nach Oxford sagte ich: „Wenn Patrick Herrick Karmen getötet hat, dann jedenfalls nicht wegen ihres Jugendelixiers, so alt wie er aussieht."

„Da hast du recht. Wenn der Mörder das Jugendelixier in seinem Besitz hat, wird er es wohl auch benutzen."

„Also suchen wir jemanden mit unnatürlicher, jugendlicher Attraktivität und schön straffer Haut." Ich warf einen Seitenblick auf ihn. „Der nicht zufällig ein Vampir ist."

„Das wäre anzunehmen."

„Wo sollen wir diese Person finden? So sehen ja auch Menschen aus, die wirklich jung sind."

„Niemand hat gesagt, es würde einfach sein. Und Karmen hat, wie viele Alchemisten vor ihr, alles in ihrer Macht Stehende getan, um ihren Werdegang zu vernebeln."

„Meinst du nicht, dass sie ihn völlig verborgen hat?"

„Das wäre ungewöhnlich. Sie musste in der Lage sein, ihr Rezept immer wieder herzustellen. Und es eventuell weiterzugeben. Nein, ich nehme an, alles ist gut versteckt. Zweifellos hat sie auch ein Labor, das ebenfalls gut versteckt ist."

Nach einer Weile sagte er: „Wir müssen ihr Haus und ihr Grundstück durchsuchen."

Ich hatte gewusst, dass wir an diesen Punkt gelangen würden, aber ich scheute mich trotzdem. „Rafe, und was ist, wenn wir erwischt werden? Wir wollen in einer Woche heiraten. Ich möchte die Hochzeit nicht verschieben müssen, weil einer von uns beiden im Gefängnis sitzt."

„So weit wird es nicht kommen", sagte er zuversichtlich.

Da war ich mir nicht so sicher. Außerdem wollte ich eigentlich meine Hochzeit planen und nicht die nächste Woche damit verbringen, nach alten, vermoderten Alchemisten-Geheimnissen zu suchen. Ich hatte Jennifer zu Besuch und wollte mit ihr Dinge unternehmen und unsere gemeinsame Entdeckung, dass wir beide Hexen waren, weiter erkunden.

Normalerweise wäre ich mit Rafe nach Hause gefahren, aber ich hatte ja einen Gast. Also ließ ich mich an meiner Wohnung absetzen. „Mach dir keine Sorgen", sagte er und gab mir einen Gutenachtkuss.

Das wollte ich versuchen, aber ich bezweifelte, dass es mir gelingen würde. Als ich hinaufging, war ich müde und unruhig, aber wenigstens hatte ich die Geschenke für die Brautjungfern besorgt.

Als ich meine Wohnung betrat, zog mir eine Mischung von Düften in die Nase, die mich sofort in meine Kindheit zurückversetzten. Um jemanden in die Vergangenheit zurückzuzaubern, kann die Nase so gut sein wie ein Zauberstab.

Sofort hellte sich meine Stimmung auf. Karmen war zwar immer noch tot. Und es ging etwas sehr Merkwürdiges vor sich, ja, ich könnte sogar in Gefahr sein. Aber Jennifer war hier, und es duftete nach Popcorn und heißer Schokolade. Ich rannte die übrigen Treppenstufen hinauf und fand sie in meinem Wohnzimmer.

Sie sagte: „Ach gut. Ich hatte Angst, ich hätte das Popcorn zu früh aufgestellt." Mit prüfendem Blick sah sich mich an. „Alles in Ordnung?"

Ich ließ mich neben ihr auf die Couch fallen. „Jetzt geht es mir schon besser."

„Du hast bestimmt tausend Dinge zu tun, aber heute Abend machen wir eine Zeitreise zurück."

Sofort gefiel mir die Idee. „Ich ziehe mir nur schnell den Jogginganzug an. Ich bin gleich wieder da."

Ich rannte nach oben und wusch mir gründlich die Hände und das Gesicht, nur für den Fall, dass irgendetwas aus der Werkstatt einer Alchemistin an mir haftete, in der diese das Symbol für Arsen gut sichtbar an der Wand hängen hatte. Als ich wieder hinunterging, hätte ich schwören können, meine Schritte wären leichter, so, als wäre ich wieder dreizehn. Auf dem Tisch vor der Couch standen zwei riesige Schüsseln Popcorn mit viel Butter, genauso, wie wir beide es mochten. Daneben stand eine Schale mit gemischten amerikanischen Süßigkeiten, über die ich laut lachen musste.

„Erdnussbuttertörtchen? Herseys Riegel. Und sind das Gummiwürmer?"

„Na klar. All die Dinge, die wir als Kinder geliebt haben. Ich habe sogar Lakritze."

„Affengeil", sagte ich und klang sogar wie in den Neunzigern.

Jennifer ging in die kleine Küche und goss aus einem Topf, den sie auf dem Herd warmstehen hatte, heiße Schokolade in zwei große Tassen. „Das hätte ich uns alles auch hexen können, aber es hat mehr Spaß gemacht, es auf die altmodische Art zu machen." Sie gab ein paar Marshmallows auf die heiße Schokolade und kam herüber.

Wir legten beide unsere Füße auf den Couchtisch und schnappten uns eine Schüssel Popcorn und ein Geschirrtuch.

„Bist du bereit für meine Überraschung?"

„Gibt es noch mehr?"

Sie lachte, schaltete den Fernseher ein, wo eine Folge von *Friends* lief. „Ich musste einfach eine Zusammenstellung für dich machen. Ich wollte eigentlich nur die Episoden abspielen, wo sie zu Ross' Hochzeit nach London fahren, aber er heiratet das Mädchen ja nie. Das kam mir vor wie ein schlechtes Omen."

Ich konnte kaum glauben, wie viel Mühe sie sich gemacht hatte. „Das wird so lustig!" Und so dachte ich einen Abend lang nicht über Alchemie, Hexen oder gar Hochzeitsplanung nach. Ich schaltete mein Handy aus, machte es mir mit meiner weltbesten Freundin gemütlich, mampfte Popcorn und reiste in die Vergangenheit. Am Ende der zwei Stunden schnieften wir beide ein wenig, als sich die Darsteller von *Friends* aus ihrer Wohnung verabschiedeten.

Sie sagte: „Kaum zu glauben, wie schnell die Zeit vergeht. Lucy, wir werden dreißig."

„Ich weiß. Ich dachte, ich wüsste inzwischen, wer ich bin."

„Nun, wir wissen viel mehr als damals, als wir diese Serie geschaut haben."

Das war richtig. Obwohl das Leben damals viel einfacher gewesen war, als all meine Träume und Hoffnungen sich darauf richteten, Chandler zu heiraten. Jennifer gehörte eher zum Fanclub von Joey, also gab es nicht einmal in dieser

Hinsicht Konflikte zwischen uns. Eigentlich war es erschreckend, wie gut wir zusammenpassten. Natürlich konnten wir es uns jetzt besser erklären. Wahrscheinlich hatten wir die ganze Zeit unbewusst unsere Magie genutzt. Ich wette, wenn es einen Film gab, den ich sehen wollte und sie nicht, und sie dann plötzlich ihre Meinung änderte, hatte ich sie unbewusst manipuliert. Und als sie sich Ugg-Stiefel wünschte und ich behauptete, sie seien zu teuer, fanden wir uns plötzlich im Laden wieder und kauften zwei Paar Ugg-Stiefel in aufeinander abgestimmten Farben. Wahrscheinlich hatte sie mich verhext. Ha.

„Vergiss nicht, dass wir morgen Kleider für die Brautjungfern kaufen", mahnte ich.

Sie stöhnte und fasste sich an den Bauch. „Hatte ich ganz vergessen. Du hättest mich nie das ganze Junkfood essen lassen sollen. Wir müssen früh aufstehen und joggen." Wir schworen uns beide, dass wir am nächsten Tag joggen gehen würden, was wir auch mit dreizehn gesagt aber nur sehr selten getan hatten, und gingen beide nach oben ins Bett.

# KAPITEL 17

*A*m Samstagmorgen vergaßen Jen und ich beide das Joggen. Scarlett und Polly kamen rechtzeitig zur Ablösung ins Cardinal Woolsey's. Ich hatte einen Termin bei einem örtlichen Brautausstatter vereinbart, wo die Inhaberin versprach, sie habe genug Kleider auf Lager und könne alle Änderungen rechtzeitig vornehmen. „Aber Sie sind ein bisschen spät dran", hatte sie gemosert. Ich wusste, dass eine Woche in der Welt der Hochzeitsplanung keine lange Zeit war, aber ich hatte warten wollen, bis alle Brautjungfern gemeinsam einkaufen gehen konnten.

Wir trafen uns in der Brautboutique, und alle waren gut gelaunt, sogar Violet.

Tara, die den Laden leitete, war ungefähr so alt wie ich, und schon fünf Minuten nach unserer Ankunft wusste ich, dass wir hier richtig waren. Sie war geschmackvoll gekleidet, und ihre Kleider waren wunderschön.

Sie fragte nach dem Veranstaltungsort, und Jen, als meine geniale Freundin, zückte ihr Handy und zeigte Tara Fotos vom Garten und der Veranda von Rafes Haus.

„Was für ein atemberaubender Ort", sagte Tara mit dem Akzent eines vornehmen Mädchens. „Ich liebe Gartenhochzeiten."

Ich zeigte ihr ein Foto meines Kleides, und sie lobte die Handarbeit und sagte, der Schnitt sei perfekt für mich. Es war schön, das von jemandem aus der Branche zu hören. „Gut", sagte sie, „ich werde ein paar Sachen heraussuchen, von denen ich glaube, dass sie zu Ihnen allen und auch zu Lucys Kleid passen."

Sie und eine Verkäuferin brachten drei Kleider in den vorderen Ausstellungsraum: ein Kleid mit Blumenmuster und herzförmigem Ausschnitt, ein langes lavendelfarbenes Kleid mit kurzen Ärmeln und ein blassgrünes ärmelloses, ebenfalls bodenlanges Kleid mit geradem Schnitt.

Ich wusste sofort, welches mir gefiel, aber ich schaute mir die anderen an und wartete auf ihre Meinung.

„Mir gefällt das grüne", sagte Vi.

„Mir auch", stimmte Jen zu.

„Mir gefällt es auch am besten, aber was ist mit dem Bauch?", fragte Alice und erklärte dann schüchtern, aber sehr stolz, dass sie schwanger sei.

„Probieren wir sie erst einmal an", schlug die sehr praktische Tara vor. „Warum probieren Sie nicht alle das grüne an und dann sehen wir weiter."

„Ich habe Größe sechs", verkündete Jen.

„Nicht in Großbritannien", informierte Tara sie und reichte ihr ein Kleid.

Sie beäugte die beiden anderen Frauen und reichte ihnen ebenfalls je ein Kleid. Sie machte das wirklich gut.

Ich saß in einem Plüschsessel, umgeben von Spiegeln,

und wartete, während die drei Brautjungfern in die Umkleidekabinen gingen.

Als sie in ihren grünen Kleidern herauskamen, sahen sie alle umwerfend aus. Über der Taille war der Stoff leicht zur Seite geschwungen, was Alices kaum vorhandene Schwangerschaftsanzeichen verdeckte und die beiden anderen schlanker wirken ließ. Sie zupften die Kleider zurecht und besahen sich kritisch von hinten, dann stellten sich alle drei nebeneinander. „Was meinst du?"

„Ich finde, ihr seht alle wunderschön aus." Wirklich. Die Farbe stand allen gut und die Kleider waren schlicht und klassisch.

Sie probierten die beiden anderen Kleider auch noch an, nur um sich zu vergewissern, dass sie richtig gewählt hatten, aber wir waren uns alle einig, dass das grüne Kleid das beste war. Es mussten noch ein paar Änderungen vorgenommen werden, aber die waren nur geringfügig, und Tara versprach, dass die Kleider bis Mittwoch fertig sein würden. So würden mir bis zur Hochzeit noch einige freie Tage bleiben.

Wir machten uns noch auf die Suche nach Schuhen und entschieden uns für silberne Sandalen, die Alice ausgesucht hatte und die uns allen gefielen.

Danach gingen wir natürlich zum Mittagessen. Für Jen war es schön, Alice und Violet besser kennen zu lernen, und ich freute mich, dass Violet guter Laune war. Ich vermutete, sie brauchte das Gefühl, bei der Hochzeit mehr dazuzugehören.

Wir tranken noch einen Kaffee, und dann sagte Alice, sie müsse zurück. Violet hatte noch andere Einkäufe zu erledigen, sodass Jen und ich allein zurückblieben. „Willst du noch irgendwo hingehen?", fragte ich, weil ich dachte, ich könnte sie ein bisschen herumführen.

„Am liebsten würde ich zu Rafes Haus gehen. Jetzt, wo wir die Brautjungfernkleider ausgesucht haben, müssen Olivia und ich noch Bänder aussuchen und dafür sorgen, dass alle Blumen und Pflanzen in Ordnung sind."

Ich fand es phänomenal, wie ernst Jen ihre Pflichten nahm, und freute mich darauf, den Nachmittag im Croyser Herrenhaus zu verbringen. Es war ein schöner Nachmittag, und ich war sicher, dass William noch Fragen an mich hätte.

Ich rief Rafe an, um ihm mitzuteilen, dass wir auf dem Weg zu ihm waren, und um drei Uhr fuhren wir in die Einfahrt. „Jedes Mal, wenn ich hierherkomme, habe ich das Gefühl, in ein britisches Theaterstück geraten zu sein", sagte Jen und griff bereits nach Futter für Henri.

Wir verbrachten einen arbeitsreichen Nachmittag damit, Dinge wie die Beleuchtung für den Hochzeitsempfang nach Sonnenuntergang zu planen, und während William noch tausend Details mit mir durchging, arbeiteten Jen und Olivia an der Dekoration.

Rafe ging ein und aus und wirkte, als sei er mit seinen Gedanken woanders. Irgendwann kam Lochlan mit seiner Aktentasche herein. Rafe hatte ihn im Gästeflügel untergebracht, da er während seines Aufenthalts geschäftlich in Oxford und London zu tun hatte.

Schließlich folgte ich Rafe in sein Arbeitszimmer, wo er über dem verzauberten Alchemiebuch brütete. „Kein Glück?", fragte ich. „Vielleicht muss der Zauber erst aufgehoben werden."

„Aber das Buch ist doch gut lesbar. Ich vermute, dass das Buch auf zwei Ebenen funktioniert."

„Wie die Alchemie?", fragte ich ihn. „Wie oben, so unten."

„Genau." Er schob das Buch beiseite. „Und der Tod dieser Hexe macht mir auch zu schaffen. Die Polizei hat nur wenige Hinweise in diesem Fall."

Da kam mir eine Idee. „Rafe, wie wäre es, wenn wir eine Sondersitzung des Vampir-Strickclubs einberufen? Kein normales Stricktreffen, sondern eines, bei dem verschiedene Gehirne sich mit Karmens rätselhaftem Tod beschäftigen."

„Das ist keine schlechte Idee. Mir fällt wirklich nichts mehr ein. Lochlan hat auch einen guten Kopf für so etwas."

Ich wollte das Treffen nicht wie üblich im Hinterzimmer meines Ladens abhalten, weil Mom die Angewohnheit hatte, zu mir nach Hause zu kommen, wann immer ihr danach war. Was wäre, wenn sie plötzlich hereinschneite, um mich zu besuchen? Und ich im Hinterzimmer mit einer Gruppe Vampire zusammensäße, zu der auch ihre eigene Mutter gehörte? Ich dachte nicht, dass das gut ausgegangen wäre. Wir hatten uns bei der Hochzeitsplanung bisher so gut verstanden, dass ich die gute Stimmung nicht kaputt machen wollte.

„Wir halten die Sitzung hier ab", sagte Rafe. Er schien von der Idee recht angetan zu sein. „Heute Abend?"

Ich hob beide Hände. „Ich habe keine anderen Pläne. Und Jen lernt die anderen Vampire kennen."

Lochlan und Jen sagten beide, sie seien dabei, also organisierte Rafe alles mit den anderen Vampiren. Es war nicht das erste Mal, dass wir uns bei ihm zu Hause trafen, und es war ein leichtes Unterfangen. So viele wie möglich stiegen in den Bentley, und Carlos, der Student vom Cardinal College, der sich mit Hester angefreundet hatte, nahm in seinem Auto auch einige der Vampire mit.

NANCY WARREN

Obwohl wir als Detektive zusammenkamen, hatte trotzdem jeder sein Strickzeug dabei. Einschließlich Jennifer. Ich hatte noch einen halbfertigen Winterschal, den ich bei Rafe hatte liegen lassen, den holte ich ohne Begeisterung heraus.

Ich stellte sie allen vor, und sie setzte sich neben Granny. Sie schienen ihre Freude aneinander zu haben und unterhielten sich bis zum Beginn der Sitzung.

Lochlan strickte nicht, also stand er am Whiteboard. Daran schien er durchaus gewöhnt zu sein. Ich nahm an, dass ein Mann, der eine High-Tech-Firma leitete, häufig Dinge auf Whiteboards kritzelte – auch wenn es dabei hoffentlich nicht sehr oft um Mordermittlungen ging.

Er begann damit, den Namen der toten Hexe oben auf die weiße Tafel zu schreiben. Karmen Herrick. „Was wisst ihr über sie?", fragte er laut, und während wir sagten, was uns einfiel, schrieb er folgende Stichpunkte:

- Alchemistin, sah viel jünger aus als ihr tatsächliches Alter
- wurde als „Böse Hexe von Wallingford" bezeichnet (Grannys hatte es sich nicht verkneifen können)
- starb an einer Arsenvergiftung
- letzte Worte: „Das Buch"
- Inhaberin von Wallingford Botanicals.

Ich hatte die Fotos von den schablonierten Sprüchen ausgedruckt, die ich in ihrer Küche gemacht hatte, und wir reichten sie herum.

Als sie bei Jennifer ankamen, schaute sie sehr genau hin,

bevor sie sagte: „Rafe, hast du irgendwelche Alchemiebücher? Wie sehen die anderen Symbole aus?"

Natürlich hatte Rafe jede Menge Bücher über Alchemie, wahrscheinlich alle, die jemals gedruckt worden waren. Er brachte ihr eine Auswahl, darunter auch die, die er auf mysteriöse Weise erworben hatte, und während das Treffen weiterging, sah ich zu, wie Jennifer eines nach dem anderen durchblätterte. Ich ahnte, dass sie etwas vorhatte und sich melden würde, wenn sie etwas zu sagen hätte.

Als Letztes kam sie zu dem seltsamen neuen/alten verhexten Buch, und als eine Pause entstand, sagte Jennifer: „Ich glaube, ich habe etwas gefunden."

Natürlich drehten wir uns alle zu ihr um. Sie sah Lochlan an. „Darf ich?" Dann erhob sie sich und trat vor. Er reichte ihr bereitwillig den Stift für das Whiteboard, und sie zeichnete das Arsensymbol.

Dann zeichnete sie ein zweites. Ich war mir nicht sicher, worauf sie damit hinauswollte.

Es war Theodore, der sagte: „Sie sind nicht genau gleich." Als Künstler hatte er wirklich einen Blick fürs Detail.

„Nein?", fragte ich. Ich konnte den Unterschied nicht erkennen.

Sie nickte und dann nickte sie Theodor zu, als sei er ihr Musterschüler. „Genau. Schaut euch das an." Und sie kreiste einen Schnörkel am unteren Rand des Arsensymbols ein, das mit der Stencil-Schablone auf die Wand von Karmens Werkstattküche gemalt worden war. Und dann schlug sie das geheimnisvolle Alchemiebuch auf, und da war das gleiche Schnörkelchen. „Aber in den normalen Alchemiebüchern hat das Symbol für Arsen dieses Schwänzchen nicht."

„Das ist sehr klug von dir, Liebes", sagte Granny, so stolz, als wäre Jen eine weitere Enkelin von ihr.

Sie nickte selbstzufrieden. Ich reichte das Buch herum, und meine Brust schwoll vor Stolz an. Jennifer war nicht ohne Grund meine beste Freundin. Und die Vampire, denen es definitiv etwas unangenehm war, eine weitere Sterbliche unter sich zu haben, wurden sofort warm mit ihr. Ich konnte mir vorstellen, dass sie am Ende des Abends sogar Ehrenmitglied des Clubs sein würde. Immerhin konnte sie im Gegensatz zu mir tatsächlich stricken.

Rafe sagte: „Gut gemacht, Jennifer." Er war immer großzügig mit Lob, wenn jemand etwas richtig gemacht hat.

„Aber was bedeutet das?", fragte Hester, die die ganze Zeitlang leidend dreingeblickt hatte. Ich dachte, sie würde sich nur ärgern, dass sie es nicht selbst herausgefunden hatte.

„Ich glaube, es bedeutet", sagte Jennifer, „dass dieses Buch der bösen Hexe von Wallingford gehörte. Und ich lehne mich jetzt einmal sehr weit aus dem Fenster und behaupte, dass sie das Buch verhext hat." Sie tippte auf das Wort „Buch" an der Tafel. „Und das meinte sie, als sie ‚das Buch' als die letzten Worte vor ihrem Tod sprach." Jen wandte sich Rafe zu. „Wusste sie, dass du das Buch hattest?"

„So langsam glaube ich, dass sie es mir selbst geschickt hat", sagte Rafe.

„Wenn wir den Bann dieses Buches brechen können, finden wir vielleicht heraus, wer sie ermordet hat."

Es herrschte Schweigen im Raum, als wir alle dies zur Kenntnis nahmen.

„Aber wie willst du den Bann brechen?", fragte Granny. „Ich finde, es sah sehr fest verschlossen aus."

Da kam mir eine Idee. „Wir haben es geschafft, einen

Zauber umzukehren, mit dem die Hexe Karmen Violet belegt hatte. Mit den vereinten Kräften von mir, Violet, meiner Großtante Lavinia und" – hier spürte ich, wie meine Stimme stockte – „und Margaret Twigg, der Leiterin unseres Hexen-zirkels."

Jennifer nickte, als ob das eine gute Idee wäre. „Die kombinierte Kraft der richtigen Energie könnte also ausrei-chen, um den Bann zu brechen."

„Ich glaube ja. Vielleicht."

„Ich verstehe immer noch nicht, warum diese Hexe versucht hat, Lucy mit einem vergifteten Lebenselixier zu töten, das ihr in einem mit Runen verzierten Kästchen zuge-stellt wurde", sagte Granny.

Jennifer schrieb an die Tafel: *Wie oben, so unten.* „Das war die grundlegende Botschaft der Runen, richtig?"

Rafe stimmte zu, dass es so war.

Sie klopfte mit dem Stift gegen den Spruch. „Das ist eines der wichtigsten Mottos der Alchemie, und es war die Botschaft auf dem Runenkästchen."

Wir sahen sie alle an und warteten auf den nächsten Teil, aber sie schien keine Lust mehr zu haben.

Rafe fuhr fort: „Und der Schwan wird in der Alchemie oft als Symbol für Arsen verwendet."

Erregung durchfuhr mich. „Aus dem Küken wird der Schwan. Ein weiterer mit der Schablone gemalter Spruch an ihrer Wand. Sind das Hinweise? Wie bei einer Schatzsuche?"

Sylvia schien all das recht zynisch zu beobachten. Gleich-zeitig strickte sie eifrig. Doch plötzlich legte sie ihr Strickzeug beiseite und sagte: „Es ist mir völlig egal, wer diese Frau getötet hat. Aber ich habe einen extrem hohen Preis gezahlt, um Lucy genug von dem Lebenselixier zu kaufen, damit sie jahrhundertelang jung und schön bleibt. Das ist alles, was mich interessiert. Also, wo ist das Rezeptbuch dieser Frau? Wo ist das Elixier, das sie wer weiß wie lange eingenommen hat? Das will ich wissen."

Lochlan nickte. „Wir sollten vielleicht ihr Alchemielabor ausfindig machen. Wenn es ihr gelungen ist, das Lebenselixier herzustellen, dann hast du recht. Es sollte nicht in die falschen Hände geraten."

„Wie oben, so unten. Hatte sie Schwäne?", fragte Granny.

Sylvia legte plötzlich ihr Strickzeug ab und erhob sich. „Ich weiß nicht, was ihr meint, aber ich finde, die Zeit ist reif. Wir brauchen Schaufeln und ein paar starke Rücken. Irgendwo im Haus der Hexe oder auf ihrem Grundstück werden wir das Elixier finden. Wer kommt mit?"

Jennifer drehte sich um und starrte mich erschrocken an. Ich zuckte mit den Schultern. Bei Sylvia konnte mich nichts mehr überraschen. Außerdem waren die Vampire, wenn es für uns Zeit war, ins Bett zu gehen, am aktivsten.

„Das scheint mir eine ausgezeichnete Idee zu sein", sagte Carlos. „Ich habe einen starken Rücken. Ein bisschen zu graben macht mir nichts aus."

Nachdem der junge, attraktive Spanier gesprochen hatte, waren sich alle Vampire einig, dass sie ebenfalls einen starken Rücken hatten und sich nichts Schöneres vorstellen konnten, als mitten in der Nacht den Garten einer Hexe in Wallingford umzugraben.

Rafe sah mich fragend an, und ich nickte. Ich hätte heute Nacht sicher sowieso nicht schlafen können. Da könnten wir auch einen Ausflug machen.

Er sagte: „Olivia wird jetzt zu Bett gegangen sein, aber in

den Nebengebäuden sind Schaufeln und alle erdenklichen Gartengeräte. Bedient euch."

Carlos führte alle hinaus. Nur Granny und Sylvia blieben zurück. Ich hätte auch nicht angenommen, dass Sylvia diejenige sein würde, die sich die Hände schmutzig machte. Ihr lag Management eher als Arbeit.

„Glaubst du, sie hatte wirklich das Lebenselixier?", fragte Jennifer.

Sylvia nickte.

„Wow. Das wäre cool", sagte sie.

Ich nickte.

„Und möglicherweise gefährlich", mahnte Jennifer. „Ich habe diese Alchemiebücher durchgesehen. Viele ihrer Rezepte enthielten in kleinen Mengen Arsen." Sie hob ihre Hände. „Und ich glaube, die meisten wirkten nicht."

„Wenn Karmens Elixier sie weit über ihre natürliche Lebensspanne hinaus am Leben gehalten hat, kann ein wenig Arsen ihr nicht viel geschadet haben", sagte Sylvia, die gerade eine Reihe zu Ende strickte.

Lochlan sagte: „Es kommt immer auf den richtigen Ausgleich an."

„Du brauchst nicht mitzukommen", sagte ich zu Jennifer. „Du bist bestimmt müde."

Sie sah mich an. „Machst du Witze? Das lasse ich mir nicht entgehen."

Also beschlossen wir, dass alle in denselben Autos fahren würden, mit denen sie bei Rafe angekommen waren, außer dass Jennifer und ich mit Rafe in seinem Land Rover fahren und Lochlan mitnehmen würden. Leider wurde Olivia durch den Lärm und die Unruhe mehrerer Vampire, die sich an den

Gartengeräten aus ihrem Schuppen bedienten, geweckt und stolperte mit verständlicherweise verärgertem Blick hinaus.

Als sie hörte, was los war, wollte sie erst einmal mitkommen, aber Rafe meinte, es seien schon zu viele Leute dabei.

Als Alfred, Theodore und Hester mit verschiedenen Spaten und Hacken ankamen, an denen zum Teil noch Erde klebte, flippte Sylvia aus. „Der ganze Dreck kommt mir nicht in den Bentley."

Olivia war zwar noch verschlafen, aber ihr entfuhr ein Glucksen. „Warum nehmt ihr nicht den Jeep?"

Das erwies sich als fabelhafte Idee, und nachdem wir alle Schaufeln und Spitzhacken lautstark in den Jeep geladen hatten, machten wir uns auf den Weg.

„Glaubst du wirklich, dass wir das Elixier finden werden?", fragte Jennifer. Sie saß mit Lochlan auf dem Rücksitz, und ich saß vorne neben Rafe. Ich war mir nicht sicher, an wen sie die Frage gerichtet hatte, aber nach einer kurzen Pause antwortete Rafe.

„Ich denke, das ist zu einfach."

Das war interessant, denn ich hatte in gewisser Weise das gleiche Gefühl. Aber wenn Sylvia eine Entscheidung traf, war es einfacher, ihr zu folgen, als mit ihr zu streiten. Außerdem hätte sie recht haben können, und wir mussten vielleicht nur an der richtigen Stelle graben, um den geheimen Vorrat der Hexe für ewige Jugend zu finden. Und wenn wir schon mal da wären, könnten wir vielleicht auch in Karmens Haus gehen und uns noch einmal umsehen. Ich war mir sicher, dass wir etwas übersehen hatten. Ein Hinweis, der uns verraten konnte, wer sie ermordet hatte.

Glücklicherweise lag Karmens Grundstück weit abseits von allen anderen Häusern und es war sehr unwahrscheinlich, dass irgendwelche Nachbarn die Polizei alarmieren würden. Trotzdem gingen wir kein Risiko ein. Wir parkten auf der Straße, die zu ihrer Einfahrt führte, anstatt in die Einfahrt selbst einzubiegen. Das bedeutete, dass wir zu Fuß ihren Privatweg entlanggehen mussten. Natürlich hatten die Vampire ein ausgezeichnetes Nachtsichtvermögen, so dass wir keine Taschenlampen brauchten. Ich konnte nachts auch recht gut sehen, aber nicht so gut wie Vampire. Der Mond stand zwar am Himmel, aber er war teilweise von Wolken verdeckt. Mit war etwas unheimlich.

Jennifer kam neben mich und sagte: „Dieser Ort ist gruselig", und ich wusste, dass sie es auch spürte.

Dann blieben wir stehen. Rafe hob die Hand. Er drehte sich um und sagte leise: „Hört ihr das?"

Ich spitzte die Ohren. Ich hatte ein ziemlich gutes Gehör, aber ich hörte nichts. *Moment.* Es hörte sich an, als würde Kies knirschen.

Sylvia sah Rafe an. „Jemand ist uns zuvorgekommen."

# KAPITEL 18

*R*afe sagte: „Wartet hier. Ich gehe zuerst."

Sylvia trat vor. „Ich komme mit."

Er widersprach nicht, und die beiden schlichen schweigend weiter.

Plötzlich drehte sich Sylvia um und flüsterte: „Lucy, du kommst besser auch mit."

Ich begann, ihr zu folgen, und Jennifer sagte: „Also, ich bleibe nicht allein mit lauter Vampiren zurück", und dann kam sie mit. Eigentlich glaubte ich nicht, dass es ihr etwas ausgemacht hätte, bei den Vampiren zurückzubleiben. Sie wollte nur nichts verpassen.

Hinter mir spürte ich Hesters Unruhe. Ich wusste, wenn jemand anderes als Sylvia ihr gesagt hätte, sie solle an Ort und Stelle bleiben, wäre sie uns auch gefolgt. Aber Hester gehorchte Sylvia immer, und da alle taten, was sie ihnen sagte, nahm ich an, dass ihr alle immer gehorchten.

Als wir zwischen dem Pub und dem Cottage ankamen, wurde das Geräusch lauter. Es war, als würde Metall auf Stein schaben. Wir gingen weiter, bis dort, wo sich Karmens Grundstück hinter Pub und Cottage ziemlich weit erstreckte. Die Gärten dort waren schön, und dahinter ragte ein Gebäude aus dem Boden, das im Mondlicht gespenstisch aussah.

Patrick Herrick hatte gesagt, dass sich auf dem Grundstück ein Mausoleum befand. Das musste es sein, obwohl es in der Nähe keine Kirche gab und ich keine anderen Gräber sehen konnte. Das Mausoleum sah alt aus, und der Eingang wurde von zwei steinernen Schwänen auf römischen Sockeln bewacht. Rafe ging zwei Stufen hinauf bis zu einer dicken Holztür, die verschlossen werden konnte. Allerdings stand die Tür offen, und je näher wir kamen, desto deutlicher wurde das Geräusch. Es war jemand drin. Als Rafe die Tür aufstieß, sah ich einen Lichtschimmer.

Obwohl ich nicht allein war, sondern mächtigen Kreaturen bei mir hatte, bekam ich Herzklopfen.

Wir traten ein. Ich glaube, Rafe gab mir und Jennifer ein Zeichen, dass wir zurückbleiben sollten, aber wir taten natürlich so, als hätten wir es nicht gesehen. Ich war zwar nervös, aber ich wollte mir die Aufregung nicht entgehen lassen.

Es war ein Mausoleum, oder zumindest gewesen. Ich konnte gerade noch die Regale erkennen, auf denen sich zu meiner Erleichterung weder Leichen noch Särge noch Urnen befanden. Leicht hätte man die zweite Tür übersehen können, die in die Wand eingelassen war, aber auch sie war offen. Und eine Steintreppe führte nach unten, wer weiß wohin. Aber von unten drang ein Lichtschein nach oben.

Rafe ging als Erster die Treppe hinunter, Sylvia folgte ihm

auf dem Fuß. Danach schlichen wir hinunter, ich zuerst, und Jennifer bildete das Schlusslicht. Die Steinstufen waren ziemlich glatt, als ob sie häufig benutzt worden wären. Sie zerbröckelten nicht und fielen nicht auseinander, wie ich erwartet hätte. Dies musste die Krypta sein, und ich hoffte inständig, dass sie genauso leer wäre wie das Mausoleum.

Die Treppe bog um eine Ecke, und als ich um die Kurve ging, war das Licht so hell, dass es mich fast blendete. An der Decke hingen Leuchtstoffröhren. Ich roch die nasskalte Feuchtigkeit dieses unterirdischen Steingewölbes.

Alle Särge oder Leichen, die hier unten begraben gewesen waren, waren entfernt worden, und vor mir sah ich ein Alchemie-Labor. Obwohl ich noch nie eines gesehen hatte, erkannte ich sofort, was es war. In der Mitte stand ein Gasherd, und es gab Regale mit Glaskolben, Mörsern und Stößeln, Gläsern und allerlei seltsam aussehenden Zutaten. Aber noch ungewöhnlicher war die Frau, die in der Ecke murmelte.

„Wo ist es? Was hast du damit gemacht? Es muss hier sein."

Ich erkannte sie, auch von hinten. „Tilda?"

Sie drehte sich um. Mit wildem Haar und wildem Blick.

Sie sah uns alle an, dann richtete sich ihr Blick auf Sylvia. „Warum sind Sie nicht tot? Sie sollten tot sein."

Ich konnte spüren, wie Sylvia ihre natürliche Wut im Zaum hielt. Ich wusste nicht, wie viel Zeit wir hatten, bis sie explodiert wäre. Aber ich hoffte natürlich, dass ich genug Zeit hätte, um herauszufinden, was genau hier vor sich ging.

Ich fragte: „Warum sollte sie tot sein?"

„Weil ich dem Präparat, das Sie von Karmen gekauft

haben, so viel Arsen beigemischt habe, dass es einen Elefanten getötet hätte."

Das Präparat, das für mich bestimmt war.

Und das gab sie zu? „Sie haben Karmen getötet. Warum?"

Sie lachte ein seltsames, brüchiges Lachen. „Sehen Sie mich an. Ich bin alt und altbacken. Ich habe zwölf Jahre lang für diese Hexe gearbeitet, und sie ist nicht einen Tag gealtert, während ich fett und faltig geworden bin. Ich habe sie angefleht, mir ihr Geheimnis zu verraten, aber sie behauptete, es sei in ihren Hautcremes enthalten und ich müsse sie falsch anwenden. Hielt sie mich etwa für blöd?"

Schade, dass Karmen nicht gemerkt hatte, dass ihre Assistentin verrückt war.

„Oh, ich vermutete Zauberei. Ich vermutete Hexerei. Aber erst als *sie* kam" – und hier zeigte sie auf Sylvia – „und ich sie miteinander flüstern hörte, verstand ich endlich, was los war. Sie war eine Alchemistin. Und sie hatte das geheime Elixier des Lebens. Das machte sie also. Sie hatte das Elixier des Lebens hergestellt und wollte es nicht mit mir teilen." Sie gab ein Geräusch von sich, das einem Schrei glich. „Dachte sie, ich sei wegen des geringen Lohns geblieben? Ich wollte die Jugend. Ich wollte eine neue Chance für das Leben, das ich vergeudet hatte."

Sylvias Augen begannen zu blitzen, und ich sah, wie Rafe ihr sanft seine Hand aufs Handgelenk legte. Er kannte mich gut genug, um zu wissen, dass ich ziemlich geschickt war, wenn es darum ging, Leute zum Reden zu bringen. Ich war jung und unscheinbar. Und ich hatte eine Art, so zu klingen, als ob ich wirklich interessiert wäre. Nun, ich war ja wirklich interessiert. Warum in aller Welt sollte diese Frau ihre Chefin umgebracht haben? Aber ich begann zu verstehen, warum.

235

„Sie wollte also ihr Geheimnis der ewigen Jugend und Schönheit nicht mit Ihnen teilen?", fragte ich.

„Alles, was sie für mich übrighatte, war der niedrige Lohn und ihre Verachtung. Nachdem Ihre Freundin hier also eine riesige Summe für ein Stück ihres Steins der Weisen geboten hatte, kannte ich die Quelle ihrer Jugend. Ich musste sie nur noch finden."

„Aber ich verstehe das nicht. War das Rezept von Karmen schlecht? Oder haben Sie das Gift hinzugefügt?"

„Ich habe es getan, Dummkopf. Sie war zu schlau, um mir zu zeigen, wo sie ihr Lebenselixier aufbewahrte. Aber sie kam mit diesem Kästchen und ließ mich, wie immer, ihre Drecksarbeit machen. Sie sagte, ich solle es schön einpacken und verpacken und Sie würden es dann abholen." Dabei zeigte sie auf Sylvia.

„Immer, wenn sie nicht zuhause war, durchsuchte ich ihr Haus. Ich bin alles durchgegangen. Und dann habe ich ihren Schlüssel gefunden. Den Schlüssel zu ihrem Geheimlabor. Aber der Stein war nicht da. Aber das Gift war da. Arsen. Also fügte ich dem Pulver eine großzügige Dosis hinzu, bevor ich es eingepackt habe."

„Warum haben Sie den Stein nicht einfach für sich behalten?", fragte Sylvia. Das hatte ich mich auch schon gefragt. Es wäre logisch gewesen.

Ihre Augen blitzten. „Weil sie dann gewusst hätte, dass ich ihn genommen habe. Außerdem wollte ich nicht nur für mich selbst genug haben. Was nützt es, ewig zu leben, wenn man kein Geld hat? Ich könnte ein Vermögen damit verdienen, die Jugend an andere zu verkaufen, die reich genug sind, um meinen Preis zu zahlen."

Sylvia hatte sich jetzt beruhigt und hörte ruhig zu.

„Ich wusste, dass er hier war, verstehen Sie? Ich wusste, dass ihr Stein hier sein musste und auch ihr Rezept, um mehr zu machen. Aber sie wurde mir gegenüber misstrauisch. Wahrscheinlich hatte ich ihr zu viele Fragen gestellt. Ich spürte, dass sie mich die ganze Zeit über beobachtete. Ich musste ihr Haus und das Gelände durchsuchen. Ich musste den Stein und das Labor finden, von dem ich wusste, dass es hier war, und die Rezepte."

Sie schlug mit der Faust gegen die Steinwand. „Ich wurde nicht unvorsichtig. Sie hat mich ausgetrickst. Sie erzählte mir, dass sie ausgehen würde und fuhr tatsächlich weg. Ich setzte meine Suche fort, und sie erwischte mich in ihrem Arbeitszimmer, wo ich ihre Papiere durchging. Sie hat mich gefeuert. Mich. Nach allem, was ich für sie getan hatte."

Sie schien immer noch fassungslos darüber zu sein, dass Karmen eine Assistentin, die in ihrer Abwesenheit in ihren persönlichen Papieren herumstöberte, nicht behalten wollte.

„Ich ging und tat so, als täte es mir leid. Ich habe ihr sogar die Schlüssel zurückgegeben, aber ich hatte ein zweites Schlüsselbund. Es war ein Leichtes, in ihr Haus einzudringen, wenn sie nicht da war, und Arsen in ihren speziellen Tee zu mischen."

Ich erinnerte mich an den besonderen Tee, den wir an jenem Tag getrunken hatten. Ich schluckte schwer.

„Dann wartete ich. Jeden Tag um drei Uhr trank sie ihren speziellen Tee. Also war ich um die Zeit hier. Ich wusste, dass ich, sobald sie tot war, die Wohnung für mich allein haben würde und in aller Ruhe würde suchen können. Ich arbeitete weiter, damit niemand Verdacht schöpfte. Es wusste niemand, dass Karmen mich entlassen hatte." Jetzt starrte sie mich und Rafe an. „Die naive, fleißige Tilda. Dann sind Sie zwei gekommen und haben sich reingedrängt. Die indiskrete Braut, die sich einmischte. Und Sie haben die Polizei geholt, bevor ich so weit war."

Ich hatte keine Ahnung, was ich sagen sollte, also hielt ich den Mund.

Es schien sie nicht zu interessieren. Sie fuhr fort. „Aber die fuhren bald wieder weg, nachdem sie mit ihren großen Stiefeln durch ihr Haus und ihre Sachen getrampelt waren."

Dann wandte sie sich an Rafe. „Aber Sie haben mir einen Gefallen getan mit Ihrem Interesse an den Schablonen in der Küche." Sie gackerte. „Ja, sie war sehr gerissen. Das Geheimnis war dort, an den Wänden ihrer Küche. Ihr Keller unter den Schwänen. Ich habe ihr Labor gefunden." Sie breitete ihre Arme aus und blickte sich um.

Dann verzog sich ihr Gesicht vor Wut. „Aber es ist nicht hier. Nichts ist hier."

„Das muss enttäuschend für Sie sein", sagte ich. „Ich schätze, sie hat alles umgeräumt, als sie wusste, dass Sie ihr auf der Spur waren. Ich wette, Sie werden es nie finden."

Dann schrie sie. Ein wütender, frustrierter Schrei hallte von den feuchten Wänden wider. Sie griff hinter sich und hob etwas auf, das mir vorkam wie ein alter Dienstrevolver. Vielleicht aus dem Ersten Weltkrieg. Nicht dass ich eine Waffenexpertin wäre, aber das Ding war nicht neu. Wo in aller Welt hatte sie es gefunden? Schlimmer noch, war es geladen? Wusste sie, wie man damit umging?

Sie fuchtelte vor uns damit herum.

Sie schaute Sylvia an und sagte mit einem bösen Grinsen: „Na ja, Sie wollten ja ewig leben. Versuchen Sie es mal unter der Erde."

Dann fuchtelte sie mit der Waffe in unsere Richtung, ging rückwärts die Treppe hinauf und schaltete das Licht aus.

Wir versanken in völliger Finsternis. Und dann hörte ich, wie eine Tür zuschlug und ein Schlüssel im Schloss gedreht wurde. Und dann das Echo, als die zweite Tür zuschlug. Einen Moment lang herrschte völlige Stille. Jennifer und ich schafften es etwa gleichzeitig unsere Handys hervorzuholen und die Taschenlampen-App zu aktivieren.

Sylvia sagte verächtlich: „Was für eine lächerliche Schurkin."

Jennifer sah mich an, und ich sie. Sie fragte: „Wie steht es mit deinem Türöffnungszauber?"

Ich freute mich, sagen zu können, dass er recht gut war. Ich hatte geübt.

Sie sagte: „Dann lasse ich dir den Vortritt."

Nicht auszudenken, wie schrecklich es gewesen wäre, unter normalen Umständen hier eingesperrt zu sein. Aber jeder von uns vieren hätte ohne Probleme ausbrechen können. Ich fand es gut, dass Sylvia und Rafe sich zurückhielten und die Sache uns Hexen überließen. Mit der Taschenlampe meines Handys leuchtete ich mir den Weg und fand oben an der Treppe den Lichtschalter, den ich einschaltete.

Ich flüsterte meinen Entriegelungszauber und hatte das Vergnügen, das leise Klicken zu hören, als sich das Schloss öffnete.

Höflich überließ ich es Jennifer, mit ihrem Zauber die Außentür zu öffnen. Der war auch nicht schneller als meiner, aber er erfüllte seinen Zweck.

Als Rafe hinter uns heraufgestiegen kam, schaltete er das Licht aus.

Sylvia sah ziemlich verärgert aus. „Jetzt müssen wir sie wohl suchen."

Tilda war natürlich direkt auf die anderen Vampire gestoßen. Carlos hatte ihre Waffe in der Hand, und sie trieben sie zurück in die Richtung, aus der wir gekommen waren. Sie beteuerte, sie hätte keine Ahnung, wovon sie redeten, und dann sah sie uns aus dem Mausoleum kommen und schrie.

„Wie sind Sie da rausgekommen? Das ist Hexerei. Das ist es. Sie sind Ungeheuer!" Und dann riss sie sich los und begann zu laufen. Rafe schob Carlos' Hand nach unten, obwohl dieser nicht Gefahr lief, die Frau zu erschießen.

„Was machen wir jetzt?", fragte ich und beobachtete die Frau, die ans Ende des Grundstücks und in Richtung Wald lief.

„Einer von uns wird sie sich vornehmen müssen", sagte Sylvia ziemlich scharf. „Wir können nicht zulassen, dass sie von Alchemisten, Hexen und Monstern herumfaselt."

„Wahrscheinlich wird sie einfach als Geisteskranke eingewiesen", sagte Lochlan.

„Das gefällt mir nicht. Zu gefährlich", sagte Sylvia.

Rafe sah mich an. „Lucy, was meinst du?"

„Also, ihr könnt die Frau nicht umbringen. Ich bin derselben Meinung wie Lochlan. Wir müssen einfach hoffen, dass ihr niemand glaubt. Wenn du mich fragst, ist sie sowieso völlig verrückt."

Ich konnte die Frau kaum noch sehen, sie rannte immer noch, schrie immer noch, aber dann schien sie zu stolpern, und wir hörten einen erstickten Schrei.

Ich rannte los, aber natürlich konnte ich mit der Kraft und Nachtsicht der Vampire nicht mithalten. Als ich dort ankam, wo sie standen, lag die Frau zusammengesunken auf dem Boden.

„Was ist passiert?", fragte Jennifer.

Rafe blickte auf. „Sie muss in ihrer Eile gestolpert sein. Sie ist mit dem Kopf auf einem Stein aufgeschlagen."

„Ist sie ...?" Ich brachte den Satz nicht zu Ende. Ich spürte die Dunkelheit des Todes, und ich wusste, dass es Jen genauso ging.

„Sie ist tot. Ja."

„Nun, das trifft sich gut. Aber was sollen wir mit ihr machen?", fragte Sylvia. „Man kann nicht einfach tote Frauen auf dem Boden herumliegen lassen." Dann schien sie zu überlegen. „Zumindest nicht in diesem Zeitalter."

Alfred trat vor. „Ich kann mir keinen besseren Ort vorstellen als die Gruft."

Das war eine geniale Idee. Wir würden sie am Fuße der Treppe in der Gruft platzieren, die Türen unverschlossen lassen, und es würde wie ein Unfall aussehen. Wenn die Morgendämmerung anbrach, wären natürlich alle alchemistischen Gerätschaften entfernt worden, und man würde sie in einer leeren Krypta vorfinden.

Zum Glück hatten wir den Jeep.

Rafe sagte: „Ich bringe Lucy und Jennifer zurück in die Stadt."

„Aber wir können mithelfen", sagte ich.

Er schüttelte entschieden den Kopf. „Wir können leicht verschwinden, falls jemand kommt. Ihr wärt nur im Weg." Unhöflich, aber wahr.

Er wandte sich an die anderen. „Während ich weg bin, holt ihr alles aus der Krypta und bringt es in den Jeep." Er hielt einen Moment inne. „Und sucht das Material für die

Herstellung von Cremes und so. Wenn ihr im alten Pub nicht genug findet, geht es woanders suchen und stapelt es in der Gruft, damit es so aussieht, als wäre Tilda ausgerutscht und gestürzt, während sie Vorräte aus dem Lagerraum holte."

„Ausgezeichnet", sagte Lochlan. „Fahrt los, wir erledigen das im Handumdrehen."

Zu Jennifer und mir sagte er: „Und ihr beide solltet ein paar Stunden Schlaf bekommen."

# KAPITEL 19

„Das ist mir vielleicht ein Strickclub, den du da hast", sagte Jennifer, als wir wieder in der Wohnung waren. Ich setzte Teewasser auf, da ich wusste, dass es noch eine Weile dauern würde, bis wir würden schlafen können. Wir brauchten beide etwas Zeit, um Druck abzulassen.

„Ich weiß. Du hast wirklich das ganze Vampir-Strickclub-Programm erlebt."

„Glaubst du, sie können sie am Fuß der Treppe absetzen, damit es wie ein Unfall aussieht?"

„Oh ja."

Sie dachte einen Moment nach. „Ich schätze, sie haben einige Erfahrung darin, Todesfälle als Unfälle darzustellen, obwohl es in Wirklichkeit keine waren."

Ich erschauderte. Daran mochte ich eigentlich lieber nicht denken. Stattdessen sagte ich: „Wie wäre es mit einem Kräutertee?"

„Klar."

Während ich den Tee aufbrühte, lief sie in meinem Wohnzimmer auf und ab. Nyx kam gähnend die Treppe hinunter, um zu sehen, was da los war. Ich hatte schon gedacht, sie wäre nicht zu Hause, aber ich hatte fast das Gefühl, dass sie auf uns gewartet hatte. Praktisch ohne stehenzubleiben, bückte sich Jennifer, hob die Katze hoch und legte sie sich über die Schulter. Es gab nichts, was Nyx lieber mochte. Und sie gingen auf und ab. Ich beobachtete sie von meiner Küche aus und spürte, wie gern ich die beiden hatte. Ich hatte zwar schon immer eine besondere Beziehung zu Jennifer gehabt, aber jetzt schien es, als hätten wir etwas noch Außergewöhnlicheres gemeinsam.

Ich brühte einen speziellen Beruhigungstee für uns auf, denn ich wusste, dass uns das Einschlafen schwerfallen würde, weil wir beide so aufgedreht waren.

Gerade, als sie am Ende des Zimmers kehrtmachte und wieder auf mich zu kam, trat ich mit den beiden Teetassen aus der Küche. „Riecht lecker", sagte sie und schnupperte anerkennend.

„Hoffentlich können wir damit besser einschlafen."

„Ich habe nachgedacht."

Ja, das war mir schon klar gewesen, denn sie war auf und ab gegangen. Ich hatte dieselbe Angewohnheit. Auch mir schien das beim Nachdenken zu helfen.

Sie sagte: „Es ist großartig, dass wir herausgefunden haben, wer die Hexe getötet hat, aber wir müssen unbedingt den Bann des Alchemiebuchs brechen. Es gehörte offensichtlich Karmen."

Darüber hatte ich ebenfalls nachgedacht. Ich sah sie an. „Meinst du nicht, dass es klüger wäre, es einfach zu vernichten?"

Sichtlich geschockt hielt sie inne. „Lucy, sie hat sich viel Mühe damit gemacht, es zu schützen. Ich glaube sogar, sie hat dafür gesorgt, dass es bei Rafe landet. Hast du nicht gesagt, dass es irgendwie mysteriös war, dass er das Buch bekommen hat?"

Ich nickte. „Die Leute in Neuseeland, von denen er es angeblich gekauft hat, wussten nichts davon."

Sie zeigte mit dem Finger auf mich. „Da steckt Hexenkunst drin."

Ich stelle die beiden vollen Teetassen auf den Tisch. „Aber warum sollte Karmen gewollt haben, dass Rafe ihr verhextes Alchemiebuch bekommt?"

„Das weiß ich noch nicht. Ich habe da ein paar Theorien. Erstens ist er als Experte auf diesem Gebiet bekannt, und es wäre eine solche Kuriosität, dass sie wüsste, er würde es behalten. Dann könnte sie zurückkommen und es sich holen. Weil sie offensichtlich ihrer Assistentin misstraute."

Ich nickte. Ich setzte mich auf die Couch und nippte an meinem Tee. „Das wäre nachvollziehbar."

„Und meine zweite Theorie ist, dass sie wusste, dass du und Rafe euch nahesteht. Ich frage mich, ob sie wollte, dass du es bekommst."

„Ich glaube, damit liegst du falsch. Sie war keine Hexe, die gerne ihre Geheimnisse preisgab."

„Aber wenn sie sich in Gefahr wähnte, hätte sie Gewissheit haben wollen, dass das Buch in sicheren Händen ist."

„Und du glaubst, sie hätte Rafes Hände oder meine als sicher angesehen?"

„Nun, das sind sie."

Ich wusste, dass es stimmte, aber ich war trotzdem dankbar für ihr Vertrauen. „Das heißt aber noch lange nicht, dass es eine gute Idee ist, es zu behalten. Sie hat es aus gutem Grund mit einem starken Zauber belegt. Wenn dieses Buch in die falschen Hände geriete ..." Ich wollte den Satz nicht einmal beenden.

„Aber diese Art von Wissen zu zerstören, erscheint mir falsch."

Ich wusste nicht, was ich tun sollte. Also trank ich noch etwas Tee. Schließlich setzte sie sich und Nyx rollte sich ganz diplomatisch zwischen uns zusammen, wobei ihr Hinterteil an Jennifers Oberschenkel und ihr Kopf an meinem lag. Ich streichelte geistesabwesend über ihr weiches Fell.

Jennifer sagte: „Bevor du irgendwelche Entscheidungen triffst, müssen wir den Bann brechen."

„Du klingst ziemlich zuversichtlich. Kannst du das denn?" Ich wusste, dass sie eine Hexe war, aber ich wusste nicht, wie gut sie war.

Sie schüttelte den Kopf. „Ich wusste sofort, dass ich es nicht schaffen würde, ihn zu brechen. Nicht allein. Ich vermute, dass du und ich zusammen ziemlich stark sind. Aber wir brauchen noch ein paar Hexen. Was ist mit deiner Großmutter?"

Ich schüttelte den Kopf. „Granny ist jetzt ein Vampir. Mit ihrer Verwandlung haben ihre Hexenkräfte nachgelassen." Ich drehte mich um und wünschte, mir würde etwas Besseres einfallen, aber mir kam nichts in den Sinn. „Meine Cousine Violet ist ziemlich gut. Und Margaret Twigg solltest du wahrscheinlich sowieso kennenlernen. Sie ist die Anführerin unseres Hexenzirkels. Sie ist sehr mächtig."

Jennifer nickte. „Okay. Wie wäre es mit morgen Abend?"

Ich erschrak. „Du lässt nichts anbrennen, was?"

Sie nippte an ihrem Tee. „Ich möchte, dass diese ganze Sache erledigt ist, bevor du heiratest. Du solltest einen Neuanfang machen und nicht noch alte Hexengeschichten im Hinterkopf haben."

Ich verstand genau, was sie meinte. „Okay."

Und so fanden wir uns in der nächsten Nacht um Mitternacht inmitten der stehenden Steine wieder. Jennifer, ich, Violet und Margaret Twigg.

„Bei Vollmond wäre es besser", sagte Margaret, aber ich glaubte, dass unsere gemeinsame Magie ausreichen würde, um den Bann zu brechen. Zumindest hoffte ich das.

Jennifer bestand darauf, dass ich das Buch tragen und es in die Mitte unseres Kreises legen sollte. Ich hatte sie noch nie gesehen, wenn sie ganz im Hexenmodus war, und sie war erstaunlich selbstbewusst. Margaret Twigg, die normalerweise alle herumkommandierte, schien ein wenig pikiert, sagte aber nichts.

Jen bildete den Kreis und entzündete die Kerzen etwas dramatischer, als sie es in meiner Wohnung getan hatte. Ich war mir sicher, dass sie Margaret und Vi beeindrucken wollte.

Zwischen uns spürte ich einen Strom, fast wie Elektrizität, schwirren.

Jen hob ihre Hände über das Buch und sagte:

*„Erde, Feuer, Luft und Wasser, Göttinnen, wir rufen euch an*
*Löst den Bann von diesem Buche, dass die Botschaft frei sein kann*
*Sein Geheimnis soll bei uns ruh'n,*
*Es soll nichts Schlechtes, nur Gutes tun.*
*So wollen wir es, so soll es sein."*

Bei den letzten Worten ließ sie ihre Hände auf das Buch sinken. Die Elektrizität, die ich gespürt hatte, strömte aus ihren Fingern, wie zehn Blitze, die in das Buch einschlugen. Ich hatte Angst, es würde Feuer fangen, aber dann schnellte das Buch hoch und klappte auf. Bunter Rauch stieg in Strömen in den Nachthimmel auf.

Eine Minute lang waren wir alle ganz still, dann sagte Margaret Twigg: „Nun, ich würde sagen, der Bann ist gebrochen."

Jennifer und ich sahen uns an. Ich hat beinahe Angst, vorzutreten und zu schauen, was in dem Buch stand, aber sie war mutiger.

„Ich kann das Buch im Kerzenlicht nicht lesen, aber es ist definitiv alt. Sehr, sehr alt."

Als ich neben sie trat, sah ich genau, was sie meinte. Alte Alchemiebücher hatte ich schon gesehen. Rafe hatte eine ganze Reihe davon, und das hier sah aus wie diese. Die Seiten waren verblasst, die Zeichnungen verschlungen. Ich streckte die Hand aus, und zögerte fast, es zu berühren, aber als meine Finger darauf ruhten, spürte ich nur Leinenpapier und einen Einband aus Kalbsleder. Ich nickte. „Der Bann ist gebrochen."

Margaret sah uns beide an. „Deine Freundin hat große Macht", sagte sie. Ich war stolz, als hätte ich etwas mit Jens Fortschritt als Hexe zu tun.

„Wenn du jetzt den Kreis schließt, gehe ich ins Bett", sagte Margaret. Mit den Komplimenten war es für diese Nacht eindeutig vorbei.

AM NÄCHSTEN TAG FUHREN WIR WIEDER ZU RAFE NACH HAUSE. Olivia, die ihre Werkzeuge wiederbekommen hatte, war draußen mit ein paar Helfern damit beschäftigt, Zelte auf dem Gelände aufzubauen. Das rief mir in Erinnerung, wie kurz unsere Hochzeit bevorstand.

Rafe arbeitete in seinem Studierzimmer. Genau wie ich versuchte er, alle offenen Fragen zu klären, damit wir unsere Hochzeitsreise wirklich genießen konnten. Als William uns in Rafes Studierzimmer führte, blickte er auf und freute sich, mich zu sehen.

„Lucy. Jennifer. Habt ihr euren Schlaf nachgeholt?"

Nicht unbedingt. Wir hatten gestern Nacht wieder eine Mitternachtsaufgabe zu lösen gehabt. Ich spürte den Jetlag genauso wie Jen. „Hast du Tilda ordentlich verstaut?"

„Ja. Als ich in Wallingford ankam, war schon fast alles erledigt. Theodore hatte Aufsicht geführt, und ich glaube, seine Zeit als Bühnenbildner beim Theater hat sich ausgezahlt. Er hat ihre Leiche und das Drumherum so in Szene gesetzt, dass es so aussah, als wäre sie gestürzt, als sie Vorräte für die Herstellung ihrer Cremes holen ging."

„Das ist fabelhaft, aber wann wird man ihre Leiche finden?"

„Ach, schon geschehen. Es scheint, dass Karmens Ehemann gestern Vormittag angekommen ist und sie gefunden hat. Er hat die Polizei gerufen."

„Gut." Ich ging auf ihn zu und legte das Buch vor ihm auf den Arbeitstisch.

Er öffnete den Umschlag und nickte. „Ihr habt den Bann aufgehoben. Gut gemacht."

„So weit, so gut, aber es könnte genauso gut verhext sein,

so wenig verstehen wir von dem, was darinsteht. Du musst es für mich übersetzen."

Er nickte. Er ließ sich Zeit, blätterte jede Seite um und sah sie sich an. Es war kein sehr großes Buch, und es enthielt eine Menge Holzschnitte oder wie man das nannte. Sie zeigten Bilder von Sonnen und Monden, Schlangen, die sich um eine Person mit dem Gesicht einer Frau auf der einen und dem eines Mannes auf der anderen Seite rankten. Ich dachte, das sollte wohl ein Hermaphrodit sein. Ein paar Mal kicherte er. So ein Alchemiebuch konnte auch nur Rafe lustig finden.

Schließlich sagte er: „Vieles davon würde ich als Augenwischerei bezeichnen. Ich glaube, diese beiden Seiten sind am interessantesten."

Er las schweigend und nickte. „Das scheint darauf hinzudeuten, dass das Rezept immer einen vorhandenen Stein braucht, auf dem es aufbauen kann." Er blickte zu mir auf. „Sehr clever, wirklich. Man bräuchte sowohl das Rezept als auch ein wenig von dem vorhandenen Elixier, um mehr davon herzustellen."

„Du meinst, wie beim Sauerteig?", fragte Jen.

Er lachte in sich hinein. „Ja. So etwas in der Art."

Er zeigte uns die Seite. „Und hier seht ihr die gleichen Zitate, die sie an ihre Küchenwand geschrieben hatte. Das Küken wird zum Schwan." Ich zeigte auf die getuschten Runenzeichnungen. „Und das ist dieselbe Botschaft wie die auf der Schachtel, nicht wahr? Wie oben, so unten."

„Ja. Gut erkannt." Ich glühte innerlich vor Stolz.

Und dann blätterte er eine weitere Seite um und konzentrierte sich darauf, als hätte er sie nicht schon einmal gelesen.

Er sagte: „Und das ist, wenn mich nicht alles täuscht, ihr Rezept."

„Ihr Rezept? Du meinst, die Formel für ihr ..." Ich konnte das Wort nicht einmal aussprechen.

Er beendete meinen Satz. „Für das Elixier des Lebens. Ja."

Und dann nahm er das Buch in die Hand und reichte es mir. Er sagte nichts, sondern gab es mir einfach. Aber in diesem Moment verstand ich, dass er sagte: *Es liegt ganz bei dir.*

Ich bekam die Chance, mit ihm jung zu bleiben, niemals alt zu werden, ohne ein Vampir werden zu müssen. Es war fast zu schön, um wahr zu sein.

Danach blieben Jen und ich nicht mehr lange. Ich behauptete, wir hätten mit Hochzeitsvorbereitungen zu tun, aber in Wahrheit war Karmens Nachricht zu uns durchgedrungen.

Wir warteten, bis wir im Auto saßen und zurück nach Oxford fuhren. Jennifer hielt das Buch fest in beiden Händen. Sie sagte: „Tilda hat an der falschen Stelle gesucht."

Ich nickte. „Das glaube ich auch."

„Aber was sollen wir tun?"

Ich seufzte. „Wir haben jetzt den Schlüssel, aber Karmens Haus wird voller Polizisten sein, jetzt, nachdem Tilda tot entdeckt wurde."

„Du glaubst doch nicht, dass die Polizei das Haus über Nacht bewachen wird?"

Ich schüttelte den Kopf. „Warum sollten sie das tun? Ich glaube nicht, dass sie so viel Personal haben. Und es ist ja nicht so, als wäre dort jemand in Gefahr. Karmen und Tilda sind beide tot. Nein, sie werden die Leiche abtransportieren und die Spurensicherung ermitteln lassen. Ich wette, die Vampire haben sogar ein paar Hinweise hinterlassen, um keine Zweifel daran zu lassen, dass Tilda Karmen getötet hat. Der Fall ist abgeschlossen. Wenn wir spät nachts hinfahren, wird uns nichts passieren."

„Vielleicht sollten wir ein Nickerchen machen, damit wir für heute Abend ausgeruht sind."

Als wir zu meiner Wohnung zurückkehrten, saßen Sylvia und meine Großmutter in meinem Wohnzimmer und warteten auf uns. Jennifer fuhr zusammen. Aber ich hatte mich daran gewöhnt, dass die beiden in meinem Haus auftauchten, wann immer ihnen danach war. So viel zu unserem Nickerchen.

„Sylvia. Granny. Was kann ich für euch tun? Wir wollten es gerade so machen wie ihr und tagsüber ein Schläfchen halten."

Sylvia schaute mich scharf an. Und dann fiel ihr Blick auf Jennifer, die immer noch das Alchemiebuch in der Hand hielt.

„Ich habe von Margaret Twigg gehört, dass es euch gelungen ist, den Bann von dem Buch zu nehmen." Sie ging am Ende des Satzes nicht mit der Stimme nach oben, aber es war offensichtlich eine Frage.

Es hatte keinen Sinn, sie anzulügen. „Das haben wir", sagte ich.

Sie nickte. „Und an eurer unterdrückten Erregung, die ihr so hoffnungslos zu verbergen versucht, kann ich erkennen, dass ihr herausgefunden habt, wo sie ihr Lebenselixier aufbewahrt."

Jennifer sah mich an, aber ich wollte nicht lügen. Erstens

brauchte Sylvia es nicht, und zweitens hatte sie ein Vermögen dafür bezahlt, dass ich das Zeug bekam.

Ich sagte: „Ja."

Sie lächelte ihr eisiges Lächeln. „Wunderbar. Wann gehen wir es uns holen?"

„Heute Abend spät. Aber ..."

„Verschwende deine Zeit nicht mit ‚Aber', junge Dame. Ich habe eine Menge Geld für dieses Elixier bezahlt. Ich werde sicherstellen, dass du es auch bekommst."

UND SO BEFAND ICH MICH WIEDER EINMAL SPÄT IN DER NACHT AUF DER STRASSE NACH WALLINGFORD, in Begleitung meiner besten Freundin und einer viel kleineren Gruppe Vampire. Theodore fuhr, und Sylvia und meine Großmutter saßen mit uns auf dem Rücksitz.

Erneut gingen wir zu Fuß mitten in der Nacht die Einfahrt entlang. Man sah, dass die Polizei kürzlich hier gewesen war, und als wir uns dem Mausoleum näherten, sah ich das Absperrband der Polizei. Ich spürte, dass Tildas Leiche nicht mehr hier war. Es war eine Erleichterung, diese Schwere im Boden unter uns nicht mehr zu spüren. Die beiden Schwäne schienen fast schwerelos durch die Nacht zu gleiten. Vor ihnen angekommen, blieben wir stehen. Die Vampire hielten sich zurück, um unsere Magie nicht zu stören.

Jennifer und ich rückten näher zusammen, und sie sagte: „Würdest du die Ehre haben?"

Sie reichte mir das Buch, und ich hielt es dicht an den

steinernen Schwan auf der rechten Seite des Mausoleums und las den lateinischen Satz laut vor, so gut ich konnte. Dann sagte ich: „Wie oben, so unten." Ich war mir ziemlich sicher, dass ich auch „Sesam öffne dich" hätte sagen können und es hätte funktioniert. Das Buch war der Schlüssel.

Zumindest hoffte ich das.

„Komm schon, Karmen", sagte ich leise. „Du weißt, dass wir deine Geheimnisse schützen werden."

Stein knirschte auf Stein, und die Flügel des Schwans schienen sich vor meinen Augen zu öffnen. Ich holte mein Handy heraus, wählte wieder die Taschenlampen-App und ließ sie über den steinernen Schwan leuchten, und tatsächlich, unter seinem Flügel befand sich eine geschickt versteckte Nische.

Darin befand sich ein Kästchen, das genauso aussah wie das, das ich zur Hochzeit geschenkt bekommen hatte. Nur ein einfaches Holzkästchen mit Runen auf der Außenseite. Ich griff hinein und nahm es in die Hand, dann klappte der Schwanenflügel wieder zu.

Jennifer sagte: „Tilda war ganz nah dran. Sie hatte die richtige Idee, aber nicht den genauen Ort."

„Und auch nicht die Magie, das Buch oder die richtige Absicht", erinnerte ich sie.

Wir verfolgten unsere Schritte zurück, und als wir wieder im Bentley saßen, bestand Sylvia darauf, dass ich das Kästchen öffnete, um mich zu vergewissern, dass es sich dieses Mal um den echten Artikel handelte, für den sie bezahlt hatte.

Ich öffnete die Schachtel und erschrak. Dieses Kästchen war ganz anders. Es war mit Gold ausgekleidet.

Sylvia nickte. „Sehr ordentlich. In der Alchemie ist Gold natürlich das reinste Element."

Und dort, in dem Gold, lag ein weiterer Klumpen, der wie versteinerter Kamelmist aussah. Natürlich würde ich Rafe bitten, ihn zu untersuchen, aber jeder Instinkt in meinem Hexenkörper sagte mir, dass dies das Originalprodukt war. In meinen Händen hielt ich das Geheimnis der ewigen Jugend.

Aber selbst wenn es echt wäre, würde ich es nehmen?

Ich wusste es nicht. Und das war in Ordnung. Ich musste mich nicht sofort entscheiden.

Als wir nach Oxford zurückkehrten, nahm ich das Buch nicht einmal mit in meine Wohnung. Ich fuhr zum Crosyer Herrenhaus. Dort angekommen, belegte ich das Buch noch einmal mit meinem eigenen Zauber, und um ganz sicher zu gehen, verhexte ich auch das Runenkästchen, und dann legte Rafe alles in den sichersten und geheimsten der vielen Tresore, die er in seinem Herrenhaus hatte.

Als alles vollständig weggeschlossen war, wandte er sich mir zu. „Es macht keinen Unterschied", sagte er, als würde er die Frage beantworten, die mir im Kopf herumschwirrte. „Wie auch immer du dich entscheidest."

Und das war einer der vielen Gründe, warum ich ihn liebte. Ich brauchte nicht zu erklären, warum ich zögerte, das Lebenselixier zu nehmen, und er war bereit, mich auch für die Zeit meines sterblichen Lebens zu nehmen, wenn ich das wollte. Wenn ich beschloss, ewig jung zu bleiben, war das meine Sache. Alles in allem war er also ein ziemlich guter Bräutigam.

„Ich werde dich immer lieben", sagte ich.

„Und ich dich." Dann küsste er mich.

Je näher der Tag meiner Hochzeit rückte, desto weniger Sorgen musste ich mir machen. Violet schien ihre Einstellung zu ändern und begann, im Laden mehr Verantwortung zu übernehmen. Dass sie sich nicht auf mich stützen konnte, brachte möglicherweise ihre beste Seite zum Vorschein. Ich hoffte es. Sie hatte mir gesagt, dass sie sich um das Personal kümmern würde, was sie in den zwei Wochen meiner Abwesenheit ohnehin würde tun müssen. Und wenn ich längere Flitterwochen bräuchte, wäre das in Ordnung, meinte sie ganz großzügig. Sie hatte den Laden ja schon geführt, als ich noch in Neuseeland war, und dabei gute Arbeit geleistet. Ich vermutete, dass ich in Zukunft weniger Zeit hier verbringen würde, vor allem, wenn wir ein Franchising aufmachten, damit Granny in Cornwall einen eigenen Laden haben könnte.

Wir hatten die Kleider für die Brautjungfern abgeholt, und bei der letzten Anprobe wurde ich ganz rührselig. Diese drei schönen Frauen, die ich so gernhatte, sahen in ihren Kleidern umwerfend aus. Nach der Anprobe gingen wir alle zusammen essen, und ich gab ihnen ihre Armbänder.

Natürlich hatte ich jedem von ihnen einen besonderen Zauber verliehen.

Mir gefiel der Gedanke, dass Alice ein besonderes Schutzamulett für sich und ihr Baby tragen würde, ohne es zu wissen. Und wenn das Baby auf die Welt kam, würde ich dafür sorgen, dass das Kleine auch etwas Besonderes bekam. Die Hexen wussten natürlich, was ich vorhatte. Aber wer braucht nicht ein bisschen mehr Magie in seinem Leben?

„Was hast du nach Lucys Hochzeit vor?", fragte Violet Jen.

„Wenn du in Lucys Wohnung bleiben willst, kann ich dir Oxford zeigen. Dich ein bisschen herumführen."

Jen schien erfreut. „Danke, das würde mir gefallen. Ich dachte, ich könnte ein bisschen herumreisen, während ich hier bin."

„Du musst auch nach Cornwall kommen, bevor du zurückfliegst", sagte ich. „Versprochen?"

Sie schien sich über die Einladung zu freuen. „Cornwall würde ich liebend gerne sehen. Ich werde dich auf jeden Fall besuchen."

Dann kam der Tag unserer Hochzeit. Wie oft war ich in der Nacht mit Herzklopfen aufgewacht, weil ich dachte, dass etwas schiefgehen würde, aber es ging nichts schief. Die Sonne schien hell, was für die Vampire nicht allzu schlimm war, da alles im Schatten stattfand.

Margaret Twigg kam, um die Trauung vorzunehmen. Sie hatte sich für diesen Anlass selbst übertroffen und trug ein wunderschönes, blau besticktes Kleid mit Reihen von Kristallperlen. Ihre Korkenzieherlocken waren so ungezähmt wie immer.

Meine Begleiterinnen sahen wunderschön aus. Mein Vater hatte sich wirklich in Schale geworfen. Sein Bart war gestutzt, sein Haar frisch geschnitten, und er trug einen nagelneuen Anzug. Wir machten uns bereit, durch ein Spalier aus Orangenblüten und über einen Teppich zu schreiten, der zur Veranda führte, wo Rafe wartete.

Mein Vater fragte: „Bist du bereit, Lucy?"

Ich holte tief Luft und spürte die Wahrheit in meinem Herzen. „So bereit wie noch nie."

Als die Musik den Takt wechselte, wandte sich mein

zukünftiger Ehemann zu mir um und in seinen Augen sah ich meine ganze Zukunft.

Und dann tat ich meinen ersten Schritt in diese Zukunft.

Danke, dass Sie das Buch gelesen haben. Ich hoffe, Sie hatten Spaß mit Lucys neuestem Abenteuer. Werfen Sie hier gleich noch einen Blick in den nächsten Krimi. Folgen Sie mir auf Amazon.

## Eine Nachricht von Nancy

Liebe Leser und Leserinnen,

Vielen Dank, dass Sie die Serie der Strickclub der Vampire lesen. Ich freue mich sehr über die Begeisterung, die diese Serie hervorruft. Ich habe vor, noch viele Geschichten über Lucy und ihre bestrickenden Vampire folgen zu lassen.

Über Rezensionen freue ich mich immer, und vergessen Sie nicht, anderen Liebhabern von Häkel- und Strickkrimis von dieser Serie zu erzählen.

Sie können Ihre Rezension auf Amazon hinterlassen.

Ihre Beiträge sind die Wolle, mit der ich diese Geschichten stricke.

Bis zum nächsten Mal.
Viel Spaß beim Lesen,

Nancy

# BÜCHER VON NANCY WARREN

Erfahren Sie mehr über neue Ausgaben und Sonderangebote in Nancy's Newsletter (auf Englisch) bei NancyWarrenAuthor.com oder folgen Sie ihr auf Facebook auf facebook.com/nancywarrenDeutsche

**Der Strickclub der Vampire**

Verwirrung und Verrat - ein kostenloses Prequel für die Abonnenten von Nancys Newsletter

Der Strickclub der Vampire - Band 1

Maschen und Magie - Band 2

Häkelei und Hexenkessel - Band 3

Zwirn und Zauber - Band 4

Lieblingspullis und Liebestränke - Band 5

Weissagung und Wollpullover - Band 6

Schwindelei und Spitze - Band 7

Bommelmützen und Besenstiele - Band 8

Poltergeist und Popcornmuster - Band 9

Gargoyles und Geheimbünde - Band 10

Dolch und Diamanten - Band 11

Flüche und Fischgrätmuster - Band 12

Runen und Rippenmuster - Band 13

Der Strickclub der Vampire: Band 1-3

Der Strickclub der Vampire: Band 4-6

**Der Blumenladen von Willow Waters**

Die Magie der Pfingstrose - Band 1

**Das Verwunschene Brautkleid**

Eine Serie aus fünf romantischen Komödien über Frauen, die auf der Suche nach dem richtigen Kleid, den dazu passenden Schuhen und dem perfekten Mann sind.

Die Flucht der Braut - Buch 1

Die Braut aus Zweiter Hand - Buch 2

Brautjungfer zu mieten - Buch 3

Ein Brautkleid zum Verlieben - Buch 4

Wenn das Kleid passt - Buch 5

**Die Oma**

Das Jahr, in dem die Weihnachtsoma das Weite suchte

Um eine vollständige Liste ihrer Bücher zu sehen, gehen Sie auf Nancys Website NancyWarrenAuthor.com

# ÜBER DIE AUTORIN

Nancy Warren ist eine USA Today Bestseller-Autorin und hat mehr als 100 Romane verfasst. Sie stammt ursprünglich aus Vancouver, Kanada, zieht jedoch gerne um und hat längere Zeit in England, Italien und Kalifornien gewohnt. Die Inspiration zur Strickrunde der Vampire kam ihr während ihrer Zeit in Oxford. Gegenwärtig lebt sie teils in Großbritannien, in Bath, wo sie oft so tut, als sei sie Jane Austen, oder zumindest eine von deren Romanfiguren, und teils in Victoria, Britisch-Kolumbien, wo sie es genießt, am Meer zu leben. Zu ihren Lieblingsmomenten zählen die Tage, als sie die Antwort in einem Kreuzworträtsel der kanadischen Zeitung National Post war, als sie es mit ihrem Roman Speed Dating, dem Auftakt zur Buchreihe Harlequin's NASCAR, auf das Titelblatt der New York Times schaffte, und die drei Male, als sie für den RITA-Award, den bedeutenden Preis für englischsprachige Liebesromane, nominiert wurde. Sie hat einen MA in kreativem Schreiben von der Bath Spa University. Sie ist eine begeisterte Wanderin, liebt Schokolade und vor allem liebt sie es, von ihren Lesern zu hören!

Die beste Weise, mit ihr in Kontakt zu bleiben, ist, sich über NancyWarrenAuthor.com für Nancys Newsletter anzumelden (auf Englisch).

*Mehr über Nancy und ihre Bücher erfahren Sie hier:*
NancyWarrenAuthor.com

facebook.com/nancywarrenDeutsche

instagram.com/nancywarrenauthor

amazon.com/Nancy-Warren/e/B001H6NM5Q

goodreads.com/nancywarren

bookbub.com/authors/nancy-warren

www.ingramcontent.com/pod-product-compliance
Lightning Source LLC
Chambersburg PA
CBHW070859180626
46817CB00003B/835